KU-295-325

EN NOUS
LA VIE DES MORTS

DU MÊME AUTEUR

LA DÉMANGEAISON, Sortilège, 1994.
« L'EQUARRISSAGE », *Dix*, Grasset/Les Inrockuptibles, 1997.
LA CONVERSATION, Grasset, 1998.
HORSITA, Grasset, 1999.
SUBSTANCE, Pauvert, 2001.
NOUS, Pauvert, 2002.

LORETTE NOBÉCOURT

EN NOUS LA VIE DES MORTS

roman

BERNARD GRASSET
PARIS

ISBN (10) : 2-246-59451-0
ISBN : 978-2-246-59451-2

I

A cinquante mètres au-dessous du niveau de la mer, on ne souffre plus. L'oxygène pur annihile toute douleur. Le cœur bat à huit pulsations minute. Je suis sûr qu'il y a là une vie d'une matière insoutenable.

Peut-être ne peut-on pas s'installer doucement dans une nouvelle vision du monde, peut-être faut-il chuter d'un seul coup et braquer les yeux vers le ciel pour tenter d'en saisir une représentation neuve ? Peut-être faut-il passer de la surface à la profondeur la plus totale, sans apprivoiser notre peur des grands fonds, là où l'on ne soupçonne aucune lumière. Muter. Peut-être est-ce cela qu'il faut, oui. Mais comment ?

Je suis encore à la surface, avec dans la poitrine de gros sanglots, comme des truites qui remuent lentement sous mon plexus. Et pourtant, je crois que je vais pleurer bientôt.

Ce matin, je suis resté assis dans un jardin public à Times Square, près d'un gitan en larmes avec sa chemise blanche déchirée et ses chaussures tellement vernies qu'on pouvait presque y voir le reflet des nuages. Je lui ai cueilli une tulipe. Guita m'a appris que les tulipes sont des fleurs bienveillantes. Il faut croire Guita parce que Guita connaît des choses que le monde ignore. Elle n'aurait pas été surprise par la réaction du gitan :

— Dieu est bon de me faire signe. C'était sa fleur préférée, la tulipe, Dieu est bon. J'ai perdu mademoiselle Maman, mais Dieu est bon de me faire donner une tulipe.

Guita ne s'étonne de rien. Elle dit toujours que la surprise est le lot des ignorants.

J'ai été chercher deux hot-dogs, un pour le gitan, un pour moi. Sur le hot-dog, on peut affirmer que Dieu n'a pas fait signe. Ce n'était pas le sandwich préféré de sa mademoiselle Maman.

Une femme s'est assise sur l'autre banc, à gauche, avec des bas scintillants comme la surface de la mer en plein soleil. Le gitan s'est tourné pour ne pas lui montrer sa peine, et de nouveau j'ai pensé à ce qui se passe, à cinquante mètres sous l'eau, quand l'oxygène est pur.

Maintenant j'ai sommeil et Dieu me manque.

Je reste allongé sans bouger, comme Guita me l'a appris, mais rien n'y fait. Je n'arrive pas à dormir. Alors je me lève pour prendre une bière dans le réfrigérateur, et une cigarette lorsqu'elles sont accessibles. Car je suis obligé, le plus souvent, de descendre chercher l'escabeau dans la cave de l'immeuble, de le remonter jusqu'au cinquième sans ascenseur, et enfin, d'empiler sur la dernière marche les trois premiers volumes de l'Encyclopédie Larousse qui appartenaient à mon arrière-grand-père, pour atteindre dans le placard de gauche, tout en haut, mes réserves de tabac. Je sais bien qu'il y a des ambitions plus grandes que celle d'arrêter de fumer, *ma* !

Chez Guita, je dors sans aucune difficulté. Peut-être parce que sa maison n'est pas comme les autres maisons. Ce n'est pas seulement moi qui le dis. Chez Guita, chacun se sent chez soi, je veux dire davantage chez soi qu'il ne l'est chez lui.

Lorsque Guita n'est pas là, je dors souvent chez elle. A chaque fois qu'elle quitte la ville, elle me laisse ses clefs pour que je veille sur Léandre, une demoiselle très élégante qui vit sous son toit depuis trois mois. Guita est partie depuis sept jours. Hier, je suis allé dormir chez elle, à cause de Léandre, mais aussi à cause du gitan, et des truites qui remuaient sous mon plexus.

Je ne sais pas d'où vient Guita, d'un pays où les ciels sont comme des tableaux des siècles d'autrefois, avec leurs nuages puissants et doux, parfois roses. Elle vient de cette terre du sud de la France où la pierre s'est laissé battre par les vents, et peut-être même qu'il y a aussi là-bas des immeubles qui plongent dans la mer. Elle vient de l'écume et du soleil couchant. Je ne sais pas ce qui nous lie, Guita et moi. *A priori* nous ne sommes pas tombés amoureux l'un de l'autre et cependant je ne me suis jamais senti aussi proche d'un être, ou disons d'une femme, parce que Fred est sans doute l'humain qui m'a été le plus familier parmi les centaines de représentants de notre espèce que j'ai croisés depuis le début de ma vie sur terre. Parfois, j'ai envie d'embrasser Guita, et il nous est arrivé de nous rouler sur son canapé vert, même si je sais que les relations sexuelles compliquent les choses. Guita dit que nous avons fait l'amour des milliers de fois dans d'autres vies et qu'il ne faut pas craindre de le faire dans cette vie-ci. Et peut-être.

— Toi et moi, c'est d'un autre ordre... répète-t-elle à l'envi.

Mais lequel, ça !

Nous nous sommes rencontrés dans un train en partance vers le sud, et j'aime qu'il n'y ait ni lieu précis ni paysage défini sur la carte de notre histoire. Deux ans plus tard, je suis là, dans son appartement, et je regarde Guita en robette rose et blanche debout face à la mer sur une photo qui ressemble à cette autre que j'ai dans ma poche où ma mère, en noir et blanc, me couvre de son sourire de fourrure inouï, ma mère qui était elle aussi de ce pays de France où Guita est partie longtemps comme chaque année.

Je suis couché dans cette ville des rues que j'aime, entre Broadway et Times Square, au dernier étage de cette maison inondée de lumière où nous avons connu de grandes ivresses. Guita peut boire avec déraison, elle n'est jamais saoule. Je ne sais pas ce qui est si bon ici, s'il s'agit de l'odeur de Guita traînant sur les oreillers aux taies de soie usées, dans son lit aux draps chiffonnés et doux qu'elle ne borde jamais, de cet amas de vêtements qui recouvrent la machine à coudre sur laquelle se sont usés les yeux aveugles de son aïeule, de la télévision cassée, ou des pales gigantesques du ventilateur qui bat cette chaleur de dément que, chaque été, Guita repousse de ses pieds nus à l'aide de douches glacées. S'agit-il du tableau médiocre de ce voilier qui se prépare à glisser vers le large ? Est-ce le lieu, ou est-ce Guita, est-ce cet assemblage d'objets anciens, ou la personnalité de Guita qui porte en elle ce mélange de vieille Europe épuisée et d'authentique vigueur ? Le salon est aux trois quarts vide avec seulement le tableau déchiré d'une scène de chasse à courre. Le cerf dévoré par les chiens me trouble. Des montagnes de livres qu'elle n'a pas encore lus recouvrent un bureau. Sur les murs, la peinture verte a quasiment disparu, mais l'on devine la trace de fresques ici ou là. Une brouette s'est égarée dans ce qui fut sans doute une bibliothèque où j'aime à me tenir sous l'œil bienveillant d'un bouddha, face au mystère d'un grand miroir qui lui vient de sa grand-mère et de France. C'est là que je me suis couché hier après que le gitan m'a laissé à Bryant Park près de Times Square, et que seul, en proie à une effroyable mélancolie, j'ai songé au moyen de descendre à l'intérieur même de ma propre vie. J'ai longtemps réfléchi à cette histoire de profondeur et de surface, cette histoire complexe de profondeur et de surface, et je me suis enfoncé dans la matière même de ma peine. L'absence de Léandre a aussi favorisé cette trouée de mélancolie qui m'a saisi avec la fin du jour. Je m'attendais à la découvrir pimpante, comme chaque soir où je viens la voir. Or, elle s'était déjà retirée dans ses appartements et je n'ai pas pu la prendre avec moi ni la regarder courir ventre à terre dans sa roue de plastique rose avec son ardeur désespérée mais bouleversante de hamster. Il y a de l'humain dans cette course-là, je le sens.

A quel moment de sa vie se lasse-t-on de la répétition ? Quel sursaut de lucidité nous pousse-t-il à modifier l'élément presque invisible qui nuit à l'équilibre du tableau ? Quand la course de surface en surface s'arrête-t-elle pour permettre l'immobilité et la descente en profondeur ? Comment plonger vers l'obscurité abyssale que chacun abrite au creux de lui-même ? A quelle question sommes-nous condamnés à répondre ?

Aujourd'hui, Guita est partie dans ce pays de France, et moi qui franchis si rarement les frontières de la ville, je sens bien qu'une nouvelle fois, je suis en train de quitter ma vie. Qu'est-ce qui pousse ainsi ? D'où me vient, comme surgi d'une terre inconnue, cet essoufflement à vivre cette vie dont on nous parle et qui me demande tant d'efforts ? Et ça brûle, et je suis fatigué de cette soif qui me consume, et alors je remonte sur l'escabeau, je vais piocher dans la réserve de tabac et de vin rouge et le cycle recommence. Ma méfiance repousse comme une mauvaise herbe, et tout est à reprendre depuis le début. Et voilà. Nous y sommes. Maintenant je pense à Guita. A l'absence de Guita. A l'absence de Fred. A celle de Georgia, et à l'absence tout court.

Je pense à ce creux salé qui survit comme une marée d'Atlantique dans ma poitrine depuis que je me souviens du monde. Ce creux à l'intérieur et ce vide à l'extérieur depuis que se sont envolées ces mains de frontière qui devaient me dessiner l'armure d'amour indispensable pour que je ne me blesse pas contre le monde. Je pense à cette absence de sol sous chacun de mes pas à chaque fois que j'ai tenté de rencontrer ce monde. Je pense à ma mère, à l'absence vertigineuse de ma mère emportée par l'arrêt de son cœur à l'heure où mon muscle de sang savait à peine battre seul. Je cherche son visage, je cherche ses mains et le sol de son amour et tout m'échappe. Je plonge dans ma mémoire en quête d'un regard, d'une trace, et si parfois je distingue à la surface de mes souvenirs le sourire flou d'une femme que je ne connais plus, tout s'efface dans l'instant et son absence me recouvre de nouveau en entier.

Je suis allé dans ce pays de France où mon père a aimé cette femme et l'a volée à sa terre. J'ai arpenté leur intime géographie en visitant les lieux où ils se sont pétris l'un l'autre. J'ai dormi dans les hôtels où ils ont dormi, dîné dans les restaurants où ils ont dîné. J'ai regardé les paysages qu'ils ont regardés, bu les bières qu'ils ont bues, admiré les monuments qu'ils ont admirés.

A Paris, en Corse, en Italie, je suis allé trouver Irène, ma mère.

Mais ni les rues du centre de Paris, ni l'incroyable lumière grise et jaune propre à cette ville, ne m'ont rendu quoi que ce soit de cette femme. En Italie non plus, je ne l'ai pas rencontrée. Ni à Bagno di Vignoni, ni à Ostia où ils avaient achevé leur premier périple. Trente-cinq ans après, Ostia n'était plus qu'un rêve, le rêve d'un lieu sans nom, sans visage, indifférent à la vie, presque mort, avec ses détritus sur la plage, son café désert et ses cabanons de tôle dissimulés derrière des grillages où s'accrochaient, comme les mains multicolores de fantômes perdus, des sacs plastique désespérés. Un avion traversait le ciel toutes les minutes. On accédait à la plage en métro. Il fallait s'arrêter à la station *Stella polare.* Ni à Ostia, ni en Corse, où les arbres calcinés par les incendies de l'été semblaient une forêt de nerfs mis à nu sur le corps majestueux des montagnes. Je n'ai pas vu Irène, je n'ai pas vu ma mère. Au Pays basque seulement, près de Biarritz j'ai aperçu cette femme que je ne connais pas. C'était la terre de son enfance, et je sais que nous y avons été heureux ensemble. La plus belle photo qu'il reste de nous deux a été prise dans ce pays. C'est celle qui est aujourd'hui dans ma poche.

J'ai fini par m'endormir, mais un cauchemar m'a bientôt réveillé : j'étais à la terrasse de ce restaurant indien où je vais parfois dans Brooklyn. Les gens s'asseyaient sur la table et sur les chaises autour de moi et jusque sur moi !, sans me voir, comme si je n'existais pas et j'entendais une voix à mon oreille :

— C'est fini, c'est fini,

ce qui m'a semblé terrifiant à mon réveil. Il était à peine minuit et j'ai décidé d'aller sauvagement manger un poulet au curry dans le restaurant dont je venais de rêver. En arrivant sur les lieux, quelqu'un a dit :

— C'est fini, les choses changent, c'est fini.

Je me suis assis au bar et j'ai commandé un *jotta* B, comme ils disent en espagnol au Mexique. Un JB. Il y avait un garçon et une fille près de moi, une fille brune aux cheveux courts avec de tout petits seins et un tee-shirt orange qui laissait voir son nombril. Le garçon, au regard fixe, lui souriait constamment. Un homme s'est approché d'eux.

— Tu vas vivre avec lui ?

Elle a dit oui sans cesser de regarder le garçon qui lui souriait.

— Tu sais qu'il fait du foin dans sa tête, a fait l'autre.

Elle a encore dit oui, mais sur un ton presque

interrogatif, plus proche du « ah oui ? » que du oui, puis elle a ajouté

— Je vais le sortir de ce foin...

et j'ai eu la vision de mon propre crâne abritant un grand désordre de meules éventrées. Guita, qui ne croit pas au hasard, aurait ri, je le sais. Moi non. J'ai commandé mon poulet au curry et mon cheese nan, et j'ai senti les truites remuer très fort dans ma poitrine. Alors, j'ai pensé au message qu'elle m'avait envoyé le matin de son arrivée à Paris.

> *Nortatem,*
> *A une certaine heure de la vie, il faut sauter dans le vide avec pour seul parachute le désir de s'élever. C'est difficile, mais c'est la seule façon de connaître que l'on peut voler.*
> *S'il est admis que l'on connaît quelqu'un seulement après l'avoir combattu, il est clair que la première personne à combattre c'est soi-même.*
> *Qu'en penses-tu ?*
> *Je suis avec toi et je t'embrasse de tout mon cœur.*
> *Guita.*

C'est à ce moment-là que j'ai pris ma décision, en songeant que l'heure était venue pour moi de sauter dans le vide sans parachute.

Je ne crois pas avoir été moins saoul dans un bar que ce soir-là où, à minuit, je prenais mon

JB en mangeant cette nourriture indienne qui tient au corps. Et pourtant, je garde le souvenir de cette nuit comme la première d'une longue série où, dans une sorte d'ivresse, je me suis combattu.

Je suis rentré et j'ai mis le réveil à dix heures. Dix heures, cela m'a semblé une heure raisonnable pour changer de vie. J'avais décidé de quitter la ville pour plusieurs semaines. Guita ne devait pas revenir avant le début de juin, et je voyais mal comment je pourrais tenir seul, deux mois dans cette ville, après ma séparation avec Georgia et, surtout, la mort de Fred. Guita m'avait dit

— La mort n'est qu'un passage, tu peux me croire, Nort,

mais l'absence de Fred et les conditions tragiques de sa disparition me mordaient sans discontinuer. Si la mort n'est qu'un passage, alors ma vie se réduisait à un immense courant d'air. Me revenait également à l'esprit cette phrase qu'elle avait citée avant de partir : « C'est la vie et la mort que j'ai mises devant toi, tu choisiras la vie » (Deutéronome, XXX, 19).

Guita égrène sans cesse des phrases assez éloignées, me semble-t-il, de la « vraie » vie. Un couillon de chien a gâché votre matinée en pissant sur la serrure de votre antivol de moto qui a gelé avec le froid, elle commente :

— Il y a toujours à apprendre de chaque chose...

Votre agacement peut doubler ou tripler en moins de cinq secondes, mais c'est une femme qui n'est jamais de mauvaise humeur. Fatigante parfois, mais de mauvaise humeur, jamais.

En rentrant du restaurant indien, j'ai pensé à ma dernière conversation avec Fred et je me suis senti tout petit dans mon lit.

— Nort., chacun s'accroche à sa propre souffrance parce qu'elle permet la confidence, ces confidences que l'on s'échange comme des gâteaux trop sucrés en fin de repas, de façon presque religieuse, sacrifiant au rituel où, dans une sorte d'intimité douceâtre, se révèlent les petits secrets de couple, ou de famille. Le marché social est le suivant : « J'écoute ta misère pour avoir le droit de te raconter la mienne. » Ne plus partager ces confidences avec les autres, Nort., c'est choisir de se retrouver seul la majeure partie du temps. C'est difficile au bout du compte. Mais c'est une façon de se tenir debout. Maintenant, je suis sur une plaine silencieuse et calme. Je te disais autrefois que j'étais sur des glaciers – au fond ce n'est pas photographe que j'aurais dû être mais géographe –, je te disais que j'étais dans le silence des glaciers tranchants, et maintenant c'est un silence plus profond où claque de temps à autre le bruit mat d'une conversation d'hommes. Je n'avais jamais connu ça jusqu'ici. Il n'y a plus de souffrance, Nort., la souffrance s'est tue. Tout est calme et ouaté comme une fin d'après-midi en hiver. Plus rien ne vient remuer la peine. La peine est comme un lac tranquille qui se tiendrait là, sans arrogance ni tempête. Quelque chose s'est à jamais perdu dans le vent. Comment te dire, Nort. ? C'est une solitude, aride, une solitude presque solaire à force d'avoir tout brûlé.

Depuis longtemps déjà, Fred ne photographiait plus que des étendues inhabitées, sans même la trace d'un oiseau dans le ciel. Or, ces paysages nus et désertiques, c'est en lui qu'ils étaient. Je n'avais pas su voir ni entendre. Les mots témoignent difficilement de ces mouvements intimes qui opèrent en profondeur, et pourtant d'une profondeur à l'autre, de la sienne à la mienne, je croyais que les circuits communiquaient. Mais je n'avais pas été là au moment où il nous quittait. Il n'y avait pas eu la présence de mon visage à qui il aurait pu sourire. Et trois jours après, il a sauté dans le ciel et il n'a pas volé comme le goéland qu'il avait toujours rêvé d'être. Je me suis retrouvé projeté à une certaine profondeur au-dessous du niveau de la mer. Depuis, je me demande si j'ai jamais eu la moindre idée de ce qu'est la solitude et à quoi ressemble la plaine. C'est pour ça que je suis parti dans le Vermont, près de Montpelier, là où il avait commencé sa série de paysages qu'il venait d'exposer avec succès à Chelsea.

Le lendemain matin, j'ai trouvé une maison à louer près de Northfields, à l'ouest de la 89, une baraque isolée, toute de guingois, qui m'a paru suffisamment bancale pour abriter mon propre déséquilibre. Le loyer était raisonnable et le propriétaire ne demandait pas de caution. Il n'y avait qu'une vilaine photo sur l'annonce, mais j'ai senti – allez savoir pourquoi – que le lieu me conviendrait. Il n'y avait rien à dix miles alentour.

J'ai pris quelques affaires dans un sac et je suis passé chez Guita pour chercher Léandre. En partant, j'ai vu sur la table de l'entrée un exemplaire du *Livre 7* et un de *En nous la vie des morts* que j'ai emportés pour les lire.

J'ai emprunté la voiture de Guita, une vieille Mercedes chocolat qui lui venait de son père. Dans le garage, j'ai essayé de me souvenir d'une phrase qu'elle disait toujours en démarrant. Je sais qu'il y avait le mot « âme ». Je n'ai pas su si c'était avec ou sans âme que j'achetais mes cornichons russes préférés mais j'ai quitté la ville sans hésiter.

La maison entièrement en bois était encore plus surprenante que tout ce que j'avais pu imaginer. On y accédait par quatre marches qui desservaient une véranda sur laquelle séchait la peau d'un cerf, et une brochette de ce que je crus être des perdrix ou des bécasses.

— Ne vous inquiétez pas, le cerf doit encore rester quelque temps, mais on s'y habitue vite. Quant aux faisans, je vous les enlève si vous prenez la maison, et d'ailleurs vous pourrez en garder un pour vous, avait dit le propriétaire.

Une table ronde était calée à gauche de la porte centrale qu'encadraient deux fenêtres. L'intérieur était spacieux. Une pièce au rez-de-chaussée, avec une cheminée, s'ouvrait sur une cuisine face à un escalier qui conduisait à l'étage où deux chambres étaient séparées par une salle de bains. Derrière la maison, un appentis abritait la réserve de bois.

— Vous vous servez autant que vous voulez.

Il n'y avait personne à cinq miles à la ronde et pas un lampadaire à moins de huit. La nuit serait la nuit. Cela me plaisait.

J'ai voulu payer deux mois d'avance mais le propriétaire n'a accepté que la moitié de la somme.

— Attendez d'abord de voir si vous vous trouvez bien ici, c'est pas tout le monde qui peut supporter autant de calme.

Il m'a indiqué le supermarché le plus proche et il est remonté dans son pick-up énorme après m'avoir serré la main. Il n'a pas posé de question, il n'a fait aucun commentaire. Il s'en est allé comme il était venu, simple et doux, comme si la confiance avait été la chose la plus naturelle du monde, un rapport banal entre représentants de la même espèce, et moi je restais les bras ballants, assis sur la dernière marche de la véranda, abasourdi par le silence.

J'ignorais ce que j'étais venu faire là, mais je sentais que c'était juste d'y être, que quelque chose avait ou allait cesser. Je suis resté assis un certain temps sur la véranda, puis j'ai senti un muscle tressaillir près de mon poignet, tel un petit animal qui aurait détalé sous ma peau, et alors seulement, j'ai vraiment eu envie d'un verre de rouge. En plus des deux caisses de montepulciano italien entreposées dans le coffre de la Mercedes, j'avais pris six bouteilles d'un vin français, un margaux que Guita m'avait rapporté l'été précédent et qu'elle m'avait ordonné de garder pour des « grâces exceptionnelles ». En partant pour le Vermont, je n'aurais su dire si mon séjour serait gracieux ou non, mais exceptionnel il l'était ! Fred était mort, après des semaines de tergiversations j'avais réussi à quitter Georgia, j'aurais bientôt trente-cinq ans, Guita avait foutu le camp pour Paris, et de toute ma vie je n'avais jamais passé, seul, un mois à la campagne.

J'ai cherché en vain un tire-bouchon pendant vingt bonnes minutes. J'ai hésité à sabrer le goulot, mais j'ai choisi de ne pas me comporter immédiatement comme un sauvage et je suis allé en acheter un à Montpelier. J'en ai profité pour faire une montagne de courses et j'ai même trouvé pour Léandre, une sorte de foin splendide avec une odeur d'herbe fraîchement coupée. Je lui ai aussi offert des friandises pour hamsters en forme de cœur.

En rentrant, j'ai bu mon verre de vin sur la véranda et je l'ai trouvé délicieux.

Alors j'ai fait ces gestes que Georgia faisait lorsqu'elle arrivait quelque part pour s'approprier les lieux, s'y sentir chez elle. Des gestes de femme, ai-je pensé. Ces mêmes gestes que je l'avais vue répéter dans les différents hôtels et gîtes où nous avions dormi pendant notre premier voyage ensemble où j'avais passé des après-midi entiers à la cabosser sur la banquette arrière de sa Ford Taunus vanille. J'ai donc vidé mon sac, rangé mes affaires dans le placard de la chambre. Sur la tablette de la salle de bains, j'ai posé mon rasoir, ma mousse, ma brosse à dents et mon tube de dentifrice coupé en deux, observant consterné que je ne pouvais me défaire de cette misérable habitude propre, me semble-t-il, à ceux qui ont manqué d'argent plus d'une fois dans leur vie. Puis, j'ai tassé maladroitement la trousse de toilette dans le recoin d'une étagère. J'ai fait le lit, disposé le *Livre 7* et *En nous la vie des morts* sur la table de nuit. Cela faisait des années que Guita travaillait sur ces deux livres sans que je sache vraiment de quoi il retournait. Le premier, d'origine hébraïque, était composé de quelques centaines de fragments anonymes ayant donné lieu à de multiples interprétations. Parmi tous ces fragments, le fragment 8, dit « le fragment secret », le seul qui fut composé uniquement de chiffres, avait suscité tous les commentaires possibles. Guita m'avait appris qu'en hébreu, chaque lettre correspondait à un chiffre. Cette mathématique particulière s'appelait *guematria*. Or, le mot hébreu *havaya*, « existence », correspondait au chiffre 8. Le fragment cachait donc, selon les chercheurs, le mystère et le sens de l'existence. Guita travaillait à partir de nouveaux éléments qu'elle avait découverts, notamment dans l'autre livre, *En nous la vie des morts*, un roman publié en 2006

— 2 + 0 + 0 + 6 = 8, tu te rends compte, Nort. !

L'auteur y donnait sa vision du fragment secret. Guita s'en était inspirée pour étayer son travail et proposer sa propre interprétation du fragment 8, et avec lui une nouvelle lecture du *Livre 7*. Le premier livre comme le second allaient agrémenter ma solitude d'autant que Fred s'y était également intéressé.

Je suis descendu allumer un grand feu. J'ai sorti un rocking-chair sur la véranda et je me suis fait un café. Du haut de mon trône royal, j'ai alors envisagé l'éventail des menus possibles pour ma première soirée solitaire. J'ai opté pour un filet de canard aux lardons et aux truffes avec des petits navets. Éplucher les légumes m'a fait du bien. Je n'étais pas angoissé, mais j'éprouvais une forme de malaise diffus, une sorte de peur encore raisonnable dont je me sentais enduit des pieds à la tête. Cette sensation poisseuse m'a conduit à m'interroger sur ma présence dans le Vermont mais je n'ai pas souhaité approfondir la question. Je me suis senti soudain idiot de n'avoir pas emporté mon téléphone. J'aurais volontiers réveillé Georgia au fond de son lit où elle devait se pelotonner comme le petit animal de fourrure si doux qu'elle était après que nous avions fait l'amour. Mais non, même avec un téléphone, je n'aurais sans doute pas appelé Georgia afin de ne pas la ramener dans le courant de mes sentiments et éviter d'échouer une nouvelle fois, tels deux poissons asphyxiés, sur ce banc de sable sec et désertique qu'avait été notre séparation à répétition. Quelle bonne image aurais-je eue de moi-même en refusant de lui téléphoner ! Mais, à minuit ou une heure du matin, passablement ivre, n'aurais-je pas cédé au besoin d'être rassuré, et appelé Guita ? Peut-être. Et cela n'aurait pas été correct de la réveiller à l'aube, même si je sais qu'elle m'aurait accueilli avec le sourire. Guita sourit toujours. Je me demande parfois si ce n'est pas la manière la plus habile de dissimuler une profonde dépression.

J'ai épluché mes navets, mis le canard à cuire et quand, vers sept heures, tout a été prêt, je me suis senti profondément inutile. Le silence s'est abattu sur moi comme une masse sans que je l'aie senti venir. Jusqu'ici, il y avait encore le bruit des couverts et du filet de canard qui grésillait dans la poêle, il y avait le glouglou du vin dans le verre et les bûches qui crépitaient dans la cheminée. Et soudain, plus rien. Le silence a pénétré les murs, les objets, chaque fauteuil, chaque chaise, la plus petite tasse à café, la moindre cuiller, la lumière la plus compacte, le recoin le plus obscur, et jusqu'à mon propre corps qu'il a infiltré à la façon d'une matière surnaturelle.

J'ai regardé le grille-pain et je lui ai demandé de me laisser tranquille. Je ne désirais pas avoir une de ces conversations telles que Fred en avait eues avec les objets avant de se tuer.

Il lui arrivait de pleurer en regardant le vent dans les arbres. Est-ce que diable on nous apprend seulement à mourir ?

A peine m'étais-je adressé au grille-pain que mes mots sont devenus irréels. Je me suis même demandé si j'avais parlé. Peut-être n'avais-je rien dit, peut-être le silence était-il resté cette masse intacte qu'aucune phrase n'était venue inciser, même en surface.

Le canard était dans l'assiette avec les navets et les lardons grillés, le vin immobile dans mon verre, la bouteille presque vide, le souffle du feu maintenant régulier, à peine audible, et je ne faisais plus aucun geste.

Léandre s'est réveillée et ce minuscule bruit m'a autorisé à bouger. Je suis sorti et j'ai observé la pleine lune dont la lumière coulait sur la campagne. On aurait dit un immense champ de neige. C'était le premier soir, mais de quelle vie ?

La marée de silence qui m'avait tout entier recouvert se retirait peu à peu et je commençais à discerner des sons ici ou là, dehors, le hululement d'une chouette qui m'a rassuré. J'ai toujours adoré les chouettes. Mon père affirmait que ma mère les aimait aussi. On peut apprivoiser les bébés chouettes. Elle l'avait fait. Il faut leur donner de la viande hachée avec une paille. Il me l'a dit à l'hôpital avant de mourir. Je le crois. Il est mort d'un cancer il y a trois ans, en quelques semaines, en vertu de cette ligne de conduite qui avait régi sa vie, à savoir « qu'il faut foutre la paix aux gens ». Depuis longtemps déjà il était retourné vivre dans le Michigan près de son frère Jim, dans la maison jaune où ils avaient été si heureux avec ma mère. Il n'en bougeait pratiquement jamais sauf pour aller parfois en Inde où elle aurait tant désiré mourir. C'était sa façon de lui rendre hommage et de la maintenir vivante dans sa vie. Je ne le voyais que de loin en loin, mais à chaque fois que nous nous retrouvions, nous partagions cette même cavité qu'avait laissé sa mort dans nos vies. Peut-être, avais-je songé plus d'une fois, n'aurions-nous jamais connu cette sorte d'intimité qui était la nôtre si Irène avait survécu. Il ne m'avait rien dit de son cancer et c'est seulement quelques jours avant sa mort qu'il m'avait téléphoné pour m'inviter à un festin en fin de semaine, précisant que c'est Jim qui viendrait me chercher puisqu'il était alité. Je sais bien qu'il ne serait jamais parti sans dire au revoir. Il m'a passionnément parlé de ma mère aux dernières heures de sa vie, de cette lumière qui émanait d'elle et de cet incroyable bonheur qu'ils avaient trouvé ensemble. Il disait toujours : « La catastrophe est nécessaire au maintien de la vie. » C'est ainsi qu'il accueillait les tracas de l'existence, et qu'il avait survécu à cette catastrophe qu'avait été la mort de sa femme. Il m'avait suggéré d'adopter la même attitude vis-à-vis de cette nouvelle catastrophe qu'était sa mort dans ma vie. Puis il m'avait tendu une photo et, en souriant, il m'avait dit qu'il m'aimait. Il était mort dans un état de sérénité extraordinaire.

Je suis resté longtemps à regarder cette photo pendant les années qui ont suivi. C'était l'automne. Le couple posait devant une très belle maison jaune pâle en bois, construite à la lisière d'une forêt : ma mère entourée de mon père et de Jim. Beaucoup de joie, de bonheur et de liberté émanait d'eux. Des années plus tard, j'étais à mon tour dans une maison de bois elle aussi à la lisière d'une forêt mais je n'avais pas peur. Je pensais sans arrêt à Fred et à sa mort qui achevait de me rendre le monde absurde. Je n'ai pas compris que la nuit soit tombée si vite.

Je suis resté assis longtemps sur la véranda à observer l'ombre des arbres en fumant une cigarette après l'autre. Le bruit du tabac qui brûlait, c'était celui de Fred et de ses cigarettes sans filtre. Pour la première fois depuis sa mort, j'ai réussi à penser à notre vie ensemble, tout ce temps commun qui nous avait cousus l'un à l'autre ; à nos premières années à Rhinebeck où nous habitions tous les deux avant de venir à New York.

Fred, c'était lui le chef de la bande à gugusses en classe de sixième, qui roulait à vélo à travers le parc de l'école, c'était lui le futur tyran, le révolutionnaire, le cancre aimé, plein de cet orgueil délicat que nourrissent ceux qui s'éprouvent différents, et pressentent déjà le poids de cette différence. La bande n'était composée que de filles, il aurait voulu les dévorer, elles le tétanisaient. Il me l'avait avoué après. Comme elles aimaient, ces petites filles de sixième, le sentir à la fois terrorisé et, bravant sa terreur, chef de bande malgré tout ! Jusqu'à mon arrivée et notre sortie en forêt avec le professeur de sport. Alors il ne s'est plus beaucoup intéressé à leurs jeux, et entre hommes, nous avons tout tenté pour soumettre le monde.

La journée d'escalade avait commencé de

bonne heure. J'étais encordé à Fred qui grimpait au-dessus de moi. A mi-chemin sur la paroi, il avait glissé, et je n'avais pas réussi à le rattraper. Il était tombé dans le vide et sa chute spectaculaire m'avait beaucoup impressionné bien qu'il ne se soit pas blessé. C'est peut-être d'ailleurs ce qui m'avait le plus troublé, que son corps soit resté intact malgré les six ou sept mètres qu'il venait de dévaler. De mon côté, je m'étais râpé le ventre avant d'atterrir sur une planche où un clou m'avait déchiré le poignet. J'avais eu huit points de suture, et le mois suivant, Fred m'avait aidé tous les jours en classe pour la prise de notes des leçons. Nous étions devenus amis.

Il y avait eu, depuis, un lien particulier entre nous, une sorte d'intimité spéciale comme on aurait parlé d'une intimité d'atmosphère entre deux étoiles.

Il avait un an et demi de plus que moi, des parents aussi névrosés que riches et une expérience de la vie beaucoup plus vaste que la mienne : je n'avais jamais touché les seins d'une fille, lui oui. Cela suffisait pour faire de Fred un caïd à mes yeux.

Notre première cigarette nous l'avions fumée, à la sortie de l'école, selon un rituel de voyous et de princes, ayant l'insolence des premiers et la grandeur des seconds dont nous mimions les gestes en roulant notre tabac d'une seule main à la façon des héros de nos films préférés.

Surtout, nous avions partagé cet événement majeur, qui reléguait mes jeux jusqu'ici favoris à de misérables préoccupations. Fred avait emprunté un film terrible à la collection privée de son père diplomate et, pour la première fois, nous avions éjaculé ensemble en nous branlant sauvagement devant la vision de trois femmes qui se dévoraient la chatte dans un hammam surchauffé. En vingt-quatre heures, nous étions devenus deux authentiques obsédés sexuels. A partir de ce jour, et au moins jusqu'à l'âge de vingt ans, nous n'aurions plus qu'un seul et unique but dans la vie : niquer, niquer, niquer.

Suite à notre séance mémorable, Fred était devenu un as du vol de magazines qu'il cachait sous son matelas. Nous les dévorions avec la sensation de profaner un trésor.

Six mois plus tard, je réussis à caresser la poitrine d'une rousse un peu boulotte qui ramenait ma main à la surface de ses seins à chaque fois que je tentais une descente en profondeur. Un an après, je pouvais enfin, grâce à Fred, toucher la chatte d'une brune de quatorze ans qui avait accepté de se laisser faire à condition qu'il lui prête la guitare électrique qu'il avait reçue pour Noël.

Nous irions ensemble à notre première surprise-partie, vêtus comme des bandits splendides. Je me souviens de son père qui, au moment de partir, lui avait fait cette remarque

— Tu es amusant dans ton p'tit costume !

Je l'avais détesté, alors que nous nous sentions des hommes, de nous prendre pour des fils.

C'est avec lui que j'attendrais, tapi dans le garage de mon père, les douze coups de minuit qui faisaient de moi un roi. Ayant officiellement dix-huit ans le lendemain, je pouvais enfin enfourcher ma première moto – une BMW R75 série 5 – et sillonner avec lui jusqu'au petit matin les rues de Rhinebeck où nous nous sentirions pour la première fois comme des dieux.

— Quand tu roules très vite tu n'es plus rien, la vitesse c'est quelque chose de très léger qui va presque au ralenti, il n'y a plus qu'une matière qui fend une autre matière, c'est comme une sorte d'absence, de vertige délicieux, d'oubli.

Nous prendrions notre première cuite dans les salons huppés de ses parents à Long Island, à coups de vodka et de champagne. Le lendemain, je resterais enfermé toute la journée dans notre chambre, physiquement épuisé et psychiquement éprouvé par notre conduite sous l'emprise de l'alcool, Fred m'ayant raconté que toutes les carafes avaient été retrouvées bourrées de merde le lendemain matin. Je ne me souvenais de rien. Deux ans plus tard, il m'avouerait avoir récupéré la merde de leur chienne Rosa, et en avoir rempli tous les récipients à cinq heures.

— Et quelle importance Nort., si on avait réellement chié dans les carafes !

Il connaissait des injures extraordinaires dans des langues étrangères qu'il avait apprises dans les différents pays où il avait séjourné avec son père.

— *Me cago en tus muertos,* « je chie sur tes morts » en espagnol, *testa di cazzo,* « tête de bite » en italien, *Ari bi alzouk,* « ma bite dans le savoir-vivre » en arabe !

C'est lui encore qui me ferait découvrir la peinture, Poliakoff et ses portraits de conscience, les portes de Rothko, la matière vivante du bleu de Klein, Egon Schiele, les plantes hallucinogènes et le vin rouge.

Nous aurions vingt ans ensemble et la force de croire que le monde nous appartiendrait.

Je suis rentré dans la maison où j'ai trouvé mon filet de canard tout froid. Je n'ai pas eu le courage de le faire réchauffer et je l'ai mangé devant le feu.

Je pensais à Fred, et je me sentais happé par cette solitude dont il m'avait parlé avant de mourir. J'avais beau réfléchir à tout ce que m'avait dit Guita à propos de la mort, je ne comprenais pas l'absence de Fred, ni le sentiment terrifiant d'abandon que je ressentais depuis presque deux semaines.

Fred disait que les suicidés avaient un tel amour de la vie, une si haute exigence de l'existence qu'ils se tuaient pour ne pas être infidèles à cet idéal. Est-ce à cause de cet amour qu'il était finalement mort ?

Le silence revenait tous les soirs avec la même brutalité. J'avais beau m'y attendre, je me laissais surprendre chaque jour. Il s'abattait sur la maison avec une force et une amplitude égales à la première fois, et chaque soir, il me fallait un moment pour dépasser l'état de tristesse et d'angoisse où il me plongeait. Mais ce temps d'inquiétude diminuait et mon coefficient de conscience à propos du silence commençait à augmenter. Avec un certain effort peut-être, et une certaine volonté, j'arriverais même à un coefficient correct. C'est Fred qui m'avait appris cela.

— Qu'est-ce que le coefficient de conscience, Nort. ? Le temps qui sépare l'instant de la blessure, de sa compréhension. Plus ce temps est court, plus la conscience est grande, plus le coefficient est élevé. L'être éveillé possède un coefficient de conscience proche de l'infini, c'est-à-dire que sa conscience prévoit la blessure avant même qu'elle ne se produise et ainsi en modifie la route. Tu me suis ?

Oui, je le suivais parfaitement, mais à quel coefficient était-il arrivé, lui qui était la blessure même ?

Je pensais souvent au peintre Rothko qui s'était suicidé en 1970, à l'âge de soixante-six ans et cela me semblait pire que tout. Cela signifiait qu'il n'avait pas trouvé, qu'il n'avait pas pu franchir la porte qu'il avait pourtant passé sa vie à peindre et à chercher.

Fred disait qu'un livre peut sauver un homme. Quel était alors ce livre qu'il n'avait pas lu ? A quoi avaient servi les cinq mille autres qu'il avaient dévorés ? Est-ce que la littérature peut *réellement* sauver un homme ? Comment diable un livre aurait-il pu l'arracher à son destin et le propulser vers l'avenir ?

Le lundi suivant, il faisait un temps splendide et face à la forêt, j'ai pensé à cette phrase de Savitzkaya que Fred citait souvent : « Le cul est un trésor aussi précieux qu'un soleil levant derrière des forêts de pins. » Je n'avais pas bouffé de culs depuis bien longtemps, mais je ne me suis pas laissé aller à m'imaginer en train de monter Georgia en levrette bien claquée, et à la place, j'ai fait un café fort en essayant de profiter du soleil et des pins. L'effet pour autant m'a semblé vraiment différent.

Léandre n'était pas encore couchée et bâillait à tout va. Je l'ai prise avec moi dans la cuisine, pour la pataucher un peu et elle a fait trois petites crottes parfaites. Je n'avais aucune idée de l'heure. Cela ressemblait à l'aube, mais il était peut-être midi. J'avais lu dans un livre que l'on pouvait observer l'énergie du monde, à l'aube et au crépuscule, en rapprochant les index des deux mains, mais j'avais beau essayer de répéter l'exercice rien n'y faisait. Je crois qu'il y avait des oiseaux qui chantaient depuis longtemps. J'ai eu envie de voir Guita, puis j'ai pensé à cette femme qui s'était déshabillée d'un coup de fermeture éclair cet hiver, à son corps d'otarie blanc, allongé sur mon lit avec sa large culotte verte et son soutien-gorge qui s'attachait sur le devant. Son grand corps gauche que j'aurais voulu étreindre ce matin. Elle venait du Nord, c'est Fred qui me l'avait présentée. Il voulait m'aider à me sortir de Georgia.

— Elle n'est pas bonne pour toi cette femme, Nort., elle n'est pas bonne !

Fred n'avait jamais aimé Georgia. Il ne me l'avait pas dit, mais je le sentais. C'était un homme à qui l'on pouvait vraiment parler de sexe. Il savait ce qui me retenait à elle mais, malgré cela, il pensait que je devais la quitter.

— Quel est ton coefficient de conscience avec Georgia ? Catastrophique !

Il avait raison.

Après le petit déjeuner, j'ai mis mes grosses chaussures et je suis parti droit dans les bois. Je ne m'étais pas promené dans une forêt depuis deux ans. La dernière fois, j'étais avec Guita en Dordogne. Elle m'avait emmené avec elle sur les traces d'un écrivain. Nous étions allés sur sa tombe. Au moment de partir, je l'avais vue glisser une cigarette sous une pierre

— Pour ce soir, s'il a envie de fumer

et elle avait ri.

Puis elle s'était rendue auprès d'une vieille nonne au visage sans âge qui s'était convertie au bouddhisme et vivait sur une colline, près d'un monastère tibétain. Guita devait me retrouver le soir, devant le cimetière à la sortie du village, vers huit heures. Alors que la nuit commençait à tomber, j'avais vu surgir un grand chien aux yeux jaunes qui était venu se poster face à moi, me fixant avec une intensité anormale. Lorsque soudain je m'étais adressé à l'animal en disant

— Guita ?

j'avais presque été surpris qu'il ne me réponde pas

— Oui, Nort.

Un camion rempli de saisonniers m'avait alors balayé de ses phares et j'étais parti à la rencontre de Guita qui marchait un peu plus loin sur la route. Lorsque je lui avais raconté que j'avais un instant – mais un instant seulement – songé que la nonne bouddhiste avait pu la transformer en grand chien aux yeux jaunes, Guita avait ri comme si je lui disais la chose la plus naturelle du monde.

— Je ne t'aurais pas fait un coup pareil sans te prévenir !

Le soir, nous avions bu plus que de raison et c'est peut-être ce jour-là que, pour la première fois, nous nous étions approchés d'un peu près. Guita avait un corps souple et nerveux. Il y avait de l'anguille dans cette femme-là et sa façon d'aimer relevait d'une danse marine.

Elle avait ponctué le reste du voyage de phrases extravagantes

— Chez les libellules et les criquets, le mâle doit s'accrocher à sa partenaire des jours entiers pour la féconder. Il risque, à chaque fois, de mourir d'épuisement. Le solifuge, un cousin de l'araignée, frappe sa compagne sur le sol avant de lui mettre un petit sac de spermatozoïdes. 90 % des oiseaux sont monogames, les couples restent ensemble jusqu'à ce que les poussins soient autonomes. Chez les mammifères, il n'y a que 5 % de monogamie. Incroyable Nort., tu ne trouves pas ?

C'était peut-être ça qui me manquait le plus aujourd'hui, son enthousiasme qu'elle résumait si bien en racontant l'histoire de l'homme en maillot de bain.

— En arrivant au Sahara, il s'exclame : « Quelle belle plage ! » Tout est toujours une question de regard, Nort. !

Oui, c'était peut-être ça qui me manquait aujourd'hui pour supporter la mort de Fred, tandis que je sentais l'épaisseur de la forêt, comme une matière vivante me pousser et se refermer sur mes pas. J'avais déjà marché deux bonnes heures et je regrettais de n'avoir pas emporté une gourde. Un orage semblait poindre à l'ouest et la perspective de marcher deux heures pour rentrer me rendit vulnérable. Alors que je débouchais sur une clairière magnifique, je vis en son centre s'élever un pin géant qui avait l'air d'un dieu.

Je me suis approché de l'arbre avec l'idée de

me reposer un moment sous ses branches. C'est là que j'ai découvert un véritable cimetière à limaces. Je ne sais ce qui avait si rageusement tué les bêtes – ni pour quelle raison elles se trouvaient en quantité si formidable sur ce terrain – mais le spectacle désolé de ces milliers de corps brunâtres écrasés m'a fait un effet désastreux.

Les limaces semblaient avoir été rassemblées, broyées puis dispersées tout autour de l'arbre si bien que, quelle que soit la direction vers laquelle on se tournait, elles s'étalaient à la façon d'un immense tapis. Il y en avait des milliers. Une terrible envie de pleurer m'a pressé le cœur, mais je ne voulais pas me laisser aller seul dans cette forêt sous un tel arbre. Je suis resté un moment à regarder sans bien comprendre et bientôt, la lumière a faibli. J'ai entendu un coup de tonnerre extraordinaire, un éclair a déchiré le ciel à la manière d'un grand drap usé tout gris. Je me suis éloigné du dessous de l'arbre au moment où la pluie s'est mise à tomber, et alors que j'écrasais les corps gélatineux des limaces, la panique m'a submergé. Il m'a semblé que j'allais mourir dans cette forêt, loin de tout, sans que personne ne le sache et je me suis mis à courir dans les bois comme un jeune veau. Je me suis juré, si je m'en sortais, que j'écrirais à Guita afin qu'elle puisse identifier mon corps au cas où je ne survivrais pas à mon séjour dans le Vermont. Au moment où je réalisais qu'elle était sans doute la dernière personne qui comptait dans ma vie, mon cœur s'est mis à voler à l'intérieur de mon thorax, se cognant à mon squelette, comme un oiseau affolé dans une maison s'écrase sur les vitres. Je faisais de grands mouvements avec mes bras, en regardant de tous côtés pour essayer de retrouver ma route. Je me sentais totalement perdu. Je savais qu'un seul chemin m'avait conduit à la clairière et qu'il me suffisait de le prendre en sens inverse pour rejoindre la maison, mais mon sentiment intérieur de solitude et d'abandon était tel que je confondais les points cardinaux de mon cœur avec ceux de la géographie. Il a fait tout à coup très froid et j'ai grelotté en suant sous mes pulls.

Lorsque j'ai aperçu la maison, je me suis calmé à la façon des enfants dont l'inquiétude prend fin avec les premières lueurs du jour. Je me suis changé en arrivant et j'ai roulé avec la Mercedes jusqu'au café Internet de Northfields où deux messages de Guita m'attendaient.

> *Nort.,*
> *J'ai fait un rêve extraordinaire dont je voulais te parler sur-le-champ. Fred était allongé sur un matelas et dormait paisiblement. Je m'approchais de lui*

et il me disait, en ouvrant les yeux, de ne pas m'inquiéter, que tout allait bien là où il était et qu'il devait m'enseigner trois choses. 1. La mort n'est qu'un passage, 2. La foi est un rempart de lumière, 3. Il faut travailler sans relâche sur soi-même. Tu ne peux pas savoir comme il semblait heureux dans le rêve et combien son visage était apaisé, je ne l'ai jamais vu ainsi dans la vie. C'était merveilleux. Du coup, j'ai été d'une joie épouvantable les jours qui ont suivi.

J'ai rejoint ma mère à Montpellier. Nous avons passé quelques jours ensemble à parler et à manger (notamment de l'époisses, un fromage de Bourgogne qui sent très fort, une vraie merveille !). J'ai bu un pouilly fumé avec elle et nous avons refait le monde jusqu'à trois heures du matin. Peut-être faut-il prendre la vie en entier comme elle et l'aimer pour ce qu'elle est sans la rêver autre, ou alors prendre ses cliques et ses claques ! Tout est une question de regard, tu le sais. La seule chose qui compte c'est de ne pas se laisser aller à être malheureux, parce que la vie est essentiellement liée à la joie. Mais c'est soi et seulement soi qui sait pour soi. J'imagine que tu es très fatigué, et très las. Je pense à toi, je me sens impuissante à t'aider. Comme dit le proverbe chinois : « L'expérience est un peigne pour le chauve. » Tu dis souvent que j'ai de la force Nort., mais je n'ai pas de forces spéciales, simplement t'entendre me dire que j'en ai m'en donne. Alors, à mon tour, je peux te dire, tu as de la force, aie confiance, et

si tu doutes de ton propre regard sur toi-même, aie confiance dans le mien.
Les sages disent qu'il faut remercier ceux qui nous donnent l'occasion d'affronter des difficultés car ainsi ils nous grandissent. Merci Fred. On va exactement, je crois, vers le nœud qui nous déchire. Tu dois affronter ce grand danger d'avancer sans filet. Sache que je suis avec toi, et si tu ne me vois pas, c'est que je suis derrière, toujours.
Prends soin et dis-moi. Même un signe. Ici il fait beau et froid. Je me sens légère et joyeuse comme un petit marcassin. Je pense à toi beaucoup et je pense à Fred aussi beaucoup. Je t'embrasse, je vois ton visage quand il est lumineux.
Je me roule dans tes bras.
Guita.

Nort.,
Aucune nouvelle de toi. Ne fais pas le poisson, nom de Dieu ! Où es-tu ? Comment vas-tu ? Tu me manques.
Guita.

Je voulais passer un bon moment avec elle à lui écrire une longue lettre, mais un groupe est entré et je ne lui ai envoyé qu'un court message.

Guita,
J'ai quitté New York. Je suis dans le Vermont où j'ai loué une maison pour un durée indéterminée

afin de tenter de muter. J'ai emmené Léandre avec moi qui s'adapte sans problème à ses nouvelles conditions d'existence. Mieux que moi en tous les cas. Je me suis permis de t'emprunter ta Mercedes comme tu me l'avais si gentiment proposé. La maison me convient mais c'est ma compagnie qui m'est un peu pénible. Tu dis parfois que je suis hermétique comme une combinaison de plongée et que l'on glisse contre moi comme de l'eau, eh bien voilà à peu près où j'en suis, sauf que je suis à la fois la combinaison, le blaireau qui la porte et l'océan qui glisse dessus.

Je me sens perdu, mais penser à toi me fait du bien. J'ai emporté les bouteilles de margaux que tu m'as offertes parce que je crois que cette période de ma vie est exceptionnelle. Il me semble que je vais crever ou renaître. J'en ai déjà bu une. Oui, ton rêve avec Fred est beau.

Je crois que tu aimerais cette maison. Il y a une peau de cerf tendue sur la véranda.

Es-tu retournée en Dordogne voir ta vieille nonne ?

Guita, c'est difficile de vivre, je trouve.

Je te serre dans mes bras. Dis-moi encore. J'ai besoin.

Nort.

P.-S. : Je crois que les nerfs de mon cœur ont été sectionnés.

Peut-être la définition de l'enfer correspond-elle à un groupe d'Américains fêtant un anniversaire dans le bar le plus bruyant d'une petite ville en rase campagne ? Ils étaient à peu près une douzaine, installés autour d'une table qui leur avait été réservée. L'élu de la soirée ne devait pas avoir quarante ans et il semblait ignorer la présence des petits doigts de sa femme qui tripotaient sans cesse son oreille. L'homme était beau, mais son visage devenait effarant de stupidité lorsqu'il riait, une stupidité qu'il dissimulait le reste du temps sous un air ténébreux et hautain. Je les ai regardés un moment en finissant ma bière, mais l'épaisseur de leur conversation me blessait et je me sentais désolé de n'éprouver aucun amour pour eux. La bêtise neutre de la femme, le rire sans grâce des invités, toute cette convention sociale où chacun d'entre eux disparaissait derrière le voile de l'inconscience festive, me donnaient envie de pleurer. Je les imaginais, en culotte courte ou en jupette à fleurs et j'essayais de comprendre à quel moment de l'existence la nécessité d'endosser un rôle s'impose à chacun d'entre nous ; à quels efforts désespérés nous nous astreignons pour y adhérer ou pour le briser. Je pensais aux limaces et à l'arbre puis j'ai cru discerner un léger agacement du mari vis-à-vis des doigts de sa femme. Il y a eu comme un flottement et chacun est retombé dans l'ennui. Au bout de la table, une jeune fille dans un fauteuil roulant, qui m'avait semblé plus gracieuse et plus jolie que les autres, s'est levée d'un bond et j'ai vérifié une fois de plus à quel point nous sommes toujours victimes de nos préjugés et de nos jugements.

Est-ce cela le jeu du monde : apprivoiser des carpes, en faire une horde d'artificiers derrière lesquels il y a parfois des hommes ?

J'ai quitté le bar, un peu déçu. J'aurais aimé rester assis un moment à observer les allées et venues des clients, mais je ne me sentais pas les moyens de supporter le groupe dans cette ambiance de mâles rougeauds. Alors j'ai repris la Mercedes et je suis retourné vers ma cabane et mon cerf.

Peut-être sommes-nous responsables de la misère de notre propre vie ? Guita le répète souvent. Comment peut-elle penser une chose pareille ? Comment Guita est-elle passée de la surface de sa vie à la profondeur de sa joie ? Guita c'est bien plus qu'une femme, c'est une *formula one*, une formule 1. C'est ce que Fred avait dit la première fois qu'il l'avait vue. La deuxième fois, il avait remarqué que ses seins dansaient comme des cabris. Je ne connaissais pas encore Georgia. Il faisait très chaud à New York, nous étions tous les trois à la piscine. Un groupe de malades mentaux prenait un cours de gymnastique aquatique et Fred avait noté que le professeur avait l'air le plus fou de tous. Il avait raison. Je me souviens aussi que dans le hall, une femme se mettait du mascara avec des gestes saccadés de petite bête. Parfois, des images se gravent en moi et je les porte longtemps sans savoir quoi en faire. Ces gestes, je les ai retrouvés dans la gare de Port Authority six mois plus tard. Une jeune mère épluchait méthodiquement une pomme pour la donner à son enfant. L'attention avec laquelle elle préparait le morceau, l'habileté de ses mains et de ses dents relevaient de la même espèce que celle du petit animal aperçu à la piscine en train de se maquiller les yeux. Une habileté de rongeur. Je m'étais dit en les observant que je n'étais pas de cette espèce, tandis qu'une phrase unique se répétait en moi comme l'éclat d'une lumière vive : Je vais me tuer. Mais peut-on se tuer sous prétexte que l'on ne reconnaît autour de soi aucun membre de l'espèce à laquelle on appartient ? Peut-être. Peut-être est-ce pour cette raison que Fred avait sauté par la fenêtre. Parce qu'il était goéland dans un corps d'homme et qu'il souffrait de ne pas en trouver deux comme lui.

Devant la maison, j'ai arrêté la voiture et je suis resté assis dans le silence comprenant que je pourrais l'apprivoiser en restant à l'affût.

Quelques jours suffiraient sans doute, pour qu'il cesse même de m'écraser si brutalement. J'ai mis mes mains sur mes oreilles pour entendre la mer. Ce n'est pas la mer que l'on entend ainsi mais le bruit d'un fabuleux incendie. Je suis rentré dans la maison et j'ai observé Léandre courir dans sa roue. Quand donc cesserai-je de prendre les autres pour ce qu'ils ne sont pas ?

Il était presque trois heures du matin lorsque je me suis enfin endormi. Fred disait que c'est à cette heure-là, dans le sommeil, que l'on est au plus près de la mort.

Avant de sombrer, j'ai imaginé Georgia au moment de se coucher, lorsque je l'attendais sur son lit pour faire l'amour. Elle passait devant moi, suspendait sa robe, éteignait la lampe du salon, allait faire pipi, repassait en peignoir, puis nue avec une serviette autour de la taille. Je l'entendais ouvrir la porte de la salle de bains. Il y avait le bruit du tube de pommade qu'elle se mettait sur les lèvres avant de dormir, le minuscule silence pendant lequel elle dévissait le bouchon, étalait la crème, puis le son mat du tube qu'elle reposait sur l'étagère. Alors, je savais qu'elle serait là bientôt, qu'elle m'embrasserait avec ce goût de coco sur les lèvres et que... Je n'ai pas voulu aller plus avant dans tout ça, j'ai seulement songé combien j'aimais ce rituel mais je ne crois pas avoir évité la vision de son cul formidable et de ses jambes qu'elle ouvrait d'un seul coup en m'offrant son ventre humide, avec sa nuque pliée et ses petites mains perdues dans les étoiles.

Je me suis réveillé avec l'image de son sexe entièrement rasé et l'aspect presque spirituel qu'avait cette gargouille de paradis au cœur de ses cuisses. L'esprit qui semblait l'habiter avec sa commissure unique et sage d'où coulait cette eau si précieuse de Georgia, m'a hanté une partie de la matinée. La nudité de son sexe avait toujours eu quelque chose de déchirant à mes yeux. Il semblait connaître ce que j'ignorerais toujours.

J'ai éprouvé, les jours qui ont suivi, une sorte d'abolition du temps, propre, je crois, à la solitude lorsqu'elle est soudaine et totale. Les heures étaient infinies, et les journées ridiculement brèves. Je ne suis pas retourné en ville. J'attendais quelque chose dans un état de fébrilité injustifié. Cette vacuité a provoqué une succession d'émotions contradictoires en moi. Je suis passé de l'euphorie à l'angoisse et de l'angoisse à l'euphorie avec une rapidité déconcertante, sans raison valable. J'ai rêvé de ma mère avec une précision que je n'avais jamais atteinte. Ma mémoire n'avait conservé aucun souvenir conscient d'elle, mais chaque rêve faisait remonter à la surface les traces enfouies que sa chair avait laissées dans la mienne. Forçant le sentier de ces traces à demi effacées, je pouvais enfin l'apercevoir dans la maison jaune pâle, me pencher sur son lit, la regarder dormir dans le soleil, les cheveux rassemblés sur sa nuque, tandis que, par la fenêtre, des buissons de mimosas enflaient dans le vent.

Je sais que Guita a raison lorsqu'elle dit que je ne me suis jamais remis de la mort de ma mère, mais on peut se demander comment il eût pu en être autrement. J'avais deux ans. C'est petit deux ans.

Guita raconte qu'en Inde, un proverbe affirme qu'un père vaut cent gourous et une mère, cent pères. Une mère vaut donc dix mille gourous si mes calculs sont exacts. J'ai donc manqué de beaucoup de gourous, et ce n'est pas en allant à *Bouddhaland* ou à *Jesus center*, que j'aurais pu pallier un tel manque. Et comment devient-on l'homme d'une femme quand on n'a pas été le fils d'une mère ?

Je me suis assoupi dans l'après-midi en pensant à elle. J'ai éprouvé le désir d'être dans ses bras, de sentir sa tendresse et tout ce qu'on raconte à propos des mères. Autrefois, je demandais à Fred de me parler de la sienne, et il finissait toujours par me dire

— Tu sais, ce n'est pas si extraordinaire que ça !

Comment diable peut-on sauter par la fenêtre quand on a eu une mère ?

Un jour, Fred avait regardé un corbeau droit dans les yeux parce qu'il voulait tomber malade pour ne plus aller à l'école. Il pensait que les corbeaux sont nos alliés. Aux urgences, où sa mère l'avait immédiatement emmené, suite à une crise de bronchiolite aiguë, elle ne l'avait pas cru à propos du corbeau. Peut-être le chagrin peut-il venir aussi de là, d'une mère qui ne vous croit pas ? Pourtant je suis sûr qu'il avait raison. Ce ne sont pas des oiseaux comme les autres. En observant son cou musculeux, il disait que le corbeau avait à voir avec l'ours, mais l'homme ne savait pas en quoi et ne le saurait jamais.

A quatorze ans, nous en avions vu des milliers dans le ciel, le jour du *datura metel.* Je ne sais plus comment Fred s'était procuré cette plante hallucinogène.

— Elle est sacrée, Nort., elle est putain de sacrée !

C'est le plus beau voyage que nous avons fait ensemble. Parce que nous avions vu les mêmes choses au même moment, à croire qu'elles existaient bel et bien, dans une autre réalité.

Sa mère nous avait surpris en train de concocter cette tisane qui nous emmènerait bientôt dans une dimension fabuleuse.

— Qu'est-ce que vous faites, mes chéris ?

— C'est une tisane chinoise pour la voisine. Elle a enterré hier son lapin au fond du jardin et elle vient de le retrouver dans son clapier. Alors elle est un peu chose, ça se comprend.

— C'est très gentil de votre part, mais finissez vite et ouvrez grand les fenêtres, c'est une infection cette tisane !

Nous avions menti avec un aplomb splendide. Ensemble, nous venions de conquérir une qualité de tout premier ordre : notre capacité radicale à faire semblant.

Je crois que nous avons été heureux cet été-là. Aux grandes vacances, après les trois semaines annuelles chez oncle Jim, mon père m'envoyait dans la famille de Fred à Long Island où ses parents m'accueillaient avec ce mélange de prévenance et de gêne que suscite l'enfant orphelin de mère.

La voisine avait trente-cinq ans et des tas d'amants. Fred avait déniché un *Catalogue français des prix d'amour de Mademoiselle Marcelle Lapompe* datant de 1915. Planqués dans un arbre, une paire de jumelles dans chaque main, nous tentions vainement de comprendre, en regardant les acrobaties de la voisine dans sa chambre, à quoi pouvaient correspondre des choses aussi extraordinaires que « le glougloutage du poireau avec pression de la main, pour trois francs cinquante », « la savonnette impériale russe (au savon de Marseille trois francs, au savon du Congo trois francs soixante-quinze) » ou « la minette bout à bout, l'homme entre les jambes de la femme (trois francs cinq) », pour laquelle on pouvait demander « le concours de la bonne qui faisait feuille de rose ou autrement dit ventouse dans le trou du cul, ce qui est très savoureux ». Comme tous les garçons de notre âge, la honte que nous éprouvions quant à nos obsessions se conjuguait à l'impatience de trouver une fille qui nous délivrerait.

Pour juguler « notre énergie débordante » disait-il, son père nous encourageait « à l'accompagner dans son footing quotidien », mais Fred lui répondait que nous ne pourrions envisager de courir autrement qu'avec un walkman sur la tête, la nuit, et poursuivis par quatre dobermans.

— Allez file petit con ! rétorquait son père.

Cela nous tordait littéralement de rire.

Il me déclamait des poèmes de Yazuki et nous nous moquions de sa petite sœur Lilly à qui ses parents avaient acheté un cheval d'appartement avec les couches *ad hoc.* Quelques années plus tard, Lilly deviendrait une jeune fille et nous y penserions tout autrement.

Leur mère passait son temps dans les musées dont elle ramenait des catalogues en papier glacé qu'elle feuilletait des heures, au fond d'un canapé en sirotant son whisky, et rêvant aux tableaux qu'elle n'aurait jamais le courage de peindre. Nous avions déjà atteint la liberté de considérer comme des croûtes, certaines œuvres pourtant reconnues dans le monde entier.

Contrairement à mon père, la famille de Fred vivait dans un grand luxe, ce qui me permettait d'appréhender le monde d'un autre point de vue. J'avais rapidement compris qu'il n'existait pas de bon ou de mauvais côté de la barrière, d'autant que Fred avait élaboré tout un discours sur le sujet qui, s'il mettait hors d'eux la plupart de ses interlocuteurs, confirmait ce que je pressentais depuis toujours.

— Les trois quarts des gens passent leur existence à vouloir « s'élever » socialement, dans l'illusion que la classe supérieure à la leur les rendra plus heureux. C'est une ineptie ! Cette couleuvre, qui est sans doute la plus énorme à avaler entre toutes, est pourtant celle qu'ingurgite sans sourciller la quasi-totalité des êtres humains, Nort. Et pour cause ! S'ils cessaient un instant de croire à cette chimère, à quoi pourraient-ils attribuer leur accès de mélancolie et leur soif intérieure d'autre chose ? Je ne crois pas à l'argent...

Il en voulait pour preuve que ni lui, ni ses parents, ni sa sœur Lilly, n'avaient jamais atteint une quelconque forme de bonheur. Parmi toutes nos fréquentations, il était le seul à avoir autant d'argent, le seul à y être aussi indifférent, et c'est ce qui lui donnait, en quelque sorte, une longueur d'avance sur nous.

— Ecoute ça, Nort., « Plus on est vrai, plus on devient irréel ». Il a tout compris le mec ! Comment veux-tu faire entendre ça aux normopathes !

Dans la bouche de Fred, ce grand mot englobait à peu près la totalité des êtres humains. Jamais, pourtant, il n'aurait eu une phrase désagréable sur quiconque. Il ne portait pas de jugement sur les êtres, simplement, il ne s'intéressait pas à ce qui, d'ordinaire, préoccupe la majeure partie des gens.

C'était ça et bien d'autres choses, qu'il me fallait apprendre à perdre : non seulement la présence de Fred, son regard aiguisé sur le monde, tous nos souvenirs, les rêves que nous avions nourris, notre amitié, mais aussi le tout jeune garçon que j'avais été avec lui, puis l'adolescent dont il était le dernier témoin vivant et que je devais coucher dans la terre brune où reposait déjà son grand corps de goéland. Peut-être était-ce le plus pénible, et ce qui me poussait à ouvrir toutes ces bouteilles de vin.

Certaines phrases de Guita avaient beau me revenir à l'esprit

— Chaque chute précède une connaissance nouvelle...

je n'arrivais pas à trouver ma place, ni à renoncer à l'espoir d'un paradis *hic et nunc.*

Dans l'appartement de Fred, à Chelsea, nous l'avions connu ce paradis solaire et nu. Pendant de nombreuses soirées, j'avais vécu à ses côtés un état de gaieté inouï qui avait presque effacé cette cavité mate qu'avait créé la mort de ma mère. Je rencontrais chez lui toutes sortes d'individus.

— Je t'explique Nort., regarde la fille qui est venue hier, la blonde, oui, c'est une hystérique. A quoi reconnaît-on l'hystérique ? Homme ou femme peu importe ! « L'Hystérique est une esclave qui cherche un maître sur qui régner ! » Splendide ! De qui est cette phrase ? J'ai complètement oublié Nort., mais c'est une phrase profonde ! L'hystérique est celui, ou celle, qui a besoin du discours de l'autre pour électriser sa peau intérieure. Comment faut-il agir avec des femmes comme la blonde ? Tout en caresses !

Parce qu'elle a besoin d'être caressée de l'intérieur, c'est son esprit qu'il faut faire jouir aussi. C'est un sacré boulot Nort., mais je crois que ça vaut le coup.

Il s'absentait parfois dans la nuit pour vérifier ses théories et je m'endormais sur son canapé en fumant ses cigarettes sans filtre.

Au bout de dix jours, je suis retourné au café pour voir si j'avais des messages. J'espérais un signe de Georgia tout en sachant qu'il valait mieux l'oublier. Il n'y en avait pas. Guita, elle, m'avait écrit une longue lettre que j'ai imprimée pour la lire à la maison. J'avais envie d'être seul, de m'enfoncer dans l'ouate épaisse de cet immense jour férié que devenait ma vie. En partant, j'ai aperçu une femme avec un casque de moto et une immense trace de cambouis sur la blancheur de sa jupe immaculée. Je l'ai trouvée très belle et je me suis demandé si je serais capable de l'aimer pour ce qu'elle était et non pour tout ce que j'avais déjà imaginé à cause de sa jupe blanche, du casque de moto, de ses jambes brunes et de la trace de cambouis. Un homme est apparu au guidon d'une vieille Harley que la femme a enfourchée et ma question a perdu sa raison d'être. J'ai quand même eu le temps de voir qu'elle avait un grain de beauté sur la lèvre inférieure et de belles cuisses lorsqu'elle a enjambé la moto.

En rentrant, j'ai mis quelques friandises dans la cage de Léandre, je lui ai redonné de l'eau et je me suis installé près du feu pour lire la lettre de Guita.

Elle me parlait du fruit de ses recherches et de son travail sur le fragment 8 du *Livre* 7. Elle détaillait ses démarches et me faisait le compte rendu de son voyage à travers la France.

> *Le périple vers le sud s'est bien passé. Je me suis roulée dans la terre, j'ai mangé les feuilles des arbres, je me suis couchée au milieu de la Loire gelée – le dernier fleuve d'Europe ! j'ai marché sur l'eau, j'ai eu froid, je n'ai pas pleuré, j'ai bu du vin, je me suis promenée dans les bois, j'ai glissé dans une flaque, j'ai recherché et trouvé ma nonne, j'ai rendu hommage à François Augiéras, j'ai redéposé une cigarette sur sa tombe, une Craven A sans filtre, et j'ai mangé du confit de canard. La routine quoi !*

Après s'être extasiée sur la présence de la peau de cerf sur ma véranda, Guita terminait sa lettre par ces simples mots :

En nous la vie des morts

Je t'aime comme il y a mille ans.
Guita.

Cette phrase m'a fait un bien extraordinaire. La mort de Fred me brûlait tous les jours, je n'avais aucune nouvelle de Georgia, et je réalisais que je comptais pour quelqu'un. J'ai eu alors envie, pour la première fois depuis longtemps, de m'intéresser un peu à autre chose qu'à ma peine. Devant le feu, ayant mis à cuire une lourde poignée de cèpes et de pommes de terre, enroulé dans une couverture écossaise, j'ai commencé à lire *En nous la vie des morts.*

Premier chapitre, 7 ans

— Et Vénus aussi ?

Ils marchaient en silence, côte à côte, depuis une heure déjà, lorsque Joselito avait posé la question. L'homme ouvrait la route et l'enfant le suivait à quelques pas. Il ne venait jamais seul sur le sentier des douaniers. D'abord parce que c'était ici qu'il avait vu son père pour la dernière fois, ensuite à cause de l'animal. Dans toute l'île, c'était le chemin qu'il préférait. Il y avait là tant de beauté que l'air en était presque grave.

— Oui, Vénus aussi mais je t'en parlerai plus tard. Il faut beaucoup de forces pour Vénus. Beaucoup de forces...

Ce jour-là, Joselito avait passé la matinée à la taverne de Macinaggio, pas très loin de Santa Maria, où il y avait aussi Luiggi, celui qu'on appelait Luiggi, qui jouait de la guitare toute la journée, dans un coin, derrière les tables du fond. Joselito buvait des menthes à l'eau qu'il se servait lui-même au bar, la patronne le lui permettait lorsque son mari n'était pas là, et il rêvassait assis à la même table d'où un lundi il avait vu l'homme entrer pour la première fois. Déjà, ce n'était plus vraiment un homme, mais plutôt une atmosphère d'homme, la matière subtile d'un homme, son plus puissant secret qu'il aurait mis à nu. Joselito n'avait jamais vu un être comme celui-ci jusque-là, mais il n'aurait pu se résoudre à lui parler. Ni ce jour-là, ni tous les autres jours où l'homme était revenu. Parce qu'il revenait. Jamais à la même heure, mais tous les jours. Il s'asseyait près de Luiggi pour écouter la musique les yeux fermés. Il pouvait boire du vin à l'aube et du lait à la nuit, ou l'inverse. Il mangeait quand il avait faim, partait parfois dormir sur la plage en plein jour et, par la suite, Joselito avait vécu avec lui des nuits sans sommeil les soirs de pleine lune.

Puis il y avait eu ce lundi-là où l'homme n'était pas venu. Joselito s'était éloigné jusque vers la plage de Tamarone et, soudain, il l'avait vu qui se tenait au bout de la grève, assis dans le vent. C'était en plein été, son corps bougeait à peine et pourtant il riait. Il riait de toutes ses forces en regardant le ciel. Joselito était arrivé par-derrière et l'ayant probablement senti, l'homme avait tourné son visage hilare vers le sien :

— Je t'attendais, petit, on peut aller partout, aussi bien sur la lune.

Puis il avait ajouté :

— Ta soif, c'est quelque chose !

C'était en juillet, cela faisait quatre ans que son père n'était pas revenu de la mer. Et soudain le rire avait cessé d'un coup. L'homme s'était levé. Joselito l'avait vu sortir un mouchoir de sa poche et essuyer ses yeux, puis il avait murmuré en se penchant :

— Toi aussi tu es Dieu. Dieu est seul petit, c'est une chance pour nous... Allons, il est l'heure de rentrer.

Ils avaient marché côte à côte jusqu'à Ersa, en passant par l'intérieur des terres. Arrivé à Santa Maria, l'homme s'était arrêté pour regarder à l'intérieur de la chapelle abandonnée, comme s'il avait su avant même de le voir que l'animal y serait. Le cerf se tenait debout, immobile. L'homme et l'animal s'étaient regardés sans bouger. Joselito n'avait pas osé faire un mouvement non plus. Jamais il n'avait vu de cerf dans l'île, mais il ne se demandait pas comment un tel animal avait pu arriver jusqu'ici.

Chaque lundi depuis ce jour, ils s'étaient retrouvés tous les trois, l'homme, le cerf et l'enfant, et c'est peut-être la seule habitude qu'ils avaient contractée ensemble. Comme un rituel. L'homme au manteau de daim l'attendait sur la grève de Tamarone où Joselito venait le rejoindre. Il le trouvait devant l'océan, mais le plus souvent tournant le dos aux vagues, les yeux fermés. Parfois il pleurait et riait en même temps, à la fois dégagé et désespéré de tout, comme si la joie la plus intense et la tristesse la plus profonde se fussent incarnées au même instant en lui. De les vivre ainsi ensemble, il les dépassait. Ils empruntaient alors le sentier des douaniers et cheminaient jusqu'au cerf dans la petite église. Et de fait, tous les trois, ils s'apprivoisaient. L'homme parlait peu mais toujours, selon Joselito, pour dire des choses mystérieuses et importantes.

Joselito venait d'avoir sept ans et sans qu'il n'en eût rien dit, l'homme était venu avec un livre.

— A chaque vie l'homme a sept fois sept ans, et ainsi il lui est donné sept fois l'occasion de naître. Je te donne le *Livre 7*. Le plus important qu'il y a à savoir y est écrit, mais il te faudra aussi un jour jeter les livres parce que les livres ne sont rien s'ils ne s'incarnent pas. L'homme a sept ans à chaque fois que la somme des chiffres de son âge est égale à 7. Ainsi, à 7 ans, à 16 ans, à 25, 34, 43, 61, et jusqu'à 70 ans où, s'il a accompli sa vie, il devient « un enfant aux cheveux blancs » et sort de la mathématique pour pénétrer dans l'Infini. Un homme digne de ce nom ne peut se satisfaire que de l'Infini. Tu verras qu'il y a très peu d'hommes sur la terre. Mais avant d'atteindre à cet absolu, il y a une histoire pour chacun à découvrir et à comprendre, il y a un chemin à accomplir.

C'était la première fois que Joselito possédait un livre relié de cuir et il en éprouvait une sorte d'orgueil.

— Le chiffre 7 est sacré. Le *Livre* 7 l'est aussi à sa manière. Mais maintenant, allons voir le cerf. Sais-tu que les cerfs voient dans l'obscurité ? Ils ne demandent pas d'amour ni de caresses, ils poursuivent leur route sans se soucier d'autrui, concentrés dans leur tâche.

— Laquelle ?

— Je ne sais pas Joselito, je sais seulement leurs yeux et plus que leurs yeux, leur regard.

Soudain, il s'était mis à rire en se tapant sur les cuisses. Joselito avait ressenti ce qu'il éprouvait parfois en mer, lorsque cela lui faisait mal tellement c'était bon d'être à la fois si petit et si grand sur le bateau.

Dans l'île, on tolérait de les voir passer ainsi, silencieux l'un derrière l'autre, ou même de les surprendre, assis tous les deux, parlant à voix basse sur la souche d'un arbre. La mère de Joselito avait fini par accepter la présence de l'homme au manteau de daim car elle avait vu que son regard était bon et c'est à partir de ces sortes de choses qu'elle se permettait de juger un homme. Elle savait qu'il venait de la ville, de l'autre côté de la baie, voilà tout. Dans l'île, personne ne lui avait posé de question. Certains l'admiraient pour son indépendance, d'autres le méprisaient pour cette raison même, mais tous respectaient jusqu'alors qu'il sût pêcher.

Ils bavardaient toujours un peu avant de se mettre en route mais nul n'aurait pu imaginer ce qu'ils se disaient.

— Les petits serviteurs de l'air, les sylphes, ont des formes ravissantes et vagabondes. Ils planent sous nos yeux aveugles, diffus comme des rêves...

— Et les gnomes, ils existent ? Comment sont-ils, tu en as vu ? Mon père me disait qu'ils en avaient vu à la pointe d'Ersa.

— Les gnomes sont comme des lutins avec de longs bonnets et des yeux étincelants. Ce sont les esprits de la terre.

— Et le feu aussi a ses génies ?

— Oui, on les appelle les salamandres.

— Tu leur as parlé ?

— Il est très difficile de leur parler. On ne doit jamais les aborder en premier mais rester là, près d'eux, jusqu'à ce qu'ils aient confiance et viennent à toi.

— Et l'eau... L'eau aussi ?

— Bien sûr, ce sont les ondines.

— Peut-être que mon père est avec elles...

L'homme au manteau de daim s'était tu. Alors Joselito avait rassemblé tout son courage et pour la première fois il avait essayé de dire. Il regardait droit devant lui l'océan, et il parlait par saccades, les yeux remplis de larmes.

— Ils étaient cinq, tu sais, deux bateaux, ils avaient fêté chez nous la fin de la saison, mon père et les autres, ils étaient ivres, ils sont partis pour une dernière sortie en mer, nous les avons accompagnés avec maman sur le sentier des douaniers, j'avais pris la lanterne, ils sont partis dans le noir, ils m'ont laissé la lanterne, ils ont laissé la lumière pour maman et moi sur le chemin du retour, il n'est pas revenu, ils ne l'ont pas retrouvé, il est tombé, la nuit, jamais on ne l'a retrouvé. Jamais.

Pour la première fois, l'homme au manteau de daim avait serré l'enfant contre lui.

— Si ton père t'a parlé de la pointe d'Ersa, sûr qu'il a été recueilli par les ondines. Il ne doit pas être très loin et veiller sur toi. Il y a peu d'hommes capables de voir.

Et ils n'avaient plus jamais parlé du père.

Ainsi, de semaine en semaine, ils tissaient un lien qu'aucun des deux n'aurait eu le désir de nommer. Et quand Joselito entendait le cerf bramer parfois la nuit, au loin, il rayonnait d'orgueil dans son lit parce qu'il était sûr qu'il les appelait.

Il retrouvait l'homme au manteau de daim presque sans réfléchir et le second enseignait maintenant au premier à pêcher d'une manière nouvelle avant de s'en aller retrouver l'animal. Ces longues heures silencieuses ponctuées de conversations comblaient l'enfant.

— Le soleil, tu crois qu'il est habité ?

— Qu'est-ce que tu en penses ?

— Sans doute, parce que je suis sûr que toutes les planètes sont habitées !

— Tu as raison Joselito, mais les hommes l'ignorent. Ils le sauront dans très longtemps, quand leur science le leur prouvera. Les hommes ne croient pas Joselito, ils avancent incrédules, sur la route, aveuglés d'idolâtres, sans gratitude.

— Mais comment visiter toutes les planètes ?

Et il lui racontait que c'était comme dans un rêve mais plus réel que la plus réelle de toutes les réalités. Parce que ce n'était pas un rêve...

— Lorsque tu rêves tu ne sais pas que tu rêves, n'est-ce pas ? Eh bien imagine que tu rêves en ayant conscience que tu rêves, imagine-toi en train de te dire : cela ressemble à un rêve mais ce n'est pas un rêve puisque je suis en train de me dire que c'est un rêve... Tu comprends ?

— Oui, je crois, mais comment arrives-tu à cela ?

— Tu respires, exactement à la manière dont tu respires sur ton petit bateau lorsque tu t'en vas tout seul sur la mer. Parce que le monde est une respiration Joselito, le monde est le corps de Dieu respirant. Les hommes sont des enfants qui se projettent sur la lune comme des pions. Mais toi, tu es cela, tu es le grand souffle, je le vois qui se respire à travers toi lorsque tes yeux sont mouillés par la joie qui te prend près du cerf ou même quand tu mesures à toi tout seul ce qu'il y a d'inachevé dans l'univers entier.

A l'origine d'un drame, il y a presque toujours la jalousie d'un cœur étroit envers un homme libre. Au fur et à mesure que le temps passait, l'air de l'île se chargeait d'un orage. Personne n'aurait su dire de quoi il s'agissait, mais une tension avait vu le jour entre les habitants. Ce n'était pas que la présence de l'homme les dérangeât, mais ils ne pouvaient s'empêcher désormais, pour la plupart d'entre eux, d'en penser quelque chose. Oh, ils se défendaient bien de le juger mais une opinion à eux, bien à eux, oui, de cela ils ne pouvaient se priver. Et le joueur de guitare du café de Macinaggio avait beau leur répéter

— Vous ne savez rien de cet homme, vous ne connaissez pas son histoire...

ils arguaient de leur capacité d'observation, de leur expérience de la vie pour défendre leur liberté et leur droit irréductible à l'exercer

— Ah Luiggi, on a quand même le droit d'avoir son idée, non !

Mais ce n'est pas une idée qu'ils avaient, non, c'était une envie ! Celle de parler, de prendre position, de se confronter, celle d'avoir raison, de se battre, se défendre, ils avaient l'envie d'exister, et une immense prétention à être. Être libre eux aussi, ne pas avoir tué cette soif qu'ils ne se souvenaient peut-être même plus avoir éprouvée, enfant.

Peut-être était-ce cela qui se tordait à l'intérieur de chacun, la mémoire de cette soif très ancienne qu'ils avaient négligemment bafouée. Et cette envie au départ si ténue était en train de se dresser comme une lame se prépare du fond de la mer, et ce qui allait devenir une forme de colère, c'est contre l'homme au manteau de daim qu'elle s'élèverait pour ne pas se fracasser contre eux-mêmes. Contre tous les choix qu'ils n'avaient pas faits dans leur vie, et qui, un jour après l'autre, avaient progressivement détruit cette soif, cet amour de la liberté, cette innocence qui avaient été les leur, jusqu'à les transformer en une série d'émotions et d'opinions plus ou moins grossières

— C'est sûr que quand on n'a pas besoin de gagner sa vie...

Ils n'en savaient rien, cependant ils avaient oublié que cent fois dans leur propre vie, il leur avait été proposé de choisir, de prendre le risque ou non de naître à eux-mêmes ; cent fois ils en avaient eu l'occasion et parce qu'ils n'en avaient pas eu la force ni le courage, parce que d'autres avant eux, et pour les mêmes raisons, leur avaient enseigné la peur et la servilité, ils s'étaient saisi, petit à petit et comme à regret, de ces idées toutes faites qu'on leur avait soumises, et croyant ainsi échapper à la folie, à l'absurde, à l'abandon et peut-être même à la mort, ils avaient acquis la certitude de leurs convictions.

— Il est un peu bizarre tout de même.

— Moi, je dis qu'un homme sans femme, c'est pas bon.

— D'où vient-il ? On ne sait pas, de la ville à ce qu'on dit, hein, on sait bien ce qu'elle vaut la ville.

— Et puis cette bête, ce cerf, vous l'avez vu, vous ? A ce qu'on dit, il serait presque blanc, mais c'est pas bien possible. Peut-être que l'homme lui a jeté un sort dans l'église.

Jour après jour, la somme de leurs opinions était en train d'acquérir une présence, contre laquelle ils ne pouvaient éviter de se cogner. Bientôt, ils auraient besoin d'agir. Parlant pour ne rien dire, ils ne trouvaient pas dans la parole la puissance de l'acte qu'elle porte lorsqu'elle est pleine et juste. Ils étaient sans parole. Sans plénitude.

Un soir, alors qu'ils restaient quelques-uns dans le bar, le patron avait fini par dire

— En tout cas, ce que je dis moi, c'est qu'il faudrait pas qu'il lui arrive quelque chose au gamin...

Il y avait eu un silence, et l'un des hommes avait ajouté

— Ah non, ça, son père ne nous le pardonnerait pas...

L'homme et l'enfant avaient pêché plus longtemps que de coutume ce lundi-là et Joselito ne comprenait pas pourquoi ils tardaient à se mettre en route pour retrouver le cerf, mais il n'osait poser de question. Le matin même, l'homme au manteau de daim avait découvert la carcasse d'un renard mort à proximité de la plage de Tamarone et y avait vu un mauvais présage. Parce qu'il savait à peu près ce qui les attendait, il rechignait à vérifier son intuition. Son visage était plus sombre.

— Qu'y a-t-il ? osa enfin lui demander Joselito.

— Je vais devoir quitter l'île, petit. Tu comprendras vite. Allons, viens maintenant, nous avons encore de la marche avant Santa Maria.

Il essaya de sourire, mais Joselito comprit que le cœur n'y était pas. Pour la première fois, il vit une tension dans le visage de l'homme et c'était comme une ombre qui l'entourait, se mouvait avec lui.

Ils avaient repris le sentier des douaniers, et l'homme se tenait derrière l'enfant, le regardant avec une tendresse désolée.

La veille il n'avait pas dormi. A la tombée du soir, il était parti vers l'église pour tâcher de trouver le cerf. Longtemps, il était resté près de lui, murmurant des choses dans le noir, et l'animal l'écoutait, docile. Il faisait encore nuit lorsqu'il s'en était allé. La lune énorme éclairait sa route. Il avait pris un autre sentier que celui des douaniers pour rejoindre Tamarone où il comptait rassembler l'ensemble de ses affaires dans le cabanon. Il lui faudrait peut-être partir le lendemain et il souhaitait se tenir prêt. C'est alors qu'il les avait entendus et, levant la tête vers le ciel, il avait murmuré : « Ils ne savent pas ce qu'ils font. » La nuit était immense et il se sentait immense avec la nuit. Il avait choisi de ne pas hâter le pas, mais de s'écarter du chemin, avançant parmi les bruyères et les joncs jusqu'à perdre l'écho de leurs voix et de leurs mouvements.

A Tamarone, la mer semblait une masse en fusion. La lune s'y reflétait lui donnant l'aspect d'un plateau d'argent où reposait la nuit. Un vent s'était levé qui l'entourait d'une caresse très douce. Il y fut sensible et en éprouva une sorte de frisson solennel. Il regardait la mer dans la nuit, il n'éprouvait aucune tristesse ni aucune peur. Il savait. Depuis le début, il avait su. C'était même pour cela qu'il était venu, qu'il avait traversé la baie pour s'installer quelque temps sur l'île. Et maintenant cela était en train d'avoir lieu. Il n'en pensait rien. Assis à quelques mètres du cabanon, ses affaires rassemblées, il attendait et regardait la mer, avec dans son cœur Joselito et le cerf, bénis.

Les hommes avaient passé l'angle de Tamarone depuis longtemps maintenant et ils approchaient de Santa Maria. Six d'entre eux avançaient d'un bon pas dans le silence, tandis que le septième, Luiggi, semblait traîner et retardait le groupe.

— Allez, dépêche-toi, tu vas finir par tout faire rater !

Mais il ne se sentait pas le courage de se presser car il éprouvait tout au fond de son être la sensation d'un petit caillou qui le gênait, empêchant sa marche d'être libre et son esprit clair. Or, cet infime tourment qu'il avait négligé au départ était en train de prendre des proportions qu'il ne maîtrisait plus, qui l'incommodait au point de lui gâcher cette marche dans la nuit et ce pour quoi il avait choisi de veiller ce soir avec les autres.

C'était comme si une part si ténue de lui-même, qu'il n'aurait su nommer, mettait en péril l'ensemble des certitudes à partir desquelles il avait choisi de participer à cette action. Il avait beau repasser la soirée de la veille dans sa tête, entendre de nouveau l'ensemble des arguments qui avaient été énoncés, leur clarté, leur justesse, non, quelque chose en lui restait mal à l'aise.

Il ne comprenait pas qu'un scrupule s'était glissé en lui, et que, quoi qu'il fasse, il ne pourrait parvenir à se débarrasser de cet embryon de conscience qui, s'il l'humiliait aux yeux du groupe, l'honorait aux yeux de l'homme.

De fait il n'avait pu s'empêcher de traîner tout au long du chemin, si bien que les autres, las de l'appeler, avaient fini par le distancer et il restait maintenant seul dans la nuit.

C'était donc six hommes et non sept qui arrivaient à l'angle de l'église abandonnée, six hommes et douze chiens qui émergeaient des bois sombres sur les troncs noirs desquels la lune brillait par instants, comme en un miroir. Ils marchaient sans parler sur le sol humide, attentifs, retenant leur haleine, suspendant par moments leurs pas lorsqu'un des leurs, en tête, se retournait et, d'un geste de la main, imposait le silence aux autres. On entendait alors le fracas d'une vague puissante sur la grève. Le vent s'était levé organisant la course prodigieuse des nuages qui voyageaient dans le ciel avec une rapidité presque surnaturelle. Les rochers, aux abords du sentier, semblaient des femmes nues, à moitié endormies, le visage caché au creux du coude, indifférentes à ce qui se préparait dans la nuit, et que l'on pouvait deviner au reflet de la lune qui dansait d'une ombre à l'autre dans la lame des couteaux. Deux hommes s'étaient avancés sur le seuil de l'église, dans la clairière baignée de lumière tandis que les quatre autres restaient à l'arrière en retenant les chiens. Le cerf en un instant sut qu'il était perdu, car si la présence de l'homme – et cela à cause même de Joselito et de son compagnon – ne le surprenait ni ne l'inquiétait plus, ce pour quoi aboyaient tant de chiens, il l'avait vite compris. Le cerf ne fit pas un mouvement pour s'enfuir lorsque les chiens furent lâchés sur lui, mais au moment où les premiers crocs s'enfoncèrent dans sa gorge, il parut se dresser un instant pour regarder les hommes et ses yeux qui brillaient semblaient plus qu'une prière : un pardon.

C'est lorsque la meute avait été lâchée sur l'animal que Luiggi avait surgi dans la clairière courant après eux, pour leur crier de ne pas le faire. Mais les bêtes avaient déjà bondi et c'était maintenant des grappes de chiens suspendus au cerf qui tournoyaient dans la nuit, comme un de ces petits moulins à prières en Asie, le mordant et l'épuisant progressivement. Le cerf blessé à mort se vidait de lui-même, au milieu du groupe excité par la vision de tout ce sang qui enfonçait les couteaux dans ses flancs.

Luiggi eut un instant la vision des bois du cerf se découpant dans l'ovale de l'ancien vitrail de la petite église, puis la bête s'affaissa d'un seul coup. Alors, ils s'en retournèrent vers le bourg, les six hommes et les douze chiens, vers les maisons de Macinaggio, tandis que les premières nuées de l'aube éclaircissaient le ciel et que le dernier homme, agenouillé dans la terre, au milieu du carnage, pleurait amèrement.

C'est cela que l'homme au manteau de daim ne leur pardonnait pas, qu'ils aient laissé la bête pourrir dans son sang, qu'ils n'aient pas eu le courage d'en faire quelque chose, d'en utiliser au moins la viande, les bois ou la peau pour en fabriquer des manteaux. Ce qu'il ne leur pardonnait pas, c'était la gratuité de leur acte, qu'ils n'aient pas même fait l'effort de justifier leur meurtre, en projetant le partage d'un banquet ou la joie d'un festin ; ni su élever la bestialité de leur jouissance à une dimension sacrée.

Certes, il savait bien que le cerf était mort à sa place, et que c'est par peur de la loi que le groupe avait choisi de tuer la bête plutôt que l'homme, mais il n'aurait pas cru que leur lâcheté fût telle. En un sens, ils avaient accompli leur tâche : transmettre un message, et l'homme au manteau de daim avait vu juste d'entendre que pour lui, l'heure du départ avait sonné.

Le cerf baignait dans son sang, et c'est bien parce qu'ils l'avaient aimé l'un et l'autre, qu'ils pouvaient le reconnaître sans aucun doute. Seuls restaient intacts les bois qui reposaient sur l'ancien autel avec la tête, elle aussi curieusement intacte, bien qu'arrachée. Mais le reste du corps était méconnaissable et l'odeur qui s'en dégageait prenait aux narines bien avant d'entrer dans la chapelle. Joselito avait découvert le premier ce spectacle ahurissant et s'était mis à courir vers la bête. Il aurait voulu l'entourer de ses bras pour l'accompagner dans la mort, mais ses bras ne trouvaient aucune chair sur laquelle se refermer pour le baigner de son amour.

L'homme s'était approché en silence et avait pris l'enfant dans les pans de son grand manteau de daim. Il l'avait fait asseoir et il attendait maintenant que Joselito ait épuisé la mer de chagrin qui venait de se libérer en lui d'un seul coup. Avec la douceur d'un père, il caressait ses cheveux en silence. Car Joselito pleurait, non seulement la perte du cerf, mais celle de son père, il pleurait la laideur des hommes et leur manque de soif, il pleurait l'absence de courage et il pleurait l'absence d'amour.

Autour d'eux le sable baigné de sang était devenu roux. L'homme regardait le ciel et il savait que ce qui avait eu lieu était ce qui devait être, et malgré cela, sa peine à lui aussi était profonde.

Ils restèrent un moment l'un contre l'autre près du cadavre de la bête, un peu comme autrefois ils s'asseyaient près du cerf lorsqu'il était vivant.

L'homme se mit à parler.

— Il faut beaucoup de forces pour aller sur Vénus, petit, beaucoup de forces. Pour y aller, mais surtout pour en revenir. Vénus est habitée par un peuple d'une beauté presque surnaturelle, ce n'est pas leur visage ou leur corps mais l'intensité pure de leur cœur, qui provoque en l'homme, dans le même instant, une joie intolérable et la tristesse de ne la supporter qu'à peine. C'est cette double sensation que l'homme doit affronter et qu'il peut dépasser en cessant de les opposer. Il faut qu'il les accueille, en s'ouvrant également à l'une *et* à l'autre. Et ainsi de chaque chose dans l'univers. Pour éprouver l'ordre du monde. Il n'y a rien qui soit au monde qui n'appelle son contraire. Sauf l'Amour. Tu comprends ?

— Oui, je le sais, maman me l'a déjà dit, elle disait qu'il ne peut pas y avoir de lumière s'il n'y a pas d'ombre.

— Ta maman est une bonne maman.

— Alors, c'est juste ça l'ordre du monde ?

— Oui, petit, c'est simple, la vérité est toujours toute simple. Ce qui est difficile c'est de la regarder entièrement, car cela signifie que tout a sa place, l'ombre aussi a sa place, la mort du cerf...

— Et celle de mon père...

Il avait ajouté cela comme une évidence, non plus comme une question, et l'homme au manteau de daim avait serré Joselito un peu plus fort contre lui.

Au bout d'un moment, l'homme se leva et lui proposa d'enterrer le cerf ; c'est justement ce qu'ils firent.

Joselito choisit le sommet d'une petite colline qui dominait la mer. Longtemps ils creusèrent ensemble, puis ils hissèrent un à un les morceaux du cerf éparpillés autour de l'autel et jusque sur le seuil de l'église. Après avoir rebouché le trou, l'homme au manteau de daim prit le tronc d'un arbuste et le planta dans la terre. Il y fixa les bois du cerf et dans la fin du jour c'était comme une croix mystérieuse qui se dressait dans la pureté du ciel, au travers de laquelle le soleil rayonnait. Il vit que cela était bien et que l'enfant, s'il ne s'en trouvait pas consolé, en éprouvait une certaine paix.

Puis, ils retournèrent en silence vers le bourg.

En arrivant près des maisons, il faisait presque nuit. L'homme au manteau de daim proposa à l'enfant de passer cette dernière nuit ensemble en partageant un repas sous la lune. Joselito ayant prévenu sa mère, ils allèrent vers la plage de Tamarone où ils préparèrent un feu. Il y avait entre eux une sorte de pacte qui les unissait l'un à l'autre aussi bien qu'à une sorte de présence invisible qu'il sentait bienveillante et penchée sur eux. Joselito disait que c'était l'âme du cerf qui maintenant les couvrait d'amour. Et l'homme au manteau de daim acquiesçait.

— C'est comme s'ils t'avaient tué, c'est comme s'ils m'avaient tué.

Il y avait de la haine en l'enfant parce que sa blessure était trop grande mais il résistait à cette haine.

— Le cerf est comme l'arbre de vie Joselito, on ne peut pas le tuer, car il repousse toujours comme les bois de son crâne qui se renouvellent chaque année. On ne peut pas le tuer, non.

Il hésita un instant puis il ajouta :

— Lorsque je suis arrivé sur l'île, Joselito, j'ai vu tout cela en rêve et je savais que cela aurait lieu.

— Alors pourquoi nous as-tu laissés l'apprivoiser ? Pourquoi ?

— Parce que c'est ce qui devait avoir lieu pour que tu puisses apprendre, pour que plus tard, d'autres choses aient lieu à cause de cela, en raison même des choix qui seront les tiens en conséquence de cela. On ne sait pas Joselito ce qui est bien ou mal, tu apprendras cela de la vie. On ne voit jamais d'assez loin pour pouvoir juger du bien ou du mal.

Puis il ouvrit la besace qu'il avait apportée près du feu et en sortit des galettes de maïs accompagnées de viande séchée et d'œufs. Il y avait aussi les poissons qu'ils avaient pêchés le jour même. Tout en préparant le dîner il chantonnait une sorte de comptine :

Nous appelons les enfants.
Nous leur disons de s'éveiller...
Ils sortent des gîtes où ils ont dormi.
Le Cerf les conduit.
Il vient du sous-bois où il demeure, menant ses petits vers la Lumière du jour.
Nos cœurs sont joyeux.

— Que chantes-tu ? lui demanda Joselito.

— C'est une berceuse qui me fut enseignée par mon père. Les Indiens d'Amérique la chantent à leurs enfants pour les endormir. Peut-être que tout à l'heure tu pourras te reposer un peu, et alors je la chanterai encore.

Il avait fait réchauffer les galettes près du feu et maintenant ils mangeaient tous les deux en silence, comme l'homme au manteau de daim l'avait enseigné à Joselito. En silence et concentrés sur la nourriture. L'enfant aimait la qualité de ce silence qui ne resemblait pas à celui des autres hommes, et c'était un honneur pour lui que celui de le partager avec l'homme. Or, ce soir-là, il se mit à parler.

— Le cerf n'est qu'un symbole Joselito. Il fallait que tu comprennes ce qu'est le mensonge des hommes, celui qu'ils se racontent à eux-mêmes et qu'ils racontent à leurs propres enfants. Or, le mensonge détruit le sens, il le corrompt comme un acide et c'est pourtant cela qui est le plus précieux, cela dont les hommes ont tellement soif, ce pour quoi, comme des enfants, ils s'en vont sur la lune. Que crois-tu qu'ils aillent chercher si loin, Joselito, sinon le sens ? Mais les hommes se trompent, petit, ce n'est pas l'épaisseur du ciel qu'il leur faut traverser mais celle de leur conscience, car le ciel se tient en eux-mêmes. C'est un mystère qu'ils refusent de comprendre.

De nouveau il s'était tu. Joselito s'était allongé près du feu. Il avait mangé quelques figues sèches en fixant les flammes, puis l'homme lui avait fermé les yeux d'une caresse de la main et il avait entendu la berceuse indienne monter au milieu du bruit des vagues et du feu.

L'homme au manteau de daim avait rassemblé les restes du dîner et il regardait maintenant les étoiles, allongé près de l'enfant. Un cercle de lumière parfait entourait la lune. Il revoyait sa première nuit sur cette même plage et le rêve qu'il avait fait avec le cerf. Son arrivée en pinasse lorsqu'il avait accosté sur l'île et l'impression étrange qu'il avait ressentie en découvrant ce paysage de bout du monde. Il se souvenait avoir regardé longtemps les arbres dans le soleil et l'avoir vécu comme un appel. Il n'avait pas été surpris de découvrir le village de pêcheurs avec ses chiens prêts à mordre. Ni l'harmonie qui existait sur cette île entre le ciel et la terre, entre les montagnes vertes et la mer. Il aimait ce lieu, la lumière dans les roseaux et le cri de l'âne dans les champs ; la beauté du pelage noir et roux de la mule, qui brillait, presque liquide tant il était soyeux, près de la plage de Tamarone ; les odeurs dans le maquis, ruisselantes. Il songeait au *Livre 7* lié au destin de l'enfant. Il se demandait combien de temps cela lui prendrait d'aller au bout – non seulement de sa lecture mais de la compréhension de cette dernière et donc de lui-même. Il avait confiance, de cette confiance qu'il avait acquise non par l'abandon, mais à force d'une discipline très stricte envers lui-même. Il eut une pensée pour Luiggi dont il avait si profondément aimé la musique. Les étoiles continueraient d'occuper le ciel pendant le jour, mais la lumière du soleil empêcherait les hommes de les voir. Puis il regarda l'enfant, et s'aperçut qu'il ne dormait pas. Joselito s'était assoupi un moment, mais depuis un quart d'heure déjà, il goûtait à la présence silencieuse de l'homme au manteau de daim, et l'ayant senti bouger et se pencher vers lui, il avait souri les yeux fermés.

— Je t'ai bien eu, pas vrai ?

Ils passèrent le reste de la nuit en silence jusqu'à ce que le ciel s'éclaircisse. Alors l'homme au manteau de daim se leva.

— Je dois partir maintenant, mais tu ne me perdras jamais, comme je ne te perdrai jamais parce que nous vivons l'un en l'autre de tout ce que nous avons partagé, vois-tu ? Le soir, tu iras pour pisser sur les rochers, et les pieds dans l'eau fraîche, tu ressentiras le besoin de lever la tête et alors tu verras ce cercle parfait de lumière, la lune, tu la verras pleine et orange par-dessus le bateau de pêche qui avance et tu remercieras le dieu que tu es, tu remercieras ce noyau de matière subtile que tu es et qui irradie ta substance unique. Et paisible, tu rentreras dans ta maison, tu remettras une bûche dans le feu, et tu verras que la vie est bonne.

— Moi, je ne quitterai jamais ceux que j'aime.

— Un jour, quand l'heure sera venue, toi

aussi tu quitteras tout parce que tu iras vers toi-même.

L'aube se levait et Joselito savait qu'il partirait avant le jour. La barque l'attendait amarrée près de la rive. Alors, l'homme prit son manteau et le posa sur les épaules de Joselito, dont le visage baissé tremblait. Il lui releva le menton et lui sourit.

— Tu es Joselito mais tu es aussi le cerf, et l'homme au manteau de daim parce que tu seras l'univers entier, parce que tu deviendras qui tu es et ainsi tu seras bien davantage que toi-même, et sur Vénus je te promets que tu iras aussi et la beauté tu la verras car je sais qu'à toi, il sera donné de voir puisque tu as cru sans avoir vu. Et maintenant va, il est l'heure de rentrer, va petit, le monde a besoin de toi, tu es une chance pour le monde.

Un peu avant l'aube, vers cinq heures, c'est ainsi qu'il s'en alla.

Les cèpes s'étaient réduits depuis longtemps à un ramassis carbonisé lorsque j'ai refait surface. Je m'étais laissé emporté par l'histoire de Joselito. Cela faisait resurgir tout un éventail d'hypothèses et de sentiments qui m'avaient traversé autrefois. Je retrouvais, avec évidence, une certaine magie du monde dont je m'étais, en grandissant, éloigné. C'était cette magie que Guita cherchait, qu'elle s'amusait à débusquer à travers son étude du *Livre 7*, celle que j'avais traquée avec Georgia et que Fred avait peut-être renoncé à trouver en se tuant, la même que tous les hommes, dans leur solitude affairée du petit matin, tentaient de hisser jusqu'à eux.

— Nous traversons la vie sans rencontrer personne, en quête d'un sens qui ne vient que lorsque notre destin s'est révélé, disait Fred.

Pour le trouver, nous n'avions peut-être aucune autre solution que celle de nous enfoncer dans le présent comme dans un puits d'or.

Je regardais la peau du cerf tendue et je me

demandais si la vie repousserait en moi aussi vivante qu'elle devait l'être avant la mort de ma mère. Quel genre d'existence pouvait façonner un être comme l'homme au manteau de daim ? L'idée même que sa force puisse m'être accessible à moi Nortatem, ne m'avait jamais effleuré, contrairement à Guita qui, je le savais, n'envisageait pas de se satisfaire de moins. Je comprenais maintenant pourquoi elle avait trouvé si extraordinaire la présence de la peau du cerf dans la baraque.

Peut-être suffit-il de ménager un espace à la magie du monde pour qu'elle se développe aussi drue que les herbes folles au milieu des pavés. Je n'en sais rien. Toujours est-il que trois jours plus tard, lorsqu'un homme est descendu de son camion pour me proposer de lui acheter des manteaux de daim, je ne lui ai pas fermé ma porte. Sa peau était si noire, si mate et si noire que l'on aurait dit de la glaise vivante, un morceau de terre en mouvement, et c'est d'abord ce qui m'a frappé. Puis j'ai remarqué son regard à la fois malicieux et doux au moment où je descendais les quelques marches de la maison. Il m'a souri et il a proposé de me montrer les manteaux qu'il vendait de porte à porte. Tous en daim. Il est certain qu'à un autre moment de ma vie, je l'aurais sûrement remercié sans rien lui acheter, mais je venais de lire l'histoire de Joselito, et bien que j'aie toujours eu une affreuse appréhension des visites, je l'ai fait entrer et nous avons bu un café en bavardant.

— Ça fait pas bien longtemps que vous êtes là, hein ? Il y a encore un mois, lorsque je suis passé, la maison était vide. Et là, j'ai vu votre voiture. Tiens, je me suis dit, Eddy s'est décidé à louer la baraque ou quoi.

— Eddy ?

— Eddy, oui, le propriétaire. Il ne voulait pas la louer, il l'aime trop c'te maison. Mais sa femme ne le laissera jamais retourner ici. Elle a eu suffisamment de mal à l'en faire partir. Alors... Je l'ai connu, il y a peut-être dix ans, Eddy. Vous vous plaisez dans le coin ?

— Ça va, je lui ai dit.

Sa présence était agréable et je ne me suis pas impatienté quand il s'est mis à raconter sa vie. Ancien boxeur, l'homme avait peut-être une soixantaine d'années. Il avait été élevé à Brooklyn, par un père ouvrier et une mère qui faisait des ménages. Sa chance, me disait-il, avait été de rencontrer l'entraîneur qui l'avait initié à la boxe et à l'existence. Il avait boxé dix ans puis il s'était retiré dans le Vermont, considérant qu'il en savait assez sur la vie et les hommes. Depuis, il s'était marié, avait eu deux enfants qu'il faisait vivre avec la vente de ses manteaux.

— La boxe c'est comme la vie petit, me disait mon entraîneur, il faut arriver à la légèreté pour atteindre la puissance, on est toujours seul sur le ring, exactement comme dans la vie, et toutes les relations que tu as avec les autres, c'est comme boxer : il faut choisir sa danse pour obtenir le plus magnifique échange. Faire danser les pieds, tu comprends ? On ne doit rien à personne, on est seulement responsable de soi, de son combat. Tout ça est si simple et si profond que les grands boxeurs sont rares, comme les grands hommes. Il faut accepter de n'être que la danse, le jeu de pieds et de mains, alors tu es léger, léger, personne ne peut plus te toucher et tu danses, tu danses... Ah, c'était quelqu'un mon entraîneur.

C'est ainsi que j'ai acheté mon premier manteau de daim, à un ancien boxeur qui en savait plus que tous les livres du monde. Je me suis dit que Fred aurait aimé l'homme et le manteau. Alors, j'ai rattrapé l'homme en train de remonter dans son camion et je lui ai demandé un deuxième manteau, identique au mien. Je l'ai payé, je suis resté un moment debout à regarder le ciel et la forêt face à moi, puis je suis rentré dans la baraque. J'ai éteint la cafetière, pris la cage de Léandre, le *Livre 7* et *En nous la vie des morts*, et le jour même, je suis parti pour déposer le manteau sur la tombe de Fred.

Il y a un indéfectible plaisir à rouler seul dans une vieille Mercedes sur ces trajectoires mathématiques que sont les routes des États-Unis d'Amérique, en écoutant en boucle *Mercy seat* par Johnny Cash, avec les fenêtres fermées et le froid qui cogne aux doigts.

Fred avait été enterré à Long Island, à plus de trois cents miles de ma peau de cerf, et je n'étais pas allé à l'enterrement. Il avait toujours demandé à être incinéré, mais sa mère avait refusé malgré le mot qu'il avait laissé.

> *Je suis trop pressé de voir la suite !*
> *Fais un grand feu et sème-moi dans le vent de Long Island.*
> *T'inquiète.*
> *Fred.*

Par fidélité à Fred, et malgré l'insistance de sa sœur Lilly, j'avais finalement décliné l'enterrement et j'étais resté injoignable à New York, me cachant dans l'appartement de Guita. Fred qui s'intéressait, de près ou de loin, à tout ce qui pouvait illuminer l'existence avait demandé à Guita de le tenir au courant de son travail sur les fragments du *Livre 7*. Le jour de sa mort, il avait reçu dans sa boîte électronique ce message de Guita qu'il n'avait pas lu.

> *Fragment 34*
> *La Voix dit : « Un homme sans patience est un homme mort. »*
> *Je t'embrasse.*
> *G.*

Malgré l'évidente tristesse que Guita avait ressentie à la mort de Fred, elle n'avait pu s'empêcher de sourire en lisant le mot qu'il avait laissé. Et je m'étais dit alors qu'ils avaient peut-être partagé des choses dont je n'avais eu aucune idée.

Elle avait hésité à partir pour la France, mais je lui avais demandé de ne rien changer à ses projets. D'autant que je savais à quel point Fred aurait détesté ça : qu'elle reste à mes côtés et qu'ensemble, nous nous lamentions sur sa disparition.

Il avait fait ce qu'il croyait devoir faire. Je n'avais rien à en dire. Son suicide avait détruit ma dernière planche stable. J'étais abasourdi, mais je n'en pensais rien, rien du tout. C'était bien au-delà de tout cela. De même qu'il ne me serait jamais venu à l'esprit de lui en vouloir. Oh non, je ne lui en voulais pas ! Il y avait une part de moi-même qui le comprenait si bien, contrairement à Lilly qui, au-delà de la souffrance, éprouvait une colère incontrôlable.

Nous avions passé, elle et moi, toute une nuit à parler, serrés l'un contre l'autre, le lendemain de la mort de Fred. Son mari Anas nous alimentait en nourriture, cigarettes et alcool. Je n'avais pas réussi à pleurer. Elle s'était endormie dans mes bras au petit matin, épuisée, ses cheveux roux collés aux tempes. Je l'avais trouvée belle – bien plus qu'à dix-huit ans – mais je n'avais pas voulu repenser à cette époque.

Le premier soir, je me suis arrêté dans un motel de première classe où j'étais sûr de croiser au moins un être humain. Je ne voulais pas m'endormir dans un de ces établissements où les portes s'ouvrent et se ferment à l'aide de cartes bancaires. Voilà ce qu'est devenu le luxe : parler à un humain. J'ai demandé une chambre spacieuse et je n'ai pas été déçu. En entrant, j'ai repéré le fauteuil près de la fenêtre et ses accoudoirs m'ont fait l'effet d'un appel désespéré auquel j'ai succombé dans l'instant. Les jambes croisées, j'ai longuement regardé ma paire de tennis. Leur négligé m'a inspiré une sympathie totale, et je me suis senti plus proche d'eux que du premier humain venu.

Trois heures après m'être endormi dans le fauteuil, je me suis réveillé à cause de la roue de Léandre qui faisait un bruit d'enfer. Je me suis excusé auprès d'elle au moment de la mettre dans les toilettes et de fermer la porte. Il faisait nuit et j'avais très faim, mais je me suis déshabillé pour me mettre au lit. Je n'ai pas réussi à dormir. Je flottais dans cet état de grande clairvoyance qui nous gagne certaines nuits. Il me semblait enfin saisir le monde et, en pensant à Fred, j'ai eu la sensation de percevoir ce qui l'avait poussé au suicide. C'était clair, il avait sans doute atteint ce point de l'existence où l'on réalise que l'on n'arrivera jamais nulle part, qu'il n'y a même pas à *arriver*, que l'arrivée ne signifie rien sinon la mort. Ce n'était pas par angoisse de la mort que Fred s'était tué, mais parce qu'il avait pris conscience que la vie ne prendrait jamais fin, que le mouvement de la roue ne cesserait jamais, et qu'à la façon des hamsters, il tournerait indéfiniment dans le cycle du Temps, une vie après l'autre, sans espoir de répit.

Le sentiment exquis d'avoir compris quelque chose de nouveau m'a apaisé un moment et je me suis endormi. Un rêve affreux m'a réveillé quelques heures plus tard. Dans le cauchemar, mon visage était sans nez, sans yeux, et j'arrachais à l'intérieur de mes joues des morceaux de chair que je crachais au fur et à mesure sur un trottoir. De toute ma vie, je n'avais jamais éprouvé désespoir aussi profond.

J'ai mis quelques minutes à comprendre où j'étais en ouvrant les yeux et j'ai essayé de caresser mon visage pour me calmer, comme l'aurait fait une mère. C'était un truc à moi lorsque j'étais petit mais il y avait vingt ans que je n'avais plus osé le faire. Je passais une main après l'autre sur mes yeux, mes joues, mon nez, ma bouche, mes oreilles, mes tempes, mes cheveux, et cela me donnait presque envie de pleurer. Fred disait toujours qu'à l'issue d'un cauchemar, il fallait se rendormir pour retourner dans le rêve et en sortir vainqueur. Je n'en ai pas eu le courage.

La salle à manger était encore fermée lorsque je suis descendu. Il faisait froid dans la voiture. J'ai regretté de ne pas avoir emporté une couverture en plus de mon manteau de daim. Léandre était pelotonnée dans son fourrage. Je ne voyais que son museau vulnérable. J'avais encore cent cinquante miles à faire pour aller au cimetière et même si tout cela était absurde, pour la première fois depuis des jours et des jours, ma journée avait un but. Ce soir, Fred aurait son manteau.

Je me suis arrêté dans le premier café Internet pour envoyer un message à Guita. Je voulais qu'elle sache que j'étais sur la route, au cas où je ne survivrais pas à mon voyage à Long Island et j'avais aussi besoin de m'adresser à un être bienveillant.

> *Guita,*
> *Je crois que je suis en train de traverser une crise existentielle : la plus profonde et la moins spectaculaire de ma vie. Tout est froid et sec et il y a en moi comme un silence terrible. Si tu savais le rêve que j'ai fait cette nuit !*
> *Comment ai-je pu si longtemps me prendre pour moi-même ? Comment peut-on vivre des années dans un univers que l'on croit être sien avec ses repères, ses codes, alors qu'il n'en est rien ?*
> *J'ai compris Guita que ce n'est pas par curiosité ou par goût que l'on se met à chercher quelque chose. Je songe que cette grande passion qui est la tienne de comprendre le monde est peut-être à la mesure des gouffres que tu as dû connaître autrefois et dont je ne sais rien. Pour emprunter le chemin de la soif, comme tu dis, il faut y être poussé, il faut n'avoir aucune autre issue que celle-là – sinon la mort, ce que Fred a choisi. C'est un chemin si aride, et si nu, sans rien ni personne à qui se raccrocher, excepté soi-même.*
> *C'est par désespoir qu'on bascule dans la quête d'autre chose, quand plus rien ne fait sens, que tout le sens a été brûlé. C'est un désespoir si profond, Guita, si compact. Peut-être qu'à force de peine, on gagne la paix, mais quelle est-elle cette*

paix, si pour la trouver il faut la gagner à la manière d'une guerre que l'on perd ?
J'ai lu le premier chapitre de En nous la vie des morts. *Je ne sais pas trop quoi en penser mais j'ai acheté un manteau de daim pour moi et un pour Fred. Si, si ! Je suis parti le déposer sur sa tombe. A toi je peux le dire sans courir le risque de me faire traiter de fou. Je suis sur la route entre le Vermont et Long Island.*
Je t'embrasse.
Nort.

Il n'y avait pas de message de Guita et cela m'a rendu triste. J'ai pensé aux vers de Borges

Et pourtant c'est beaucoup d'avoir connu l'amour
C'est beaucoup qu'il m'ait entrouvert ta radieuse
Porte, vivant Jardin, ne serait-ce qu'un jour

et je me suis demandé si Fred avait connu l'amour un jour, s'il avait aimé Sandra. Elle était tombée enceinte de lui trois mois après l'avoir rencontré, il venait d'avoir vingt-cinq ans. Il était prêt à assumer l'enfant, en était même heureux. Mais la mère de Sandra, qui jugeait Fred trop excentrique et sa fille trop jeune, l'avait poussée à avorter et Fred ne s'en était jamais remis. Elle l'avait quitté six mois plus tard. Était-ce cela aimer ? Ne jamais se remettre de la perte de quelqu'un.

Il avait inventé une blague, lorsqu'il me l'avait présentée :

— Monsieur et Madame « Ma couverture gratte » ont une fille, comment l'appellent-ils ?

Elle avait trouvé tout de suite.

— Sandra, (sans draps) Ma couverture gratte.

C'était le genre d'histoire qui le rendait euphorique mais qui me laissait indifférent.

J'ai compris à cette époque qu'il avait un mépris de la mort égal à l'exigence qu'il avait de la vie, et qui primait sur tout le reste. Un jour de juin, nous nous étions retrouvés tous les trois avec Sandra, chez lui, alors qu'ils venaient de se rencontrer. Nous buvions du champagne sur son balcon, dans un vase géant où il avait versé plusieurs bouteilles, lorsqu'un coup de vent avait emporté le chapeau de Sandra. Déjà ivre, Fred était descendu pour le ramasser dans la rue et lui avait rapporté en escaladant la façade extérieure, pour la beauté du geste, parce qu'il n'envisageait pas que la vie puisse être moins que cela.

Sandra avait trouvé son geste extraordinaire mais six mois plus tard, toutes les raisons pour lesquelles elle était tombée amoureuse de lui étaient exactement celles qui la poussaient à le quitter. C'était un prince et elle ne désirait qu'un mari.

Fred n'avait plus jamais eu de fiancée officielle

par la suite. Il multipliait les aventures. Il ne parlait jamais de cet enfant qui aurait pu naître, mais je sais qu'au bout de certaines nuits, il l'évoquait presque en pleurant.

Il avait commencé à boire après que Sandra l'eut quitté, même s'il avait déjà une consommation d'alcool assez extraordinaire avant de la rencontrer.

Son ivresse n'était jamais agressive ou triste. Il semblait s'enfoncer dans le présent jusqu'à des niveaux de profondeur inhumains que je n'effleurerai jamais. Ses yeux devenaient liquides et tout son corps se déplaçait avec un calme aquatique. Lorsque je le voyais dans cet état, il me semblait qu'une part de son être me resterait à jamais étrangère.

Un jour une fille l'avait poursuivi dans la rue, en hurlant

— Tu vas me la rendre ma virginité, espèce de fils de pute !

Il n'avait jamais voulu me dire ce qui s'était passé entre eux et c'était aussi ma façon de l'aimer absolument que d'accepter cette part mystérieuse de sa vie. A la façon des êtres réellement vivants, son existence ne se résumait pas à une somme d'événements, et l'intimité de sa vie relevait d'un mystère si vaste qu'aucune confidence n'aurait pu dévoiler. Peut-être avait-il des relations plus personnelles avec les livres qu'avec la plupart de ses amis, fussent-ils les plus proches ? Du moins, m'arrivait-il de le penser. Lilly en était d'accord. Grand lecteur, Fred disait que la littérature ne témoignait pas de la réalité mais de sa profondeur.

— On oublie toujours Nort., que la vie n'est pas seulement ce couloir vertical de la naissance à la mort mais qu'elle a aussi une largeur et une profondeur que la majorité des humains ne soupçonnent même pas. Il existe au moins douze dimensions dans l'univers. Ce qu'on appelle la réalité n'est qu'un voile de surface. C'est ce voile qu'il faut discerner puis brûler pour avoir une chance d'accéder à la profondeur qu'il recouvre. C'est le travail de l'écrivain. La musique s'occupe de la largeur.

Et c'est vrai qu'avec le volume à fond dans la Mercedes l'espace devenait plus large.

J'ai roulé toute la journée et je suis arrivé au cimetière vers cinq heures du soir. Nous y étions venus plusieurs fois avec Fred lorsque nous passions nos étés à Long Island. L'église qui jouxtait le cimetière faisait partie des nombreux édifices religieux qui avaient été transformés en commerces au cours des dernières années. En m'approchant de l'entrée, une sorte de bouledogue aux cheveux frisés et jupe rose m'a bondi dessus.

— Vous cherchez quelque chose ?

Je lui ai dit d'aller se faire embaucher dans la police si sa vie l'ennuyait et je suis entré à mon rythme dans le cimetière parfaitement entretenu. J'ai trouvé sans mal la tombe de Fred, à côté de celle de son père mort cinq ans auparavant. Le vieil homme dévoré par l'arthrite s'était recroquevillé au fur et à mesure des années à la façon d'un pied de vigne sec. Malgré sa vie de diplomate et l'échec de son couple, c'est avec une certaine élégance qu'il avait exécuté cette danse finale.

J'avais pris le manteau avec moi, mais je désirais être seul pour le déposer et il y avait encore beaucoup de monde dans les allées à cette heure. J'ai laissé deux cigarettes sur sa tombe et je suis parti avec l'idée de revenir le lendemain matin très tôt. Que son grand corps dégingandé puisse être couché là, à trois mètres sous la terre, m'a paru comique.

Je suis allé sur la plage pour voir et entendre la mer. La présence d'un groupe qui pratiquait le tai-chi en imitant la grue ailée et l'ours en hiver m'a agacé. Ils n'étaient pas du tout ressemblants et c'était une injure aussi bien pour la grue que l'ours. Fred se serait moqué d'eux. Il avait une grande estime pour les animaux et m'avait plusieurs fois répété que si les hommes faisaient preuve de la moitié du respect que les membres d'une espèce animale s'accordaient entre eux, notre monde serait une fantastique usine à bonheur.

Retourner sur la plage de Long Island me procurait toujours un vif plaisir parce que cela faisait remonter à la surface tant de bons souvenirs avec Fred. Mais pour la première fois, il n'était plus là et je me sentais mélancolique face à la mer. Peut-être que les êtres meurent en laissant suspendu l'élan vital qui les a animés ? Que quelqu'un d'autre naît pour en achever la course ? Peut-être mettons-nous plusieurs vies à parachever un même mouvement ? Peut-être est-ce cela, le destin ?

J'ai eu envie de boire du champagne à la santé de Fred et je suis parti en quête d'un hôtel. Fred m'avait laissé une coquette somme d'argent par testament, qu'il avait lui-même héritée de son père. J'avais une année entière devant moi sans avoir à me préoccuper d'un salaire. Un an ou six mois selon la vitesse à laquelle j'écoulerais le magot. Mais j'avais envie de lui faire honneur et de dépenser sans compter. Il me demandait toujours si je changerais de vie au cas où je toucherais le pactole d'un seul coup. Un homme qui vivait une existence à peu près identique sans un sou ou avec beaucoup d'argent ne se trompait pas de vie, selon Fred. Je crois qu'il avait raison. En y réfléchissant, je pense que je n'aurais pas changé mes habitudes même avec un million de dollars par mois. Disons que l'ensemble aurait été plus confortable. Mais ce confort ne m'aurait-il pas radicalement transformé ?

J'ai trouvé un hôtel qui donnait sur la mer. J'ai choisi un établissement d'une grande sobriété dont la vue était l'extrême luxe. J'ai demandé une chambre avec vue et après avoir déposé mes affaires, c'est-à-dire le manteau de Fred, mes deux livres et Léandre, je me suis installé dans un petit salon au premier étage, où j'ai commandé une bouteille de champagne. Pendant une heure à peu près, je me suis senti parfaitement bien. Pour la première fois depuis longtemps j'ai eu la sensation intense et brève de maîtriser ma vie, d'en comprendre le sens et d'en percevoir la profondeur. Puis un couple s'est assis près de moi et ma paix s'en est allée. La femme très sophistiquée, et presque belle, murmurait des secrets à l'oreille de son mari tout en me regardant. Je me suis senti mal à l'aise, mais l'ivresse aidant, j'ai cessé d'y faire attention. Lorsqu'ils m'ont proposé de monter avec eux dans leur chambre, j'étais déjà un peu saoul et c'est sans doute pour cette raison que je les ai suivis. Peut-être aussi à cause des seins de la femme qui m'avaient immédiatement plu.

En lui mettant un doigt dans les fesses, j'ai regardé son visage que je n'ai pas trouvé beau. Alors je suis parti. Le monde entier m'a semblé vulgaire et j'ai eu envie d'une autre bouteille de champagne, pour être totalement ivre. Mais je ne l'ai pas commandée. Je me suis soudain senti las et triste et après avoir écouté longtemps la respiration entêtée de la mer, je me suis endormi en espérant que prennent fin un jour, en moi, ces montagnes russes de la joie et de la peine.

Je me suis réveillé très tôt le lendemain pour aller au cimetière. J'ai emporté le *Livre* 7 en me disant que le moment était venu d'en lire quelques fragments. En arrivant, je me suis promené un moment au milieu des tombes. J'ai remarqué un colibri et cela m'a fait plaisir. Je ne savais pas si c'était un colibri ou non mais il correspondait à l'idée que je me faisais d'un tel oiseau. Je me sentais bien au milieu des tombes. La compagnie de la majorité des êtres humains me pesait en même temps que j'éprouvais un terrible besoin d'être aimé par eux. Sur le moment, ce paradoxe m'a semblé insoluble. La tombe de Fred était d'une grande sobriété et j'étais seul dans le matin. Je me suis approché presque timidement et j'ai déposé le manteau sur le marbre, dans toute sa largeur, comme on recouvre le corps d'un homme endormi.

— Fred Menfields, je lui ai dit.

J'ai fumé une cigarette, assis face à sa tombe et j'ai remarqué que celles déposées la veille avaient disparu. J'en ai laissé une autre sous le manteau.

— Fred Menfields !

J'aurais voulu lui parler un moment, mais les truites ont remué très fort dans mon plexus et je suis parti sans me retourner. J'avais espéré que je réussirais à pleurer, mais au moment où l'émotion allait me submerger j'avais presque pris peur. Depuis, ça remuait douloureusement dans ma poitrine.

A mon retour à l'hôtel, j'ai commandé un énorme petit déjeuner parce que c'est l'un de mes repas préférés, surtout à l'hôtel. Une dame a apporté un plateau avec une corbeille à pains, deux sortes de confitures dans des ramequins et des mini-plaquettes de beurre. Il y avait aussi un jus de pamplemousse que j'ai bu d'un trait. Je me sentais le regard aiguisé par la mort. J'ai d'abord mangé la brioche, puis le premier toast avec du beurre et de la confiture. J'ai pris ensuite le deuxième toast sur lequel j'ai fini la première mini-plaquette de beurre. Il en manquait encore un peu pour que ce soit parfait mais je me suis dit que c'était inutile d'ouvrir la deuxième mini-plaquette de beurre puisque je ne la finirais sans doute pas. Il ne fallait pas gâcher. Mon toast était un peu sec et tandis que j'avalais une troisième bouchée m'est tout à coup apparu l'abominable de ce que j'ai nommé mon côté « épargnant ». Moi qui me croyais un défenseur invétéré de la dépense improductive, de la gratuité au service d'une vie splendide telle que Fred me l'avait apprise, je me prenais en flagrant délit d'économie, d'étroitesse, de calcul. Ce n'était pas comme cela qu'il fallait vivre, puisque nous mourrions tous, avec ou sans beurre, il fallait jouir de tout ce qu'offrait la vie à chaque instant, et ouvrir la deuxième mini-plaquette de beurre, et se réjouir de son bon goût sur la tartine, se réjouir du colibri et des fesses de la serveuse, de l'orage ahurissant qui s'annonçait dans le ciel obstrué, et du bonheur que cela serait de conduire avec le bruit de la pluie tapant sur le toit, car cette façon d'être était bien la seule qui fût digne de la vie et de la mémoire de Fred Menfields.

J'étais plus léger en remontant dans ma chambre où j'ai entrepris de me faire couler un bain. Je me suis rappelé de Fred à la mort de son père, lorsque ses associés s'étaient rués sur la succession du bonhomme. A l'époque, la colère de Fred m'avait impressionné par son côté splendide et libre, comme un feu qui aurait consumé tous ces macaques à cravate et je m'étais dit que j'aurais aimé alors qu'il soit mon frère.

J'ai attrapé *En nous la vie des morts* sur le rebord de la baignoire et j'ai songé :

Avons-nous seulement la puissance de nos soifs, et Fred n'a-t-il pas été mon frère ?

Chapitre deux, 16 ans

Renard de feu, c'est ainsi que dans le fond de son cœur, il la surnommait, parce qu'elle était pour lui comme les aurores boréales qui courent au-dessus des montagnes sans jamais toucher la neige, tandis qu'il guettait sa chevelure rousse à la crête des sommets, dans le froid et la brume du matin. Seule, elle traquait l'empreinte des licornes.

Elle n'emmenait presque jamais Olaf avec elle, et le plus souvent, lorsqu'il se réveillait, il trouvait son lit vide et c'est en vain qu'il se précipitait à l'écurie pour y découvrir le box vide du cheval de sa sœur. Alors, il s'allongeait voluptueusement dans les foins, reniflant avec délectation cette odeur où se mêlaient la paille et le crottin, ranimant en lui les premières années de sa vie lorsque leur mère n'était pas encore morte et que Leny, ivre de vent et de promenades sauvages, déboulait à l'aube dans sa chambre avec dans ses cheveux roux, et sur sa peau, ce bouquet de parfums qui avait pris avec les années des allures de ravissement. Il lui arrivait alors, au milieu des foins, de sombrer dans des rêveries où s'entremêlaient indistinctement les souvenirs d'autrefois – la chienne Rosa venant fouiner sous les jupes de sa mère – et des scènes plus récentes – Leny observant fascinée les saillies organisées à la ferme et le pénis géant d'un cheval battant le sable dans la cour. Tout comme leur mère, Leny n'avait guère honte des choses de la nature et c'est avec une simplicité joyeuse qu'elle abordait ces événements du corps et des sens. Ainsi, il se souvenait avec quelle curiosité gourmande elle avait observé son sexe nu se recouvrir de ce qu'elle appelait « sa peau d'ours ».

— Regarde Olaf, je deviens comme les bêtes, et toi tu deviens dur comme les bois d'un cerf !

Comment elle lui avait montré ses seins et l'intérieur de ses jambes avec cette allégresse splendide dans tout son corps, ce corps que les femmes lui enviaient sans méchanceté, et que les hommes désiraient dans le secret.

Pourtant il y avait en elle quelque chose de

fermé, que personne, semblait-il, n'aurait pu dévoiler ou mettre à nu, quelque chose de sauvage et même de blessé, comme un territoire d'ombre qu'elle abritait au plus profond d'elle-même.

Lorsque se réunissant dans le grand hall de la scierie, les gens du village célébraient quelque fête du folklore local, il arrivait qu'on la trouvât retirée, à part, mangeant son morceau de viande loin des autres, adossée à un talus au cœur de la forêt – ce talus qui avait longtemps été son repère secret – jusqu'à ce que la patience et le désir d'Olaf l'y dénichât. Il la trouvait assise sous un pin immense, indifférente au froid et à la nuit.

— Je suis toujours seule, Olaf, toujours...

— Mais Leny, il y a nous, maman, papa Ivan qui est comme ton papa, tout le village...

— Même avec les autres je suis seule, même quand mon père était vivant, cela n'a rien à voir avec la mort de mon père, et d'ailleurs tu crois qu'il est mort mais ce n'est pas vrai, je parle avec lui tous les jours et il vient me voir la nuit, mais même, je suis seule, toujours...

Il la ramenait vers le groupe, vers leurs visages durs mais beaux, vers ces hommes et ces femmes qui habitaient ce village en bois construit autour de la scierie, dans la plaine, près de la mer, il la ramenait vers les hommes silencieux et lourds du travail difficile, vers les femmes chargées d'absence et de peine, celles des maris, des fils disparus, dévorés par le bois, ou emportés par la mer. Cette peine, la mère de Leny l'avait portée à son heure, lorsque deux mois après la naissance de sa fille, elle avait vu apparaître au loin le petit groupe des hommes sombres, à la mine gênée, l'air douloureux, qui avançaient dans la plaine, peut-être cinq ou six, de front, précédant un pick-up en tôle bleu ciel où reposait le corps de son mari écrasé par un arbre. Cet homme précisément que Leny avait observé des années sur la photo, à côté de la femme enceinte, le visage rayonnant, volontaire et heureux, l'homme qui portait un manteau de daim, de la couleur, presque, de ses cheveux. Elle avait observé l'homme longtemps, puis des années après, la femme, longtemps elle aussi. Cette façon robuste qu'elle avait de sourire à l'objectif, la bonté du regard, direct et clair, tout ce qui s'était effacé de sa mémoire au fur et à mesure des années qui passaient, et qu'elle traquait sur ce morceau de papier imprimé à la façon d'une réponse dont elle ne comprenait pas même la question. Elle ne se souvenait pas de son père ni de la tristesse de sa mère à sa mort, seulement de leurs promenades quotidiennes dans les bois autrefois

— Ton père est devenu l'esprit de la forêt, lorsque nous allons au milieu des pins, c'est avec lui que nous nous promenons.

Son père qu'elle imaginait depuis avec des bois de cerf peut-être, des yeux humides et vert, un museau mauve, penché sur un arbre qui les regardait passer en les aimant dans le soir. Seul son beau-père Ivan avait peut-être connu la tristesse de sa mère. Il faisait partie de ces hommes qui, au village, avaient choisi la pêche plutôt que le bois, alors que déjà très épris de la mère de Leny, il l'avait regardée de loin épouser ce bûcheron et mettre au monde une fille, le laissant encombré et impuissant face à la vacuité soudaine de cet amour qu'il avait nourri avec l'espérance sans lèvres de sa timidité depuis l'âge de quinze ans et qu'il avait alors tenté d'oublier en mer, choisissant la pêche au thon plutôt que la coupe du bois. Peut-être lui-même n'avait-il rien su de cette tristesse ? N'avait-elle pas été rapidement recouverte par cette joie vigoureuse qui ne s'était jamais démentie durant les sept années qu'avait duré leur mariage, et qui avait explosé avec la venue d'Olaf, un an après qu'elle se fut laissé épouser en secondes noces, avec une simplicité sans question ? Ivan se souvenait de chacune des années qu'il avait passées à ses côtés et plus nettement encore de celle de la naissance de leur fils, de la beauté avec laquelle la mère s'était arrondie autour de l'enfant, cette force qui émanait d'elle, irradiant de sa pulpe la plus profonde jusque dans l'infini de son regard clair, cette façon de s'ouvrir, de se dilater, d'accueillir, de s'abandonner à la grâce de cette vie qui la submergeait. Il vouait à cette femme une infinie reconnaissance pour lui avoir fait connaître un amour aussi intense et aussi pur. Sept ans après sa mort, il continuait de l'aimer non seulement à travers ses deux enfants – considérant Leny comme sa propre fille – mais aussi pour elle-même et au-delà de son souvenir, pour cette plénitude où elle avait osé l'emmener aussi bien dans le plaisir des sens que dans la rigueur du sentiment, avec une exigence et une simplicité qu'elle avait conservées jusqu'à ses derniers jours malgré la douleur qu'avait engendrée la maladie.

Ivan évoquait rarement celle qui avait donné sens à toute sa vie, mais se troublait certains jours de la façon ahurissante que Leny avait, en vieillissant, de ressembler à sa mère. Au fil des ans, Leny était devenue cette jeune fille libre, à qui la mort elle-même ne faisait plus peur, dégagée des buissons feuillus de méfiance qui poussent dans la crainte de souffrir et le besoin d'être aimé. Désormais plus forte que tout le reste, il y avait la joie de Leny – que sa mère semblait lui avoir inoculée de façon irréversible –, son amour violent de la forêt, des pins, ses grosses bottes qui s'enfonçaient avec gourmandise dans la neige, et l'éclat stupéfiant de son sourire. De la même façon qu'Ivan retrouvait cette grâce en Leny, il reconnaissait avec angoisse en Olaf, vis-à-vis de sa sœur, cette identique passion – aussi égale et déterminée – qu'il avait jadis nourrie pour leur mère.

Depuis deux ans déjà, Ivan se voyait obligé de quitter le village presque trois mois par an pour aller pêcher en eau profonde, et c'est avec inquiétude qu'il abandonnait chaque été Leny et Olaf, sous l'œil bienveillant de leur oncle, à la simplicité grandissante de leur amour.

Ils vivaient frère et sœur, à quelques kilomètres du port, dans un chalet de bois qui dominait la plaine. Et si, à l'improviste, leur oncle était venu vérifier que tout allait bien pour eux, il se serait étonné de trouver dans la petite maison retirée une atmosphère de fête et de légèreté, une simplicité joyeuse que la plupart des foyers, s'ils en avaient été témoins, leur eussent enviées.

Tout comme Ivan avait passé les sept années de son mariage chaque jour plus émerveillé par la présence de leur mère à ses côtés, Olaf, chaque matin, se voyait davantage comblé de retrouver sa sœur auprès de laquelle il éprouvait, comme jadis auprès de sa mère, ce mélange de plaisir et d'adoration.

Elle était son *Renard de feu*, celle qui lui transmettait le monde et en dictait les lois. Il apprenait, grâce à elle, les choses essentielles de la vie, aussi bien la chasse et la préparation de la nourriture – vider les bêtes, sécher la viande – que les plus élémentaires des relations sacrées qui unissent les êtres aux mondes.

— Sais-tu Olaf pourquoi il n'y a que la nuit et le jour ? Pour que le jour raconte au jour suivant ce qu'il faut pour faire un jour, il a besoin de toute la nuit, et c'est pareil pour la nuit, elle a besoin de toute la journée pour expliquer à la nouvelle nuit comment faire pour fabriquer une belle nuit. C'est pour ça qu'il n'y a pas d'autres états que la nuit ou le jour. C'est pour ça aussi qu'il y a des jours et des nuits plus ou moins réussis, c'est quand les nouveaux n'ont pas bien compris, ou que le jour ou la nuit d'avant a mal expliqué. Tu comprends, Olaf, tu comprends ?

Leny l'aidait aussi à reconnaître les empreintes de licorne, à faire un feu dans le noir, ou à se laisser envahir par l'esprit de la forêt.

Elle grimpait souvent, en été, dans le hamac tendu entre les deux grands pins se dressant derrière la maison, pour ne plus toucher terre, disait-elle, pour rejoindre le ciel, là-haut, accrochée à cinq ou six mètres du sol, comme un oiseau, où, suspendue entre les branches, elle restait des heures sans bouger, à s'enfoncer dans l'épaisseur d'un nuage ou d'un morceau d'écorce, et de là, s'envolait vers l'ailleurs :

— Alors la tête s'ouvre, Olaf, et les aurores boréales envahissent ton crâne.

Elle aimait attraper les lièvres à mains nues, courant au milieu des fleurs sauvages dans les champs, et lui montrer, à la tombée du soir, les figures, les formes, les visages se dessinant à la façon de ces ombres que l'on dit chinoises, dans la découpe d'un arbre, d'un buisson, sur le velours du ciel. Ou bien lui faisait voir, dans le reflet des lacs, des vitres, de la glace, les portraits bien réels que les humains ne prennent pas la peine de s'attarder à voir : dans la volute d'une fumée, le visage d'un diablotin ; dans le dessin d'une peinture écaillée, le corps nu d'une jeune femme ; dans la forme d'une ornière, un loup blessé à terre ; ou dans le mouvement d'un nuage, une ville impériale – en un mot, elle lui montrait le monde invisible qui existe malgré nous. Et l'emmenait en hiver au creux des lits glacés désertés par les eaux, et couchée dans le mystère des fleuves, caressant de ses mains la terre sculptée de froid, lui faisait entendre cette langue de la matière gravée dans le pli vivant des rivières, tout près de la mer, l'odeur profonde de leur antre marin, au milieu des empreintes des oiseaux migrateurs.

— Cette première trace de langue, Olaf, ces premiers hiéroglyphes que sont les pattes d'oiseaux sur la terre, tu comprends ? Olaf, tu comprends ?

Et toujours il y avait sa joie, son infatigable joie.

Or, il fut cet été-là où Leny eut seize ans. Comme elle avait enseigné à Olaf à repérer les meilleures baies le long des sentiers qui menaient à la mer, ou à chauffer son lit avant de s'y glisser, à recueillir la peau du lait à la surface du bol, elle lui apprit un matin dans l'écurie le bonheur de s'aimer non plus seulement des yeux et du cœur. Ce matin-là – cela faisait deux semaines qu'Ivan avait quitté le port – elle avait aperçu son frère roulé en boule dans un coin – sans doute avait-il espéré la rejoindre avant qu'elle ne partît et s'était rendormi là sans y penser. Alors qu'elle achevait de ranger la bride de sa jument, Olaf avait bondi sur elle, l'entraînant dans le foin où ils avaient roulé ensemble jusqu'à ce que, à califourchon sur son frère, elle se déshabilla en souriant

— Je vais te montrer quelque chose

et lui prenant la main, blottit la douceur de son sein dans sa paume, tandis qu'il la regardait émerveillé, les transporter dans ce pays qu'ils voudraient désormais, ensemble, inlassablement revisiter. C'est le fils aîné du tanneur qui lui avait expliqué la *chose* après qu'elle l'eut surpris et questionné, et dès lors c'est avec Olaf qu'elle avait désiré le faire, puisque c'était Olaf qu'elle aimait et ni lui ni elle n'aurait pu imaginer qu'il y eût là le moindre mal. Car cet amour, comme en connaissent les bêtes sauvages, leur venait du fond des âges, sans que jamais ils n'eussent senti la nécessité d'une autorisation ou la présence d'une faute. Ils ignoraient le jugement, ils n'avaient que faire d'une telle perte de temps.

Par son regard, Leny faisait un temple d'un simple morceau de corps. De même qu'ils avaient appris à jouer à l'élastique, ils vivaient ensemble ces nouveaux jeux qu'ils trouvaient de leur âge et pour la première fois peut-être cet été-là, il leur semblât que rien ni personne ne leur manquait.

Leny continuait d'accomplir ses promenades matinales, mais c'est avec une impatience nouvelle qu'elle redescendait vers la maison de bois où Olaf l'attendait dans un demi-sommeil, heureux de la retrouver souple et chaude, le bout du nez encore glacé mais la peau brûlante sous ses pulls. Elle attrapait un bol de chocolat, puis s'amusait à lui courir après tout en enlevant ses vêtements un à un. Ou alors soudain grave, elle s'agenouillait devant lui et l'aimait les yeux fermés avec la patience d'une sœur, tandis qu'il la regardait fascinée. Ou bien encore elle lui prenait la main pour le conduire jusqu'à sa source, lui expliquant ce qu'il en était des femmes, de ce ruisseau qu'elles avaient caché entre leur jambes, qui s'abreuvait de leur désir et s'élargissait lorsque le plaisir montait en elle

— Comme la fonte des neiges au printemps, Olaf, oui...

Ils apprenaient à se caresser longtemps, à se regarder rosir, haleter et gémir, sans jamais se perdre l'un l'autre. C'était l'été, ils grimpaient dans le hamac, observaient les fleurs des champs, et la rivière des glaciers qui s'écoulaient jusqu'à la mer, l'herbe verte et le village au loin, la scierie et plus loin encore, le petit port et les embarcations qu'il abritait, ils regardaient ces champs de nuit que leur inventait la lune dans le noir, en écoutant les bêtes dans la forêt. Et tandis qu'elle humait l'air à la manière des chiens, ils sentaient monter en eux une force inouïe.

Leny aimait cette façon qu'il avait de se rouler sur elle, lui était impatient de peser sur son corps épanoui, observant avec ravissement les multiples affluents de ses cheveux se jeter dans l'océan de son visage où se résolvait l'énigme contradictoire de toutes les Leny qu'il connaissait.

— C'est comme un feu entre mes jambes Olaf, dans mon ventre, comme un feu. C'est beau. Nous sommes les sorciers de l'amour Olaf, tu t'en souviendras toujours ?

Maintenant, il y avait entre eux ce désir rougeoyant, humide et blanc, souple et nerveux, cette vibration centrale de leur corps qui leur délivrait quelque chose du mystère du monde. Leny écoutait le vent dans les arbres et c'était comme la mer, elle ne pouvait plus regarder les champs de colza jaune comme de simples champs de colza jaune, tout respirait, la poitrine de la terre se soulevait, les branchies des arbres s'ouvraient avec le vent. Elle sentait son imagination grandir et les limites de sa vie repoussées d'autant. Voilà qu'elle ne voulait plus que cela, être près de lui, sentir son visage et tout son corps, sa bouche, la trace de ses mains, de ses yeux, de ses lèvres, oui, être entièrement baignée de lui, par lui, parce qu'il avait rendu sens à sa vie morte, à cette vie souterraine et ruinée en elle, à ses rêves morts, au voile déchiré, à cette souffrance qui avait englouti son être entier, excepté cette joie survivant à la crête d'elle-même comme un appel désespéré à ne pas se noyer.

Cependant le diable n'entre-t-il pas, toujours déguisé, par la porte qu'on lui a ouverte à grands bras ? Dans cette façon presque arrogante qu'ils avaient d'être heureux, ils auraient dû déceler – s'ils avaient été moins négligents – l'origine discrète d'un malheur. Mais ils refusaient de le voir, même si, instinctivement, Leny se méfiait du retour d'Ivan.

— Tous ces jours, Olaf, qui n'auront eu d'autres témoins que l'œil unique de Dieu !

Déjà venait septembre et les corbeaux gris et noir – leur plumage endimanché leur donnait un air de « mosieur » à qui n'aurait manqué que le chapeau haut de forme – étaient de retour dans le ciel, annonçant l'automne et la chasse. Leny aimait septembre pour cette raison-ci, et malgré la disparition de sa mère à laquelle cela la ramenait chaque année. Elle était morte en effet en cette saison où les oiseaux sont de la couleur des arbres, mais pour la première fois sa fille avait tiré un cerf en hommage à la légende que lui avait contée Ivan

— On dit que celui qui mange un cœur de cerf est vigoureux pour l'éternité...

Et ainsi à la veille de sa mort, la petite fille avait cuisiné le cœur de la bête pour sa mère. Longtemps elles avaient parlé dans le soir, de son père et des raies qu'il avait vues dans les grandes eaux du Sud et qui étaient comme les oiseaux du fond des mers aux ailes de géant. Leny aurait rêvé d'en voir seulement une.

A partir de cette année-là, elle avait appris à chasser des cailles, des sangliers, des faisans, des lièvres et des broustes. Elle aimait marcher seule dans la forêt, guetter l'animal puis le traquer avec calme, lui laisser sa chance – toujours – et finalement le tuer – pas toujours. C'est depuis cette saison-là, depuis que sa mère s'en était allée et qu'elle avait appris à chasser, qu'elle ne croyait plus tout à fait à la mort.

Leny était descendue déjà une fois au port pour glaner des nouvelles du retour d'Ivan. Le bateau ne devait plus tarder. Le père d'Olaf serait là dans quelques jours. Elle était restée sur les docks à observer les coques que la rouille dévorait à la façon d'une incurable maladie de peau. Pour Leny, ils étaient vivants, les chalutiers, les thoniers, tous les bateaux, du plus petit au plus grand lui faisaient l'effet d'êtres merveilleux, à la fois puissants et fragiles. Elle aimait rester près d'eux et c'est pour cette raison qu'elle était revenue une fois encore, pour traîner près des navires, humer l'air saturé de graisse et de poisson, et déambuler dans le désordre des premiers arrivages.

Le bateau ne devait pas rentrer avant trois jours, c'est pourquoi elle crut d'abord se tromper lorsqu'elle vit Ivan, dans le recoin d'une porte et qui embrassait une femme.

Elle fixa un morceau de savon sur le bord d'une fenêtre près de lui, et s'y accrocha comme à un petit animal triste et désolé. Elle regardait successivement le morceau de savon, puis Ivan, se rattrapant à l'un puis à l'autre pour ne pas s'effondrer. Elle observait le cou d'Ivan, dont la chair mate ondulait sous ses cheveux courts, puis les mains de la femme le caressant à la manière de deux fouines affolées sur l'écorce d'un tronc. Cela lui semblait si loin de ce qu'elle faisait avec Olaf, et si rustre en comparaison de leurs gestes à eux. Il y avait quelque chose de mécanique dans leur façon qui lui déplaisait. Cependant elle ne pouvait détacher son regard ni d'Ivan ni du morceau de savon, passant de l'un à l'autre avec une rapidité et une précision d'oiseau, si bien que la femme finit par dire à l'homme

— Tu la connais la gamine ?

Ivan se retourna et la regarda. Elle ne bougeait pas. Elle l'observait avec un léger mépris dans les yeux, et lorsqu'il s'approcha

— Leny chérie, tu ne m'embrasses pas ?
elle s'enfuit aussitôt.

Elle était remontée en hâte vers la maison

ayant choisi de ne rien dire à Olaf de ce qu'elle venait de voir, lui annonçant que oui, le bateau était bien là, oui, le voilà qui revenait.

En hâte elle avait préparé le festin qu'ils avaient coutume de servir à Ivan le soir de son retour, et maintenant, le gibier était dans le four et elle finissait de mélanger les airelles au fromage blanc et au miel. Elle avait laissé au chaud le blé concassé et les navets, tandis qu'Olaf achevait de dresser la table près du poêle. Le soir même il était là.

Elle vit qu'il souriait comme à son habitude et elle se mit à douter de son sourire. Elle vit qu'il les aimait comme à chaque retour et elle se mit à douter de son amour. Ce n'était pas seulement en souvenir de sa mère qu'elle sentait monter en elle cette colère, mais bien davantage pour protéger cet amour avec son frère dont elle pressentait qu'Ivan ne le comprendrait pas. Le dîner avait été joyeux. L'atmosphère festive de leurs retrouvailles avaient même duré plusieurs jours. Ivan avait donc été surpris lorsque, au bout d'une semaine, Leny lui avait reproché sa relation avec la femme sur le port. C'est même avec une sorte de cruauté instinctive que petit à petit, elle l'avait poussé à avouer une faute qu'il ne se sentait pas avoir commise. Car depuis cinq ans que leur mère était morte, et presque par fidélité à elle,

— Je t'en prie Ivan, ne t'arrête jamais de faire l'amour quand je serai morte, continue longtemps d'être vivant, continue d'aimer les femmes, Ivan, continue d'aimer leurs fesses, leurs seins, leur ventre, comme tu as aimé les miens, continue, sinon je ne pourrais pas mourir tranquille, c'était la première fois, au moment de partir en mer et d'en revenir, qu'il s'était décidé à « fréquenter » cette serveuse qu'il croisait depuis des années, et qui l'avait accueilli, à l'aller comme au retour, avec la même simplicité tranquille, heureuse de se donner à un homme que tant de solitude avait rendu timide et passionné.

Ivan ne faisait donc pas attention aux remarques de Leny et c'est d'une boutade qu'il les déjouait en riant. Il ignorait encore que c'est par amour pour Olaf qu'elle se dressait contre lui, dans la peur d'être jugée puis condamnée, en raison de cette incompréhension dont elle se sentait devenir l'objet. Par deux fois déjà, elle avait surpris de mauvaises conversations à la scierie, qui s'étaient suspendues dès qu'elle s'était montrée, et elle craignait qu'Ivan ne se laissât influencer par de telles bêtises. Il avait beau lui dire qu'il ne lui avait jamais menti, elle ne le croyait plus. Et de même qu'elle avait, durant l'été et grâce à Olaf, surgi au-dehors d'elle-même avec cette foi et cet amour enfin pleins pour l'existence

— Olaf, je sors de moi-même pour ne plus jamais y entrer,
elle effectuait, depuis le retour d'Ivan, l'exact mouvement inverse.

L'automne s'installait et Ivan se rendait souvent au village pour faire le plein de bois. Il s'arrêtait au café pour discuter un peu avec les hommes, partager un alcool avec son frère. C'est ainsi qu'Ivan entendit un jour qu'Olaf et Leny ne vivaient plus frère et sœur mais amants. Il se demandait sur le chemin du retour comment l'aborder, pressentant qu'il lui faudrait être à la fois rigoureux et doux. Il préférait lui parler à elle seule, sachant qu'Olaf se retrancherait derrière sa sœur.

Il la trouva allongée dans un coin de l'écurie, l'air un peu pâle. L'endroit lui parut peu propice à une conversation sérieuse, cependant il voulait gagner du temps avant le retour d'Olaf. Il ne savait comment s'y prendre si bien qu'il choisit de lui parler directement.

— L'humilité des sentiments est difficile, Leny, je le sais bien. J'ai entendu dire qu'il se passait certaines choses entre ton frère et toi. Je ne veux pas prêter l'oreille aux racontars, mais j'ai besoin de savoir si cela est vrai ou non.

Alors qu'il s'attendait à une réponse hostile, voilà qu'elle lui dit en souriant

— C'est. C'est tout.

— Comment cela ?

— C'est. Il n'y a rien à ajouter.

— Que veux-tu dire ?

— Je veux dire que cet amour est et il ne regarde personne, pas même toi, Ivan.

— Mais vous ne pouvez pas, Leny.

— Ce n'est pas une question de pouvoir ou non, Ivan, c'est.

— C'est une déraison, Leny, tu ne peux pas, tu ne peux pas aller contre la nature, votre acte ne fait pas partie de sa loi, Olaf est ton frère !

— Je n'ai pas d'autre loi que celle de mon père.

— Ton père est mort, Leny.

— Qui te l'a dit ? Je parle avec lui chaque jour ! Était-ce la loi de faire mourir mon père puis ma mère ?

— Les parents partent avant les enfants. Cela fait partie de la loi. Je suis désolé, vous ne pouvez pas continuer ainsi.

— Et de se donner sans amour comme tu le fais avec cette femme, est-ce la loi ?

— Cela n'a rien à voir Leny, Olaf et toi vous êtes *mêmes*, vous êtes frère et sœur, cela ne se peut faire entre vous, il ne naît rien de l'accouplement au *même.*

— Tu es jaloux Ivan, c'est ça ? Tu es jaloux ? Toi aussi tu veux le faire avec moi ? Ivan ? Toi aussi tu veux ? Tu peux si tu veux, tu sais...

Oui, bien sûr, il le comprenait maintenant, il découvrait en même temps qu'il la giflait de toutes ses forces, le désir effarant qu'il avait nourri pour Leny depuis quelques mois, un désir dont il n'avait pas eu conscience, qui s'était doublé jour après jour d'une angoisse vis-à-vis d'Olaf, qui, il le savait – il l'avait toujours su –, n'aurait pas la force, contrairement à lui, d'échapper à la tentation de ce corps public – c'est le seul mot qu'il trouvait pour décrire cette puissance sensuelle. Il comprenait l'origine de cette nausée sur le port à la veille de la saison en mer, qui l'avait poussé chez la femme pour la première fois cette année-là, alors qu'il n'y avait jamais songé auparavant.

Il se souvenait du malaise qu'il avait éprouvé avant son départ, lorsque Leny avait tiré le diable dans les cartes du tarot. Il n'avait jamais rien compris au jeu, mais la présence du diable l'avait oppressé et il était sorti fumer une cigarette devant la maison. Certes, il n'avait jamais cru à tout cela, mais la mère de Leny y tenait, qui avait appris à sa fille à lire les cartes et il ne pouvait s'empêcher, des années après, de lui faire confiance. C'est l'absence de nombril au ventre du diable sur le dessin de la carte qui le questionnait. Plusieurs fois, en mer, il y avait songé, puis il avait choisi d'oublier. Et voilà que ce diable, il en était désormais le ridicule hochet tandis que Leny le fixait avec une terrible incompréhension dans les yeux et une forme de colère désespérée qu'il ne lui avait jamais vue. Pour la première fois, il vit la toute petite fille qu'elle était, il découvrit le chagrin que recouvrait sa joie sensuelle, cette infatigable joie de sa mère qu'elle avait endossée à la manière d'une peau d'âne. Et en même temps qu'il mesurait la grossièreté de son désir, il prit conscience de l'amour infini qu'il éprouvait.

Il comprenait aussi cet amour d'Olaf pour Leny, non seulement en ce qu'elle lui rappelait si bien sa mère, mais pour ce mélange impossible de force et de vulnérabilité, cette alchimie si contradictoire qu'elle osait vivre en se laissant écarteler, afin de ne rien négliger d'elle-même.

Il comprenait un tel amour, cependant il se devait de leur interdire certains gestes, même s'il se demandait pourquoi. Car ce n'était pas de l'ordre de la morale, non, cela relevait d'autre chose. Il n'aurait su dire quoi si ce n'est de la loi. Une loi qu'il sentait presque par-delà les hommes, qu'il avait éprouvée vivante aux côtés de la mère de Leny, comme si chaque chose au monde eût une place et un sens, et que les hommes, par leurs actes désordonnés et distordus, en eussent, sans cesse, perturbé le fragile équilibre.

— Je te demande pardon, Leny.

— Tu sais bien comme maman disait que si les choses ne s'incarnent pas, elles ne valent rien, tu te souviens, comme elle nous lisait des passages du livre qu'elle aimait, le *Livre 7*, c'est papa qui le lui avait offert, je le sais. Et toi tu étais d'accord.

— Il aurait fallu des limites Leny, il faut toujours des limites pour éprouver la liberté.

Il avait l'impression que quelque chose venait de céder en elle et il se sentit rassuré. Certes, il leur faudrait prendre le temps d'en parler, mais d'ores et déjà Ivan pensait avoir gagné. D'une part, il avait mis à nu le désir qu'il avait eu pour elle et il se sentait fort de ne plus être manipulé par lui ; d'autre part il mesurait à quel point Leny était encore fragile et il songea qu'il resterait désormais auprès d'eux.

Elle gémit soudain et il se pencha vers elle. Elle ne le regardait pas.

— Qu'as-tu, Leny chérie, tu as mal ? lui demanda Ivan.

— Ça va aller, dit-elle.

Et il chercha à la relever en souriant

— Tu es comme les bêtes Leny, tu n'as pas

appris à mentir. Appuie-toi sur moi, je vais t'aider, viens, rentrons à la maison, nous allons regarder le *Livre 7* ensemble. Tu verras, il parle des frères et sœurs, mais des frères et sœurs de soif, non de sang. C'est un livre qui peut s'interpréter de beaucoup de façons.

— Je voudrais rester encore un peu ici. Va, toi, et je te rejoindrai.

Elle s'allongea dans le foin en songeant à Olaf, à l'enfant qu'elle portait, puis à Olaf encore, essayant de les imaginer ensemble. Elle avait senti la veille d'intenses vibrations à l'intérieur d'elle-même, presque solides, comme si l'aile souple d'une raie géante se fut lentement déplacée dans son ventre. Attentive au moindre mouvement, en alerte, elle avait peu dormi, mais s'était réveillée reposée. Elle se sentait différente, elle éprouvait autrement son corps, comme s'il se déployait dans l'espace, et cela lui plaisait. Elle en percevait la densité opaque, la puissance translucide, compacte mais d'une souplesse extraordinaire. Depuis des heures, elle envisageait les êtres non plus comme des individus à part entière mais comme un ensemble de masses en mouvement témoignant de leur identité profonde, bien plus que ne l'auraient fait un visage ou un nom. Elle *voyait* l'énergie lente du monde.

La fièvre s'était installée depuis le matin comme un épais manteau en peau d'ours. Elle sentait peser dans son ventre la force de la mort. Il y avait maintenant quelque chose de pourri dans son propre sang, le sang de la terre, dont elle devait se défaire. Elle voulait se lever, mais elle n'y arrivait toujours pas. Soudain elle sentit la présence d'Olaf, avant même de le voir. Elle sourit de ce qu'il était passé par les écuries pour rentrer, chose qu'il ne faisait jamais. Elle sourit de ce hasard-là.

Elle l'appela de tout son être parce qu'elle n'avait presque plus l'énergie de parler. Sa jument poussa alors une sorte de hennissement strident et Olaf fut près d'elle dans l'instant.

— Leny !

Elle lui sourit de toutes ses forces et lui fit signe de s'allonger près d'elle pour lui murmurer quelque chose.

— Olaf, il n'y a pas d'autre loi que celle de l'amour, l'arbre me caresse Olaf, je glisse ma tête sous sa branche et ses feuilles me caressent aussi. Nous sommes faits pour la caresse, viens que je caresse ton beau visage. Ce n'est pas difficile de vouloir cette chose-là Olaf, les autres ne veulent pas que nous la voulions, cette chose-là, à ce point. Olaf, j'ai rêvé l'autre nuit de la mort et c'est un grand poisson humain avec des mouvements très doux et sa nageoire est comme une aile sous laquelle j'ai glissé ma tête. J'ai senti un tel bien-être, Olaf, et un tel don, que j'aurais voulu rester là toujours et la mort m'a dit... mais non, la mort ne m'a rien dit... la mort aussi est une caresse, et puis tu sais, on ne meurt jamais vraiment parce que dans le livre de maman, ils disaient qu'il suffisait d'être né une fois pour ne plus jamais mourir, c'était écrit.

Olaf vit qu'elle avait beaucoup de sang entre les jambes et il se leva d'un bond

— Ne bouge pas Leny, je vais chercher papa...

Papa, songea-t-elle...

La douleur la creusait au-dedans comme un puits noir mais elle trouva l'énergie de rassembler ses forces pour se lever lorsqu'elle le *décida*.

La marée s'était retirée très loin et devant ses yeux s'étalait une mer de terre, avec ses flaques d'eau, son chenal où passaient les bateaux qui semblaient voguer sur une toundra immense.

Elle vit les canards marcher sur les premiers marais gelés comme une armée en retraite désœuvrée. Elle mit un certain temps à traverser la plaine qui la séparait des bois et s'enfonça en titubant dans la forêt, avec une détermination animale pour accomplir sa besogne, indifférente aux ronces qui lui griffaient les jambes, préoccupée seulement de maintenir ses forces rassemblées malgré le sang entre ses cuisses. Elle marchait sans penser à rien, elle ne songeait pas à Olaf ni à Ivan, ni à l'enfant au creux de son ventre, ou à ceux et celles qui auraient pu l'aimer, seuls les battements de son cœur occupaient son esprit. Leur cadence s'était accélérée et elle craignait de tomber avant d'avoir atteint *son* talus ; or, cela ne *pouvait* être. Car au-dessus du talus il y avait le grand pin aux branches rassurantes sous lequel elle s'était glissée chaque fois qu'elle s'était sentie perdue, devant lequel elle s'inclinait en murmurant « Père », et contre lequel elle souhaitait s'adosser une fois encore.

Elle entendit comme un murmure, presque un chant. La musique semblait venir des arbres mêmes, du ciel, de l'herbe auxquels chaque souffle de vent donnait une nouvelle impulsion, comme si la forêt eût chanté à bouche fermée pour l'accompagner dans sa course à la façon d'un chœur invisible entre les branches, ou peut-être les branches étaient-elles le chœur lui-même.

Elle avançait plus vite maintenant que la musique avait recouvert les battements dans sa poitrine, et c'est presque avec surprise qu'elle se trouva aux portes de la clairière, puis sous le grand arbre.

Elle regarda le ciel, à travers les branches du

pin qui la protégeaient du soleil, et le monde s'affaissa d'un seul coup dans une immense douceur.

Il lui semblait qu'elle n'avait pas bougé depuis des heures, et malgré la douleur qui forait son ventre, elle murmurait

— Je croyais que nous étions faits pour aimer, Père, cela seulement : aimer.

Lui parvint alors au loin des bruits de pas, peut-être des cris et ce froissement qu'elle aimait des fougères qu'on écarte.

Les fougères...

— Leny !

Olaf et Ivan avaient crié en même temps et ils couraient vers elle. Elle ne les voyait pas, mais les entendait. Elle pensait aux fougères, et elle écoutait le grand pin, et très loin, dans le fond, le murmure des voix d'Olaf et d'Ivan, peut-être celle d'Olaf plus près que celle d'Ivan. Puis, elle cessa d'entendre leurs voix, et enfin elle ne vit plus rien, sa respiration devint lente et douce, elle eut le sentiment de perdre connaissance, elle sentit le froid envahir tout son corps puis une vague de chaleur lui succéda, la musique s'amplifia et enfin elle eut la sensation extraordinaire et libératrice de l'explosion de son propre corps en une myriade de couleurs infinies qui se touchaient et se propageaient dans le ciel. Alors elle vit Ivan en larmes penché sur elle et Olaf, debout le visage tourné vers les cimes, qui regardait courir, au-dessus des montagnes sans jamais toucher la neige, des cerceaux de lumière au-delà du soleil. Elle vit qu'il pleurait en même temps qu'il souriait. Il lui sembla qu'une raie l'emportait jusqu'au cœur des aurores boréales et elle sut que lui aussi, aujourd'hui, son amour, son Olaf et son frère, pour la première fois il verrait la lumière se dilater dans son crâne au cœur de sa nuit. Et plus que jamais, elle l'en aima.

La souffrance est-elle indispensable pour accéder aux aurores boréales que nos nuits abritent ? Qui pourrait rendre sens à ma vie morte, ressusciter mes rêves ? Quelle raie magique aurait la puissance de forcer la porte de mon cœur pour adoucir, de sa nage bienveillante, le chagrin que je porte en moi ? Mon ami et mon frère s'était jeté par la fenêtre et il n'avait pas volé jusqu'aux cieux !

Le bain avait refroidi et je me suis brûlé le pied en voulant remettre de l'eau chaude. Celui qui avait mangé le cœur du cerf, dont la peau tendue ornait ma véranda, devait avoir gagné l'éternité.

Au moment où j'ai voulu sortir de la baignoire pour aller prendre le *Livre 7*, je me suis rappelé l'avoir oublié dans la poche du manteau de Fred au cimetière. Cela m'a presque fait rire. C'était bien la première fois que je lui offrais un livre, qu'il n'avait pas lu qui plus est. Depuis des mois, il suivait les travaux de Guita et m'avait dit son intérêt et son désir de découvrir le *Livre 7*, mais il finissait de préparer son exposition à Chelsea. Il souhaitait se reposer dans le Vermont après tout ça et alors, il aurait pris le temps de le lire en toute tranquillité. Cela m'a paru *correct* de l'avoir oublié sur sa tombe.

L'orage a éclaté vers midi. Je roulais depuis une demi-heure déjà lorsque le ciel est devenu presque aussi noir que la nuit. On ne voyait pas à cinq mètres et j'ai mis la radio pour savoir si le Vermont était également touché. Je suis tombé au milieu d'une émission sur les animaux où j'ai appris que l'ornithorynque d'Australie allaitait ses petits sans mamelle, le lait suintant à travers la peau et les bébés léchant les poils. Cela m'a semblé saisissant. J'ai imaginé Georgia sans ses seins et couverte de lait.

Un peu plus tard ils ont annoncé au journal que des inondations avaient submergé le Vermont, notamment la région de Montpelier et cela m'a angoissé. Ce n'était pas l'idée de mes affaires dispersées qui me gênait mais celle de devoir quitter le Vermont et rentrer à New York. En aucun cas je me sentais en état d'affronter la foule new-yorkaise et l'hystérie de la ville. J'étais déjà saturé de watts intimes et je ne souhaitais pas rajouter à mon chaos personnel, l'agitation mécanique qui règne dans toutes les grandes villes de ce monde, *a fortiori* à New York.

J'ai continué à rouler tout en écoutant la radio et j'ai appris l'existence d'un lézard dans le nord du Brésil, le *tropidurus troquatus*, se nourrissant pour subsister du *melocactus violaceus*, espèce de cactus dont les graines ne parviennent à germer qu'après avoir transité dans l'appareil digestif de l'animal. Je me suis demandé qui de Fred et moi était le cactus ou le lézard tant nos existences s'étaient toujours « autogénérées », puisqu'il m'avait servi à la fois de frère, de mère, de confident, d'ami, autant de rôles qui l'avaient, de son côté, poussé à vivre pour me soutenir et me regarder devenir, au fur et à mesure des années, un peu moins benêt.

Réflexion faite, je me suis senti plus cactus que lézard, ayant toujours eu la sensation que j'étais « digéré » par Fred plutôt que l'inverse d'une part, et apparemment plus piquant qu'écailles, d'un point de vue extérieur d'autre part. Même si, à la manière de certains cactus, j'étais, passé le côté immédiatement épineux, d'une grande douceur. Du moins était-ce l'opinion de Guita. Personne jusqu'alors ne m'avait parlé de ma douceur.

La pluie avait redoublé d'intensité et j'ignorais jusqu'à quand je pourrais continuer de rouler.

Pourtant je n'avais pas envie de m'arrêter. J'étais bien dans cette voiture, seul au monde, sur cette route déserte, sous des trombes d'eau, en train d'apprendre que les fosses que nous avons au milieu des joues nous viennent de nos ancêtres les poissons qui, lorsqu'ils apparurent sur la terre, tenaient conversation à des libellules géantes, des araignées de plus d'un mètre de diamètre et des scorpions de soixante centimètres !

— Bon sang de bonsoir, aurait commenté Fred.

— Bigre !

ai-je dit dans la voiture en m'adressant à Léandre qui dormait comme une souche dans sa maison en plastique.

Ils ont annoncé que Northfields avait été épargné par rapport au reste de la région et je me suis senti privilégié. L'idée d'un café chaud accompagné de mets solides m'a séduit sur l'instant, et je me suis garé dans le parking de la station-service la plus proche.

J'ai envisagé une retraite vers le restaurant d'à côté, une sorte de Kentucky Fried Chicken, mais la perspective de devoir supporter l'agitation et le brouhaha d'une cinquantaine d'humains, transformés en chiens mouillés, m'a semblé impossible et j'ai choisi d'acheter deux sandwichs et de les dévorer seul dans la voiture.

J'ai réalisé à quel point j'étais encombré de moi-même et si loin du détachement auquel j'aspirais. Mais je me suis rappelé cette phrase que citait souvent Guita : « Chaque fois que nous demandons aux gens d'être autre chose qu'eux-mêmes, nous les méprisons. » En allant chercher mes sandwichs sous la pluie, cela m'a semblé un argument fantastique pour légitimer mon oursonnerie. J'avais choisi, en mangeant mes sandwichs tout seul dans ma Mercedes, de ne pas me mépriser.

Après mon déjeuner, arrosé d'un vin rouge ordinaire, je me suis assoupi un moment et j'ai rêvé de Georgia, de son clitoris rose comme la langue minuscule d'un chevreau. Je me suis réveillé avec une très légère érection. Je suis allé voir sur le Net de la station-service si j'avais des messages. Il n'y en avait qu'un seul et il était de... Georgia.

> *Je reviens de déjeuner du restaurant chinois, à l'angle de la 42e rue. Je n'étais pas venue ici depuis la dernière fois avec toi. En ton honneur et souvenir, j'ai commandé des calamars grillés et du vin. L'alcool aidant, je me suis imaginé ta présence en face de moi et je me reculais légèrement sur ma chaise, remontant la jupe du tailleur dans lequel tu as toujours aimé me voir, dévoilant progressivement mes bas dans lesquels tu as, aussi, toujours*

aimé me voir, puis je me saisissais d'une baguette du restaurant et je t'annonçais la dégustation d'une spécialité maison qui n'était pas sur la carte. Alors je plongeais l'instrument sous ma jupe et entre mes cuisses pour venir l'offrir à ta bouche. Devant ta satisfaction évidente, je t'annonçais le dessert maison, et avec l'autre extrémité de la baguette, je pénétrai la fente de mes fesses et les yeux aussi humides que ma chatte, je venais te faire goûter la quintessence de mon ventre...
Qu'en dis-tu ?
Je suis sûre que ma petite histoire t'a collé une telle érection qu'il va te falloir dix bonnes minutes avant d'oser te lever et quitter l'endroit où tu es.
C'était au resto, ce jeudi, 50 °Fahrenheit, dehors en tout cas.
Auprès de mon ventre, ton cœur oublié.
With you
Georgia.
Mon Dieu ce désir de toi ce matin, je voulais ta queue dans ma bouche et que tu t'enfonces dans mon cul, mon Dieu, comme j'ai envie...

Le message de Georgia m'avait en effet collé une érection, mais cela m'a semblé déplacé de me masturber dans la voiture de Guita. D'autant que la mort de Fred avait relégué l'ensemble de nos jeux sexuels à une forme d'expérience, certes unique, mais qui, rétrospectivement, m'apparaissait sans issue. C'était comme la fin d'un fantastique malentendu, qui me laissait aussi désœuvré que triste, et j'ai décidé de reprendre la route malgré la pluie démente. Mais toute notre vie commune a surgi à l'intérieur de la cabine de la voiture et je me suis mis à penser à elle comme un cinglé.

Georgia avait cet air qu'ont certaines femmes d'abriter en elle à la fois un être humain et un animal totalement sexuel, sans qu'aucun des deux n'ait la moindre idée de l'existence de l'autre. Nous nous étions connus dans le petit restaurant chinois de la 42e rue. J'avais eu la certitude absolue en m'asseyant à la table à côté de la sienne que quelque chose allait nous lier, et que ce lien me conduirait inéluctablement dans le foin. Je ne la regardais pas. Je ne voulais pas la regarder, comme si le seul fait de la regarder l'eût attirée jusqu'à moi. Je pressentais que le choc de notre rencontre me propulserait à la minute dans un univers dont je ne contrôlerais plus rien. Je n'aurais pas eu le courage de changer de table pour autant. Parce que Georgia avait des seins merveilleux. A une époque où tant de femmes se les coupent, les recousent, plus petits ou plus gros, à coup d'agrafes ou d'épais fils à coudre, elle les portait libres sous son pull aussi polissons qu'ils étaient lourds.

Ce n'était pas seulement ses seins, ce n'était pas non plus son visage ni même aucune des parties de son corps mais une certaine façon de se tenir qu'avait l'ensemble, ou plus exactement de ne pas se tenir.

Quelque chose s'échappait d'elle dont elle ne semblait pas même avoir conscience, et cette chose-là était absolument sexuelle. Les hommes et les femmes sentaient cela en sa présence. On aurait dit que seule Georgia en ignorait la force absolue. C'est peut-être cette ignorance qui lui donnait cet air particulier qui m'avait rendu, dès que je m'étais trouvé à ses côtés, si gourmand. Gourmand d'elle, de la prendre, de la posséder, d'en jouir, de m'en repaître jusqu'à l'en épuiser et en même temps de n'en laisser à personne.

— L'avarice, Nort., ne peut jamais donner rien de bon, avait dit Fred.

Savait-il alors à quel point il avait raison ? En déjeunant assis près d'elle dans la 42e rue, j'éprouvais ce sentiment ridicule mais bien réel, que parmi tous les hommes qui se trouvaient au restaurant ce jour-là, c'était à moi et à moi seul qu'elle revenait. J'avais ignoré Georgia pendant tout le repas, mais je sentais sa présence. Plus que sa masse elle-même, c'est en quelque sorte son atmosphère que je pouvais appréhender. Je finissais mon gingembre confit lorsqu'elle était descendue aux toilettes, et passant devant moi, elle m'avait dit simplement

— C'était bon ?

puis elle avait continué sans même attendre ma réponse avant de se retourner pour me sourire de façon extravagante.

Je ne saurais dire comment elle était vêtue. On ne voyait pas les vêtements de Georgia, on ne se souvenait pas si elle portait une jupe ou un pantalon, non, on gardait seulement en mémoire l'électricité qui avait parcouru la pièce qu'elle venait de quitter. C'était tout et c'était assez.

Après son passage aux toilettes, j'avais renoncé à toute velléité de retour à la maison. Je voyais vers quel déséquilibre m'entraînerait une femme comme Georgia, mais il y avait une sorte de fatalité qui m'emportait à laquelle je devais m'abandonner.

Nous étions sortis ensemble du restaurant et je lui avais proposé une promenade dans Central Park. J'avais vingt-cinq mille messages à envoyer pour trouver du travail, mais j'ai fait comme si j'étais l'homme le plus libre et le plus léger du monde.

A six heures, elle m'avait dit qu'elle avait rendez-vous chez son gourou mais qu'elle serait heureuse de me recevoir pour l'apéritif. Elle avait ajouté que depuis qu'elle voyait son gourou, elle pouvait sentir son lotus s'ouvrir au sommet du crâne.

J'avais sonné chez elle vers vingt heures. A vingt heures deux, nous étions en train de faire l'amour sur la moquette de l'entrée. A minuit, elle saluait la pleine lune en portant un toast à l'amour après avoir sabré la troisième bouteille de champagne. Voilà quel genre de femme était Georgia. Elle était belle, même en tenue de sport ! Et pouvait fondre en larmes à un concert parce que le jeu du violoncelliste la bouleversait

— On dirait qu'il fait l'amour devant nous, Nort., c'est sublime, regarde son visage, les mouvements de son visage ressemblent à une peinture de Bacon !

De fait, l'homme ouvrait parfois les yeux, révélant une nudité que je n'avais jamais vue chez quiconque autrement que dans l'amour, et pour la première fois il m'était donné de la voir chez un homme. Et quelle beauté il y avait là-dedans, oui, quelle beauté !

Elle mettait de l'encens à brûler sur une vaste pierre verticale, haute de plus d'un mètre, dans un pot de terre. C'était le mausolée où elle avait décidé d'enterrer, écrit sur des petits bouts de papier, tout ce à quoi elle ne voulait plus être confrontée, maintenant qu'elle commençait une nouvelle vie : le célibat, l'aveuglement, la peur, la projection, la culpabilité, la dépendance affective, le narcissisme. Voilà où en était Georgia lorsque je l'avais rencontrée.

Et elle pouvait bien voir son gourou deux fois par semaine, cela m'importait peu car entre nous, il y avait *ça* : cette atmosphère de sexe qui repoussait les limites. Pour Georgia, elles n'existaient pas. Et je le savais. J'aimais ses seins qu'elle dévoilait avec innocence lorsqu'elle se déshabillait. Elle avait compris l'effet qu'ils produisaient sur moi et s'amusait à me faire bander sur commande. A peine arrivée, elle enlevait son manteau dans l'entrée, laissait tomber tous ses vêtements un à un pour ne garder que son soutien-gorge. Alors elle s'appuyait contre le papier peint défraîchi du mur et tandis que, d'une main, elle sortait ces fruits merveilleux cachés sous le tissu, de l'autre, elle penchait doucement ma tête vers les mamelons, en me disant

— Viens sucer mes seins

et tout un tas d'autres mots obscènes. Lorsque je suçais ses seins admirables, je me sentais « lavé » de cette honte qui colle au genre masculin.

Avec Georgia il y avait *ça*, ses mots, son désir, cette excitation venue d'une terre inconnue pour ne se calmer jamais, cette sorte d'ardeur à toujours aller plus loin, dans ses gestes comme dans ses propos, qui me fascinait et ouvrait en moi l'espace d'un monde. Une sorte de bestialité libre se faisait jour, une liberté presque agressive qui me mettait dans des états que je n'avais jamais connus. Nous brûlions tous les jours de nous retrouver, car à chaque fois nous savions l'un et l'autre qu'il y aurait *ça.* Il y aurait sa bouche beige et ses yeux verts, ses taches de rousseur au creux de ses seins, ses cuisses charnues et douces que je caresserais jusqu'à la rendre folle, il y aurait son sexe nu qu'elle faisait entièrement épiler deux fois par mois chez une quadragénaire mystico-hongroise qui se faisait appeler « la reine de la chatte », il y aurait cette sorte de défi au fond de son regard me poussant à franchir quelque chose, à transgresser je ne sais quelle règle, il y aurait ses hanches que j'attraperais de mes deux mains pour mieux m'y perdre, ses fesses généreuses à écarter, ses bras, ses mains, ses pieds et surtout il y aurait, comme un flux ininterrompu, ses mots, son obscénité souveraine qui accompagnait mon excitation et ma dépendance. Plus nous étions ensemble, plus Georgia m'était nécessaire, et les rares fois où il m'arrivait de dormir seul, je ne cessais de m'interroger sur ce lien qui se tissait entre nous. Car ce n'était pas Georgia dont j'avais besoin à proprement parler, mais de *ça*. Et *ça* était possible grâce à Georgia, cette chose entre nous qui faisait naître en moi des sensations d'absolu. Comme si, ensemble, nous nous rendions au-delà des frontières, au-delà du langage même, dans un univers souterrain et inconnu où se dissolvaient enfin en moi tous les codes, toutes les structures. M'enfoncer dans ce continent de peau, me laisser déborder par ce torrent de chair, c'était pour moi affronter la vérité même. Je cherchais quelque chose, mais je ne savais pas quoi. Et Georgia me le rendait bien.

— Lorsque nous serons seulement de la matière l'un pour l'autre, nous toucherons au divin, Nort.

J'avais presque cessé de voir Guita. Avec elle, nous n'avions jamais parlé de sexe. Elle m'avait raconté comment, petite fille, elle avait fait remarquer à sa mère, un jour qu'elles attendaient à l'aéroport

— Le monsieur, il a beaucoup de zizi !

un zizi qu'elle avait imaginé tel un de ces énormes rouleaux de boudin qu'elle voyait à la boucherie, recroquevillé sur lui-même, avec cet air triste qu'ont les animaux dans les zoos. Sa mère avait ri. Mais elle ne m'avait jamais raconté en détail ses histoires d'amour. Bien sûr je lui connaissais des amants. Je l'avais même vue embrasser une femme un soir de fête chez elle, en allant aux toilettes. Mais elle n'en parlait pas beaucoup. Elle disparaissait parfois deux ou trois jours. Lorsqu'elle ne me proposait pas de l'accompagner c'est qu'il y avait baleine sous le gravier, selon l'expression de Fred.

Désormais, lorsque j'allais chez Guita, j'éprouvais un sentiment de malaise. Comme si l'atmosphère du lieu, cette sorte d'harmonie avec laquelle les objets et les êtres s'agençaient là-bas, me condamnait, débusquait les contradictions qui m'habitaient et les réprouvait. Dans ce lieu, en présence de Guita, j'étais nu, et je me sentais presque humilié de l'être ainsi. D'autant qu'il y avait toujours dans son regard ce même éclat clair et franc que j'aimais tant, cette chose presque liquide dans ses yeux qui m'enveloppait. Je sonnais à l'interphone, elle laissait la porte de son appartement ouverte et je la trouvais plongée dans ses livres ou à faire la cuisine. Elle levait la tête en m'entendant arriver dans le salon, me souriait, ôtait ses petites lunettes d'écaille et m'accueillait les bras ouverts. Elle me proposait à boire, à manger, me demandait de mes nouvelles avec la même simplicité, sans montrer le moindre signe d'inquiétude ni la moindre impatience malgré mes visites de plus en plus espacées. Nous ne buvions plus de vin français ensemble, mais je continuais de la prendre dans mes bras au moment de m'en aller la quittant presque à regret, avec en même temps l'impatience coupable de rejoindre Georgia.

Presque chaque soir, je la retrouvais. Elle m'attendait en nuisette, dans son lit où je la surprenais se caressant, atrocement lascive. Ou elle me donnait rendez-vous dans un bar, et me demandait de la rejoindre aux toilettes. Je la découvrais nue sous son manteau et c'était pour moi comme un cadeau somptueux.

— J'ai la sensation d'avoir dans le ventre la forme même de ton sexe dont l'absence me brûle, et c'est déjà le plaisir même...

Elle me parlait de son désir puis m'exposait le fantasme qu'elle avait choisi pour la nuit. Alors, quelque chose de vénéneux émanait d'elle. Elle voulait goûter à tout, bousculer chacune de mes réticences, m'emmener au-delà de moi-même. Elle me ferait dépasser tous mes principes, découvrir le secret de jouissances inconnues, elle se donnerait à moi comme aucune femme ne l'aurait fait, elle s'ouvrirait jusqu'en ses entrailles les plus intimes. C'était cela le programme global de Georgia.

A quatre pattes, son dos m'était une échelle jusqu'au ciel. Je regardais, fasciné, le mouvement de ses hanches, l'affolement qui habitait alors son corps déstructuré. Ma main sur elle me semblait, soudain, celle d'une faune marine oubliée, une espèce du fond des eaux, comme si ma propre chair eût elle-même disparu, révélant seulement son mystère nu.

Georgia disait que la langue des humains est pointue pour mieux s'immiscer dans l'étroitesse de notre petit trou. Et allongée sur le ventre, elle se laissait sauvagement embrasser.

Il y avait toutes les femmes, tous les humains dans ce sexe, dans ces fesses, dans l'infini de ce dos élancé et ployé en même temps, dans ces jambes pliées et ce corps accroupi par-dessus moi. Je ne voyais pas son visage, mais je le sentais, j'éprouvais tellement sa chair, ses muscles, cette tension qui était la nôtre pour rejoindre ensemble cet archipel de chair où la beauté devait nous inonder, où il n'y aurait plus de langage mais seulement la matière enfin ouverte. Oui, il y avait tout cela. Il y eut ces douze mois avec Georgia qui m'ont paru douze jours, cette prise de possession de la chair sur ma vie, cette ligature sans issue de nos corps bouleversés, ce lien dément. Mais comment vivre avec la chair pour seul partage, et que faire d'un tel lien ?

Nous venions de faire l'amour et elle s'apprêtait à sortir pour aller voir son gourou. Elle s'était assise sur une caisse en bois qui lui servait de tabouret et avait posé son pied gauche sur son genou droit pour appliquer une crème.

— C'est le gourou qui m'a expliqué de venir en baskets pour modifier l'image que j'ai de moi-même, mais ça fait sentir des pieds.

J'avais reniflé cette femme dans tous les sens, il n'y avait pas une parcelle de son corps que je n'avais explorée, j'avais connu tout l'éventail de son intimité, et pourtant nous n'avions jamais eu une intimité comme celle-là, une intimité de crème de pieds. Il m'avait semblé que, pour la première fois, je *voyais* Georgia et je m'étais senti, à ses côtés, aussi déplacé qu'un requin en plein Sahara. Derrière toute cette affaire sexuelle, nous dissimulions une incapacité chronique à être simplement l'un avec l'autre et malgré le lien physique qui était le nôtre, j'avais réussi, certes après trois tentatives, à la quitter pour de bon. Mais, nom de Dieu, j'avais eu du mal. Parce qu'elle me tenait par la queue.

Fred disait que chaque homme voit l'amour à travers sa propre bite, mais, ajoutait-il, peut-on raisonnablement envisager l'amour de cet unique point de vue ?

La pluie a redoublé. Je me sentais épuisé et l'évocation de ces souvenirs m'avait attaqué plus que je ne l'aurais cru.

Je me suis demandé si Georgia chercherait à se venger de moi en faisant mouler mon assassinat dans la cire pour l'exposer dans une galerie de Chelsea, comme l'une de ses amies artistes lorsqu'elle s'était fait plaquer. Cela m'aurait été assez pénible. En arrivant à la maison, j'inscrirais son nom, son prénom et son âge sur un petit bout de papier que je mettrais à geler dans une bouteille au fond du congélateur pour bloquer ses mauvaises pensées. C'est Guita qui m'avait raconté que les Incas accomplissaient ce rituel afin de neutraliser l'ennemi. Pourtant, ils n'avaient pas de réfrigérateur, ai-je articulé à voix haute.

J'hésitais à répondre au dernier message de Georgia. Je sais que Fred m'aurait suggéré de l'envoyer au diable, et Guita m'aurait sans doute cité une phrase sur la force du silence et la puissance du non-agir. Pour l'instant, je désirais un café chaud près d'un radiateur bouillant.

J'ai arrêté la voiture au premier motel venu à l'entrée de la petite ville de Bethel et j'ai pris une chambre fumeur au rez-de-chaussée. Le temps de traverser la cour, j'étais trempé. J'ai enlevé mes vêtements et je me suis couché nu en ayant pris garde de mettre Léandre près du radiateur.

Je me suis senti seul au monde et le poids liquide de mon plexus a augmenté de trois cents pour cent dans la minute. J'avais rarement éprouvé un tel sentiment d'abandon et l'idée du suicide m'a déchiré. Je l'ai violemment repoussée. Je ne discernais plus aucun sens à ma vie, mais la mort de Fred me posait une question à laquelle j'étais sommé de répondre.

Chacun fuit ses propres démons pour mieux les rencontrer, ai-je pensé. Peut-être l'heure était-elle venue pour moi d'honorer ce rendez-vous, de faire face à cette solitude indéchiffrable dans laquelle je me trouvais immergé depuis que l'orage avait éclaté et que j'avais quitté la tombe de Fred ?

Il faut saisir notre destin tant qu'il est encore en nous, disait-il. Qu'avait-il saisi de son destin ? Avais-je seulement encore le temps d'attraper le mien ou toutes mes chances de devenir moi-même étaient-elles mortes ? De quelle espèce d'homme était mon Fred ?

— De celle qui voit arriver le nuage blanc, affirmait Guita.

Était-ce cette sorte de lucidité qui avait eu raison de lui ? Ou l'indifférence dans laquelle il s'était retiré par excès de sensibilité ? Quel avait été le petit nuage blanc qui lui avait obstrué la totalité du ciel bleu ?

Sa mère avait été traumatisée par l'histoire d'une femme qui avait été dévorée par son chien. Pour l'espèce canine, celui qui mange en premier est le maître, et la femme avait pris l'habitude de servir son chien avant elle. Plus jamais la mère de Fred n'avait autorisé ses enfants à se servir en premier.

Est-ce l'accumulation de détails aussi insignifiants qui pousse un homme au suicide ? Ou la sensation de schizophrénie dans laquelle Fred m'avouait être plongé un peu avant sa mort.

— Pour essayer de te faire comprendre cet état, je vais te raconter une histoire que j'ai lue dans un livre. Lors d'un voyage en Inde, la reine d'Angleterre visite un grand yogi et l'interroge sur sa pratique. Très satisfaite de son entretien, elle finit par l'inviter à visiter Londres. Et l'homme de lui répondre : « Mais je suis Londres, Madame ! » J'adore cette histoire, Nort., je l'adore ! Je suis dissous, moi aussi, je suis dissous comme le maître yogi, je suis Londres, je suis New York, je suis le corbeau et l'ours, je suis l'arbre et les nuages, je suis cette gorgée de whisky et la moue de ta bouche quand tu plisses les yeux, je suis ce petit bout de salade coincé entre tes dents et la côte gauche de ma sœur Lilly, celle qui dépasse un peu plus que les autres, tu te rappelles, je suis les larmes de ma mère devant son onzième whisky, la solitude effroyable de mon père au moment de mourir, je suis la cicatrice de ta paume et le clou qui l'a faite, les franges de ce tapis et ce caleçon désolé sur la chaise, je suis le présent, le passé et l'avenir mais je n'éprouve aucun bien-être de yogi. Je ne sais pas à quel moment quelque chose s'est mis à clocher dans ma vie. J'ai l'impression parfois de devenir fou, de ne pas avoir les codes pour décrypter cet état entièrement neuf. Comme si c'était l'état d'une nouvelle espèce. J'ai même envisagé d'établir le *Dictionnaire du genre humain avant l'espèce nouvelle*, une sorte de portfolio photographique géant, répertoriant les différents types d'individus qui constituent notre espèce avant sa disparition. J'en ai dénombré cent sept, chacun d'entre eux étant déclinable à l'infini.

Pourquoi la dissolution des uns avait-elle des conséquences plus heureuses que la dissolution des autres ? J'étais nu comme un ver dans ce lit glacé, entre Long Island et le Vermont, sur la route 89, et je me demandais, sans rire, à quoi ressemblait la vérité du monde. Peut-être s'apparente-t-elle à une statue au corps sans fin composé de milliards d'éclats minuscules joints les uns aux autres ? Peut-être sommes-nous chacun l'un de ces minuscules éclats ? Certains brillent plus que d'autres, il y en a de plus opaques, de plus lisses, de plus mats ou de plus colorés, mais si l'un d'entre eux vient à manquer, la vérité entière s'en trouve défigurée ? Qui peut embrasser la totalité de la quête que chacun porte en lui, aussi petite ou immense soit-elle ? Quelle avait été la quête de Fred ? Quelle était la mienne ? Et où pourrais-je jamais trouver la force de traverser cette après-midi éternelle aussi seul et aussi nu ? Était-ce à l'issue d'une après-midi comme celle-ci que Fred avait sauté par la fenêtre ?

Je me souvenais de son téléphone en forme de pistolet. Des centaines de fois, il avait posé le canon sur sa tempe et appuyé sur la gâchette pour dire : Allô ? La répétition de ce geste n'avait-elle pas fini par inscrire dans son corps l'idée même du suicide ? Selon Fred, la matière était beaucoup plus lente que l'esprit à apprendre mais beaucoup plus sûre. Une fois l'information intégrée, elle ne pouvait plus l'oublier. Était-ce cette mémoire qui l'avait jeté dans le vide ?

J'ai entendu un air de musique dans la chambre voisine et les bribes d'une conversation dans le couloir

— Le problème avec la dinde c'est que tu passes l'après-midi avec elle pour la préparer !
et j'ai eu la vision d'une femme en train de parler à une dinde rôtie assise sur un canapé en skaï.

Peut-être l'erreur de chacun est-elle cette illusion de vouloir maîtriser les êtres et les choses. Peut-être Fred avait-il voulu maîtriser jusqu'à sa propre mort. Guita m'avait maintes fois répété qu'il ne fallait pas se demander pourquoi telle ou telle chose nous arrivait mais comment on en était arrivé à la produire. Une idée de Jung. Je me demandais comment j'avais pu arriver à produire une après-midi aussi absurde que la mienne ce jour-là.

Alors j'ai senti une sorte de tristesse physique descendre de mon cerveau jusqu'à mon cœur puis le long de mes jambes, et je me suis mis à douter de tout. J'ai douté de Fred et de Guita, j'ai douté de l'amour de ma mère et de mon père, de mon propre corps et de ma santé mentale et j'ai pensé au Christ sur le mont Golgotha. Sans rire. A cette solitude du Christ.

Il était temps d'aller chercher un sandwich en ville et de m'asseoir à côté d'un humain, ou j'allais devenir dingue. Tous mes vêtements étaient encore mouillés sur le radiateur et j'étais donc coincé à regarder tomber une pluie torrentielle en sentant la panique s'installer délibérément en moi. « Pourquoi cherches-tu ailleurs toutes les réponses qui sont en toi ? » La phrase m'est venue d'un coup. Et toute une batterie de questions ont déferlé dans ma tête.

La matière est-elle sacrée ? La matière est-elle douée de conscience ? Pourquoi ne le seraitelle pas ? N'y a-t-il pas une façon de communiquer avec cette porte, par exemple ? En quoi ne pourrions-nous pas entrer en contact avec la conscience de cette porte ? Puisqu'une production excessive de cellules est nécessaire pour former un corps, faut-il une production excessive d'individus pour que le corps du monde s'accomplisse ? Suis-je de ceux qui ont été produits en surplus et qui doivent maintenant disparaître ? Ai-je peur de mon ombre ? Est-ce un manque de courage que de ne pas oser l'affronter ou le courage se situe-t-il dans le refus d'y succomber ? Je suis tout nu comme un chien, pourquoi ? Peut-être faut-il basculer, lâcher tout, basculer. Mais vers où ?

Guita dit toujours que l'acte juste est celui qui fait taire le mental.

Le mien était en train de s'emballer et je devais absolument le calmer. Je me suis alors rappelé cet exercice que le gourou de Georgia lui avait recommandé en cas de panique, et j'ai arraché une page de *En nous la vie des morts* pour tâcher d'y inscrire la liste de tous mes défauts et de toutes mes qualités comme il le lui avait suggéré. J'ai trouvé l'exercice difficile et je m'en suis voulu, rétrospectivement, de m'être moqué d'elle autrefois.

J'ai trouvé soixante et un défauts. J'étais loin des deux cent cinquante-quatre que son gourou avait réussi à dénicher mais je m'en suis contenté. Je sentais que la concentration me faisait un peu de bien. J'ai écrit tous les mots en vrac puis je les ai classés par nom et par adjectif.

Noms : esprit de vengeance, destruction de soi, rage, dépréciation de soi, jugement hâtif, désir de meurtre, complaisance. Adjectifs : content de soi, envieux, cruel, sadique, lâche, inconstant, timide, défiant, indifférent, aride, passionné, haineux, irrégulier, vantard, irrespectueux, négligent, mélancolique, lourd, mesquin, impatient, voleur, autoritaire, hypernerveux, ambitieux, faible, passif, irascible, dépressif, déloyal, vaniteux, critique, excessif, taciturne, irritable, colérique, jaloux, narcissique, intolérant, méfiant, intransigeant, entêté, angoissé, bavard, dissipé, distrait, injuste, médisant, honteux, manipulateur, dépensier, égoïste, égocentrique.

Égoïste et égocentrique, voilà, c'était peut-être ces deux-là les pires de tous ceux dont découlaient les cinquante-neuf autres.

Fred disait que si le monde était un être humain, les États-Unis seraient l'ego d'une jeune fille tyrannique qui n'aurait jamais aimé personne, dont la chute serait indispensable pour que cet être accède en toute humilité à une autre dimension. Je ne savais pas quoi penser de tout cela.

Dans mon motel sordide, je me sentais aussi égoïste et égocentrique que les États-Unis d'Amérique, et j'ai eu honte d'être aussi plein de moi-même.

« Je dois continuer, me suis-je dit, je dois continuer de brûler ce qui souffre en moi et tyrannise ma vie. » Cette brève adresse m'a redonné un peu de courage. Mais au moment de faire la liste de mes qualités, je n'en ai pas trouvé une seule et cela m'a mis dans un état de tristesse épouvantable, presque rétroactive. J'ai essayé de noter des qualités comme ça, des qualités en général. J'en ai repéré seulement seize : force, enthousiasme, volonté, persévérance, écoute, attention, vigilance, exigence, dynamisme, communication, détachement, gaieté, faculté d'adaptation, conscience, patience, capacité de décision.

Je me suis dit qu'on nous apprenait davantage à critiquer le monde qu'à l'aimer et l'histoire humaine m'a semblé épaisse et vaine. Qu'ai-je donc oublié d'oublier, quel souvenir doit revenir, quelle vérité ? Où peut-on cueillir les fruits tendres de la confiance ? Quelle est la couleur du cerveau ? Sommes-nous réellement limités dans le temps et l'espace ?

La maison de mon enfance et tous les lieux où nous avions vécu existaient peut-être encore quelque part dans une certaine poche de l'univers et il ne tenait qu'à nous d'y retourner. J'étais en train de vivre d'autres vies ailleurs ou je les avais déjà vécues et toutes se rassemblaient dans le triangle des Bermudes de mon cœur. Peut-être que j'avais encore deux ans et que je vivais avec ma mère et mon père dans la maison jaune pâle. Peut-être que si j'avais eu un ou deux pouvoirs magiques, j'aurais pu sonner à la porte, et ma mère m'aurait ouvert. Je l'aurais trouvée en train de fumer une cigarette tout en préparant un gratin à la béchamel. Il est évident qu'elle m'aurait pris dans ses bras et serré contre elle.

J'ai eu froid tout à coup. L'image de mon corps écrasé dans la cour de mon immeuble à New York m'a sauté au visage, comme un chat sauvage, puis, j'ai cru voir un écureuil par la fenêtre et mon cœur s'est mis à faire des drôles de bonds dans sa cage.

Le bas de mon corps est devenu soudain très puissant et très compact. Je me suis levé pour voir si mes vêtements étaient encore mouillés sur le radiateur. Ils étaient à peu près secs et la perspective de sortir en ville m'a redonné de l'espoir.

En marchant dans les rues, je redeviendrais un homme.

Dans le hall du motel, j'ai rencontré deux vieilles dames desséchées avec des robes imprimées à fleurs. Tant de fleurs pour des visages fanés ! Si chaque personne croisée est la caricature d'un trait que nous devons améliorer, sur quoi, sur qui, des fleurs ou des visages fanés, devais-je me pencher ? Malgré mon aversion pour les parapluies, j'en ai emprunté un au motel et j'ai commencé à marcher sans but. J'ai trouvé un peu de paix dans un parking au milieu des voitures puis mon cœur a fait des bonds et l'angoisse m'a de nouveau gagné.

Ma confiance avait été éventrée comme une biche. Quelque chose de très difficile était en train d'avoir lieu en moi. Quelque chose devait vaincre, quelque chose devait mourir, mais il fallait que cette chose meure sans que ma carcasse y passe.

J'ai pensé que manger me ferait du bien et je me suis mis en quête d'un restaurant dans le centre-ville. J'ai hésité à entrer dans un premier établissement. Je tournais autour, je regardais les clients à l'intérieur, et finalement j'ai poussé la porte. Je me suis assis à une place puis j'ai voulu changer et au moment de m'asseoir près du bar, j'ai balbutié une excuse absurde à la serveuse et je suis parti. J'ai ensuite rôdé autour d'une pizzeria puis d'un snack, mais à chaque fois, la perspective de dîner dans des endroits aussi tristes m'a fait reculer. Le monde essayait en permanence de nous pénétrer de ses signes et il fallait lutter pour ne pas se laisser submerger. On nous conduisait toujours à être en réaction alors que nous aurions dû seulement agir à partir de nous-mêmes. Je n'en finissais pas de me cogner, de me tromper. Je tenais un fil minuscule dans une effroyable tempête et je n'arrêtais pas d'être roulé et englouti par les vagues. Peut-être devais-je lâcher le fil. Peut-être étais-je déjà mort. Peut-être étais-je assis sur un tabouret à regarder tourner le monde sans bouger, et tous mes gestes, mes allées et venues, mes pensées, étaient-ils ceux d'un fantôme délaissé. Longtemps j'avais voulu mourir parce que je ne me sentais pas le droit d'être au monde et maintenant je n'arrivais plus à y rester. Comment pourrais-je m'en sortir ? Et me sortir d'où ? J'ai eu soudain envie de nager sous un ciel gras dans une piscine par 95 °F, mais j'ai bien compris que cela me serait impossible aujourd'hui. La pluie s'était un peu calmée à mesure que ma faim augmentait. Y avait-il un lien entre les deux ? J'ai fini par acheter un sandwich et une bouteille de vin et tant pis si, demain, j'ai mal aux cheveux !

Je suis entré dans un café Internet pour voir s'il y avait un message de quelqu'un pour moi. Il n'y avait rien. J'ai écrit quelques lignes à Guita :

> *Arracher les derniers ligaments qui nous retiennent à l'ancienne vie est une chose insensée. Pardon, mais je ne peux rien dire de plus. Les cris dans ma gorge m'étouffent.*
> *Nort.*

Je l'ai relu et je me suis dit que Guita méritait mieux que ça. Alors je lui en ai envoyé un deuxième.

> *Si tu savais Guita, je suis trop fatigué maintenant, je suis vraiment trop fatigué. Mon cœur n'en peut plus, il n'en peut plus de toute cette course folle de trente-quatre années. Depuis ce matin, il s'est affolé dans ma poitrine comme un oiseau pris en cage qui voudrait s'enfuir mais pour où ? Il n'y a plus aucune branche où se poser.*
> *N.*

Je n'ai pas pu lui écrire davantage. La ville m'a de nouveau oppressé et je me suis senti tellement perdu et détruit, que j'ai fui dans ma chambre.

— Il n'y a toujours pas de ciel, la brume a été remplacée par des nuages compacts qui distillent une pluie glacée depuis ce matin, ai-je dit en m'allongeant sur le lit.

J'ai réussi à calmer un peu les battements de mon cœur en restant allongé immobile, sans rien faire. Il fallait que je lâche tous mes repères et j'ai entendu qu'il y avait un « père » caché dans ce mot-là. De nouveau, pour la deuxième fois de ma vie, une méfiance dangereuse vis-à-vis du langage m'a envahi et terrifié, parce que j'avais déjà traversé l'état de folie qu'elle induit. Fred m'avait alors aidé après que je l'avais appelé dans la nuit

— Fred, je suis au cœur d'une dépression invraisemblable, les mots ont une vie autonome hostile, ce sont des traîtres, ils nous embobinent, ce n'est pas vrai que le mot « bleu » correspond à la couleur bleu, cela ne veut rien dire « bleu », cela n'existe pas, ni « ciel », et « ciel bleu » encore moins. Fred, on ne peut pas parler, on ne peut pas communiquer, toute communication avec autrui est illusoire à cause des mots, ils ne peuvent pas être notre seul moyen, il doit bien y avoir un autre moyen, sans quoi toute prétention à rencontrer l'autre est une vaste bouffonnerie, ou alors peut-être que l'on ne rencontre jamais l'autre, que l'on reste toujours tout seul, on est tout seul, Fred, c'est ça ?

— Nort. pourquoi cherches-tu à être autre chose qu'un homme ? Viendrait-il à l'ours l'idée d'être un chien ou une mouche ? avait-il répondu avec un bon sens lumineux.

Puis il avait ajouté :

— Que dire, Nort. ? Le langage est la source de tous les miracles et de tous les malentendus. C'est comme l'amour. Hoffmann opposait la poésie à la vie charnelle, il a cessé d'écrire des poèmes lorsqu'il s'est marié et a eu des enfants. C'est un point de vue sur le langage, en admettant que la poésie soit la quintessence du langage. J'en ai parlé avec Guita qui n'est pas du tout d'accord avec Hoffmann, mais c'est parce que Guita est une femme et que, dans un sens, mais un sens seulement, elle a un temps d'avance sur les hommes et sur Hoffmann. « La chair, l'enfantement ne compensent en rien la soif de poésie, ce sont deux modes différents pour conjuguer une même chose : Être au service du plus grand en soi. » Voilà ce qu'elle m'a sorti avant hier. Tu crois ça toi ? Réfléchis, ne bouge pas, je viens boire un coup. Ma mère m'a apporté un vin chilien hier matin, tu vas voir c'est un délice absolu.

Et de fil en aiguille, en me parlant de la littérature, de sa mère, de la poésie, de la substance des mots

— Tous les mots sont comme des matières

plasmatiques vivantes, il ne faut pas en avoir peur, il faut simplement voir à qui l'on a affaire ! il m'avait calmé jusqu'à l'aube. Je me rendais compte aujourd'hui que je n'avais jamais eu confiance en quelqu'un comme en Fred. J'avais confiance en lui comme en un chien, avec la même innocence absolue. Mais Fred n'était plus là et le seul lien vivant qui me restait avec lui, au-delà de nos souvenirs, se cachait peut-être dans les livres, ces livres qu'il avait si passionnément lus et aimés. Pour éprouver un peu de la magie de nos conversations, je pouvais toujours lire, et accéder ainsi par la littérature, d'une certaine manière à la magie de son cerveau immense. Alors, pour le retrouver et limiter un éventuel dérèglement de ma langue, j'ai repris *En nous la vie des morts.*

Chapitre trois, 25 ans

Allongé dans la soute, il ne se décidait pas à monter sur le pont pour voir le volcan. Il devait être à peine plus de minuit, et la masse sombre du cône n'apparaîtrait pas avant deux ou trois heures. A chaque fois qu'il se trouvait en mer près du volcan, il ne manquait jamais de se lever pour le voir, mais aujourd'hui, il ne quittait pas sa couchette. Non, il ne verrait pas cette puissance noire et majestueuse se dessiner dans l'ombre, ni la gerbe de feu stupéfiante battre comme un cœur mis à nu dans le torse de la nuit. Il ne sentirait pas le vent rabattre sans cesse le col de sa veste. Non plus ses lèvres salées par les embruns, la mousse blanche comme il disait, non. Il resterait recroquevillé dans la sueur qui, petit à petit, sécherait pour laisser une trace jaune sur sa chemise au matin. Il savait qu'il n'aurait plus l'occasion de revoir le volcan ainsi, avec une intensité aussi vivante et aussi nue. Cependant, à cet instant de sa vie, cela lui était indifférent car ce n'était plus l'heure de saluer humblement ce volcan qu'il avait aimé. Non, pour Diego ce n'était plus l'heure de l'amour.

Le bateau ne devait pas avoir été rénové depuis quinze ou vingt ans. Les hublots fermaient mal, la rouille avait rongé les vis d'appoint. La lumière blanche des lampes au néon tombait du plafond. Il regardait les corps des hommes recroquevillés sur les couchettes, leur visage qui se noyait dans le puits de leur regard immobile. Il éprouvait cette masse de peur et de doute que chacun d'entre eux était devenu en une semaine. Depuis quelques jours, il lui avait été impossible de dormir, et ce matin encore, l'aube l'avait surpris penché sur Thora. La femme était tournée contre le mur, ses cheveux noirs dissimulant la moitié de son visage, le drap de lin serré entre ses jambes, dévorant son corps nu. Il avait regardé sa bouche et le grain de beauté qu'elle avait juste au-dessus des lèvres, retenant son souffle pour ne pas la déranger, profitant des derniers instants auprès d'elle. Le soir même, il devrait partir, et très vite, il perdrait cette façon qu'elle avait de s'éveiller dans la lumière du matin, de bougonner lorsque le soleil se fixait vers dix heures sur son ventre brun et nu. Tous ces jours prochains, il ne la verrait pas s'allonger sur le dos et ouvrir soudain les yeux, il ne lui rendrait pas son sourire, ni lui répondrait lorsqu'elle lui poserait ses questions bien à elle

— Diego, où va-t-on quand on dort ? Le monde n'existe pas dans le sommeil. C'est seulement en ouvrant les yeux que tout recommence. Je ne pourrai jamais savoir si tu existes pendant que je dors. Peut-être que tu n'existes pas. Diego, embrasse-moi...

ni ne se lèverait, silencieux, comme il le faisait au petit matin des jours fériés, où il retournait dans le paradis de ses bras, reposait son visage contre ses seins, et parcourait de nouveau son corps. Elle sortait du lit, enfilait l'une de ses chemises froissées, rassemblait d'un geste ses cheveux en chignon et montait jusqu'au toit pour boire un thé, offrant au ciel l'harmonie de ses dix-huit ans. Dix-huit ou dix-neuf, peut-être même vingt, ni sa mère ni, *a fortiori*, Thora, n'ayant jamais su dire exactement son âge. Elle était née dans le village, « il y a plus d'une quinzaine d'années » selon la grand-mère. Diego l'avait rencontrée, il y a deux ans, lorsqu'il était venu sur l'île pour reprendre, avec son frère Manuel, la cordonnerie de leur oncle, et il l'avait remarquée. Les trois femmes vivaient ensemble dans l'une de ces bicoques qui donnaient sur la plage, où se vendaient les paniers qu'elles tressaient sous les arbres à la sortie du faubourg. Et qu'il fut cordonnier, leur avait plu à toutes. Quant à Thora, elle était fière d'être la bien-aimée d'un homme respecté, et le plus admiré des cavaliers des fantasias organisées le dimanche sur la plage. A cheval dans le soir, ils couraient au grand galop, déchargeant leurs fusils. Diego adorait ça. Thora, elle, aimait qu'il fût heureux et assistait à ce spectacle où se mêlaient l'orgueil des hommes et la puissance des bêtes.

Avec un naturel déconcertant, elle pouvait se moquer des choses et des êtres aussi bien que d'elle-même. Et elle éclatait de rire ! Diego n'avait jamais vu personne rire ainsi. Cette gaieté, il en aimait le désordre et les surprises. Thora surgissait parfois en pleine après-midi et tandis que Manuel gardait la cordonnerie, elle emmenait Diego ici ou là, lui faisant découvrir des paysages qu'il ne soupçonnait pas, jusqu'à l'ancien blockhaus à l'est de la ville, l'endroit qu'elle préférait, où ils faisaient l'amour. Là-bas, elle cueillait des genévriers, et sa mère, la voyant revenir une brassée de fleurs dans les bras, souriait de la candeur avec laquelle sa fille lui dissimulait son plaisir, comme elle l'avait fait autrefois en allant elle aussi se coucher dans les fleurs. Elle l'entendait raconter à Diego les mêmes histoires qu'elle avait racontées jadis à son futur mari, puis à leur fille.

— A la naissance, le doigt de l'ange se pose sur la bouche des nouveau-nés et laisse l'empreinte de son index au-dessus de leurs lèvres, lorsqu'il se penche vers eux en leur murmurant : Chut ! L'homme doit vivre toute sa vie pour oublier ce qu'il a *vu* en arrivant sur terre. Tu connais ça, Diego ?

— Non, Thora, je ne connais pas *ça*.

Thora, elle, connaissait ça.

— Je te vénère, lui disait-il parfois en s'endormant.

Avant de sombrer dans le sommeil, Thora murmurait

— Diego, mon Diego...

Ce que chacun des hommes, couchés dans la soute, emportait dans l'obscurité de leurs yeux, c'était ces mêmes mots de femmes, qui leur venaient des mères, des sœurs, des bien-aimées, c'était des gestes et des regards, des silences de père et de frère, des conseils d'aïeul et des rêves d'enfant. Tout ce dont Diego avait été chargé lui aussi, à l'heure de la guerre, et qui le rendait vivant et tremblant dans le ventre du bateau. Cela faisait plus de huit jours qu'il avait été appelé comme les autres, et bien qu'il répugnât à endosser un uniforme, il n'avait pas déserté. Déserteur, cela ne correspondait pas à l'idée qu'il se faisait d'un homme. Maintenant, couché au milieu de toutes ces solitudes serrées les unes contre les autres, il repensait à sa rencontre avec Thora lorsqu'elle était venue à la cordonnerie pour demander le prix d'une paire de chaussures dans la vitrine. Il l'avait regardée et s'était alors produit en lui quelque chose de nouveau : comme si, à l'intérieur de sa poitrine, un renardeau endormi eût changé de position. C'était un plaisir tellement doux qu'il s'était mis à sourire. Depuis, ils s'étaient vus chaque jour et il n'aurait pu envisager être séparé d'elle.

Au moment de monter dans le bateau, Thora lui avait donné son livre de chevet, le *Livre 7*, et une photo d'elle, enfant, les bras entourant le cou d'un cerf.

— Mon père l'avait apprivoisé.

Elle lui souriait sans arrêt alors que ses joues étaient baignées de larmes et il se sentait à la fois détruit de la quitter, autant que protégé par elle. Il caressa son visage, ses cheveux, son cou, imprimant sur les lignes de ses doigts l'alphabet de sa beauté, cherchant à en saisir l'impossible calligraphie tandis qu'elle restait là devant lui, entièrement nue de tristesse et d'amour. Elle se jeta dans ses bras au moment où la sirène retentissait, puis il se sauva vers le bateau sans se retourner. Lorsqu'il quitta le port, il la vit une dernière fois à l'angle de la rue et fut frappé de sentir la puissance de son amour rouler sur lui comme la rafale d'un vent. Chaque matin qui avait suivi, il s'était souvenu de ce lien presque surnaturel entre eux, et il s'y accrochait de toutes ses forces. Chaque matin, il faisait l'effort de se réveiller afin de prendre le temps de se baigner dans la pureté de ce lien.

Ce que Diego voyait de la guerre le brûlait. Le temps passant, il se sentait gagné par la brutalité du monde, tandis que Thora devenait son ciel unique. Il se battait au petit jour pour ne pas perdre le dessin de ses traits, il fouillait sa mémoire afin d'en faire resurgir l'odeur de son ventre, le mouvement de ses mains dans l'air lorsqu'elle attachait ses cheveux en chignon, la beauté de ses mamelons larges et bruns et de ses hanches imprimées d'amour, il traquait son sourire, le pli heureux de ses commissures et de ces fossettes qu'elle avait aux joues, il se penchait sur les buissons de ses cils derrière lesquels se tenait le trésor de ses yeux verts. Il cherchait sa voix, et ses mots, son rire extravagant dans le soir, ou ses cris de joie débordée au milieu des ruines. Il pensait à Thora, à son frère Manuel, à leurs parents, au silence doux de sa mère, à la paix de son père dans lesquels il s'était construit, il retraversait tous les souvenirs de sa vie à la manière d'un homme les rues de sa ville natale, allant de l'un à l'autre pour vérifier que tout était encore bien là, que le cauchemar de la guerre n'était qu'un mauvais rêve. Cependant, il se sentait disparaître sous les éboulis de lui-même tandis qu'il essayait de se frayer un chemin au cœur de son amour. Il voyait bien comment, autour de lui, dans ce désordre qui s'abattait sur eux sans discontinuer, chaque homme avait glissé vers une sauvagerie époustouflante. L'un après l'autre, il cessait de croire à l'ensemble de ces expériences et de ces idées, de ces désirs ou de ces émotions qu'ils avaient jusqu'ici nommés, sans hésiter, « moi ». Ils ne pouvaient plus être eux-mêmes car ils n'étaient plus l'accomplissement du verbe et de la chair mais l'accouplement de la brutalité et du vice, non plus des hommes, ni même des corps mais des morceaux de corps sans conscience, dont les bêtes auraient eu honte si elles avaient connu la honte.

Lorsque le capitaine les encourageait à se rendre au bordel, c'est en groupe qu'ils accompagnaient cet homme ivre d'alcool, posant sans distinction ses cent kilos de négligence sur la banquette rouge du bar et, qui, désignant une femme, s'adressait parfois à Diego :

— Vous l'avez essayée celle-là ? Vous devriez prendre l'autre, là-bas, elle est un peu nerveuse, c'est bon. Elles ne valent pas nos femmes, hein ? Ce sont de sacrées chiennes, mais pas assez vicieuses !

Diego ne lui répondait pas. Il regardait avec haine les mains de l'homme patibulaire qui tremblaient dans la nuit. En rentrant à l'aube, il l'avait vu tirer sur la statue de la place du village, après que cette dernière avait refusé de se mettre au garde-à-vous.

Très vite, Diego avait cessé d'accompagner le bataillon, se mettant plus à l'écart encore qu'il ne l'était, tâchant d'opposer la singularité de son être à la fatalité d'un système, d'imposer la qualité de son individu à la toute-puissance du groupe. Certes, il était plongé dans la brutalité de la guerre, mais il se battait pour qu'une marge de sa vie continue de lui appartenir en propre, et que dans cet espace irréductible il pût honorer sa dignité d'homme.

Mais il se sentait faiblir, et les assauts qu'il supportait chaque soir l'usaient plus qu'il ne voulait l'admettre. Il était désormais assailli par des visions d'une violence inouïe. Ses nuits se peuplaient de cauchemars dont le pire de tous revenait, qui le laissait très affaibli au petit matin. Dans un grand salon enfumé, des dizaines de personnes nues s'agglutinaient les unes aux autres, formant toutes ensemble le corps difforme d'un animal monstrueux qui semblait se mouvoir avec une lenteur vénéneuse. Debout, au seuil de la pièce, Diego embrassait toute la scène. Il voyait des langues pointues allant et venant sur des ventres, des cuisses, des doigts, des cous, des fesses, des bras, des sexes de femme ouverts, des sexes d'hommes tendus, des sourires délétères et des regards concupiscents, il observait tous ces corps comme autant de tentacules effrayants d'une bête monstrueuse où disparaissait pêle-mêle ce qui avait été, il y a quelques heures seulement, des femmes, des hommes, des vieillards, des jeunes filles, des adolescents, des veuves, des fillettes – on trouvait même des chiens –, puis il remarqua à l'extrémité de la grande pièce qu'un autel avait été dressé sur lequel reposait le corps nu d'une jeune fille à laquelle s'accouplaient, les uns après les autres, des hommes entièrement vêtus de cuir, certains visages disparaissant sous des masques de plumes, d'autres sous des perruques, des hommes travestis en femmes, des femmes ayant ficelé à leur hanche des sexes d'homme en cuivre, les corps s'enchevêtrant les uns les autres, aussi bien debout qu'allongés, accroupis, à quatre pattes, sur le dos, sur le ventre, attachés ou libres, les mains reliées aux jambes, les bouches aux ventres, les sexes des uns aux arrière-trains des autres, les pieds se perdant dans les cheveux, les têtes à la place des pieds, les genoux à la place des coudes, les cous en guise de chevilles, il vit ici ou là un vieillard sodomiser un jeune garçon, une fillette à cheval sur un homme vigoureux, une femme à quatre pattes se laisser prendre par un chien, tout en absorbant dans sa bouche le sexe d'un grand homme, une deuxième ficelée comme un gibier sauvage et pendue par les mains, qu'un groupe d'hommes lapait à l'intérieur de ses jambes écartées, une troisième allongée sous deux autres qui lui tétaient les seins leurs mains perdues dans sa fente luisante, une vieille dame les cuisses ouvertes essayant vainement d'attirer un plus jeune en écartant ses lèvres, une adolescente donnant le fouet à deux hommes tenus en laisse, et dans toute la pièce, courant d'un membre à l'autre, d'un tentacule à l'autre, il entendait cette sorte de halètement de bête dont la respiration monstrueuse recouvrait l'ensemble tandis que Thora, ivre de lumière, rayonnait au milieu d'eux tous.

Que la guerre ait pu altérer jusqu'à sa vision de Thora l'accablait. C'est à partir de cette nuit où, pour la première fois il l'avait rêvée ainsi, qu'une forme de détresse s'était installée en lui. Le doute l'avait infesté à la manière d'une épidémie, et il s'enfonçait jour après jour dans une fièvre noire secouée de ricanements.

Diego devinait que chacune de ces milliers de nuits que durerait son existence, il porterait en lui la laideur du monde. C'est en vain qu'il tenterait d'évacuer tous ses chagrins comme des alcools trop amers, en vain qu'il essaierait de leur échapper.

Le pressentiment de cette vie à venir, cette certitude qu'il resterait écrasé par ce qu'il avait *vu*, le poussait à envisager de se tuer. Non pas qu'il ne supportât plus de vivre, mais il ne tolérait pas l'idée que cette laideur inscrite en lui pût abîmer la pureté de Thora, maintenant qu'il ne pourrait plus lui offrir la joie qu'elle méritait. Ainsi, Diego quasiment avait perdu sa propre guerre, lorsqu'il fut envoyé en première ligne sur le front. Il ne sentit pas l'explosion à proprement parler, ou plutôt il éprouva que son corps *était* l'explosion et, projeté au-delà de la douleur, il aima cette fulgurance avec laquelle il fut arraché au monde. C'est seulement lorsqu'il se réveilla à l'hôpital

militaire, cinq jours plus tard, qu'il souffrit une douleur indescriptible au ventre.

Il séjourna presque un mois, étonné de se trouver là, presque vivant. Il avait envisagé de mourir et la mort l'avait pour ainsi dire emporté, et pourtant il était là, écoutant les nouvelles du front sans la moindre attention. L'armée avançait, mais il ne lui importait plus que son pays sortît victorieux de la guerre. L'idée même de pays avait cessé de faire sens. Toutes ces semaines l'avaient rendu hermétique. Il ne voulait plus rien, ni penser, ni agir. Il s'efforçait de ne plus bouger, de rester sur son lit en respirant avec régularité, sans un mouvement : « Je suis épuisé, ma poitrine est écrabouillée. Je porte une douleur psychique dans la poitrine sans précédent, dans le poitrail, le cœur, une douleur inouïe. » Il ne se sentait plus concerné ni par la guerre, ni par le monde. Lui restait seulement la sensation d'une faiblesse prodigieuse, comme si l'énergie dont il avait eu besoin pour résister à la déflagration de son être, eût absorbé d'un seul coup l'ensemble de ses forces. Au sortir de l'hôpital, la seule puissance qu'il se reconnaissait était l'amour qu'il portait à Thora. La veille, il avait reçu une de ses lettres et grâce à elle, il avait retrouvé et le désir de vivre et la folle espérance.

> *Diego, Diego, mon amour,*
> *Ce que tu dois vivre là-bas je n'en sais rien, même si je l'imagine je n'en sais rien, car on ne peut pas avoir assez d'imagination pour se représenter toute l'ingéniosité dont l'horreur est capable. Tu es pris dans un enfer de goudron brûlant, noir, et moi, ici, dans ta maison, avec des plumes d'ange et un fil d'or, je te couds des ailes pour que tu puisses t'envoler avec moi lorsque tu rentreras. Bientôt, tu sortiras de cette nuit où tu étouffes et dans mes bras, ce sera comme naître une seconde fois. Je déchirerai tes poumons de goudron et sur les sommets, je te promets que tu respireras et tu vivras de nouveau avec moi.*
> *Je suis là, Diego, je t'attends, je t'aime.*
> *Thora.*

De retour vers son île, il n'ignorait pas que la guerre l'avait à jamais séparé des humains, mais il espérait qu'avec Thora, oui, grâce à elle, il pourrait retrouver le chemin des hommes. Maintenant qu'il rentrait chez lui, il n'en doutait plus.

Diego avait passé la nuit sur le pont du bateau attendant de voir apparaître le volcan, de découvrir les parois lisses se jetant dans l'eau avec la majesté d'un empereur. Il guettait avec le jour la fumée ocre, l'odeur de soufre qui émanait de la terre comme une imprécation, devinant les premiers grondements au loin, les premières lueurs dans le cratère tandis qu'il serrait contre lui la lettre de Thora qui n'avait pas quitté la poche de sa chemise depuis la veille au soir, y rejoignant la photo avec le cerf et ce qu'il restait du *Livre 7* après son accident. Il l'avait relu tant de fois. Il goûtait ce matin-là à un étonnant sentiment de tristesse et de joie mêlées. Il aurait vingt-cinq ans le lendemain et il songea que c'était peut-être la première aube adulte de son existence.

Lorsque Diego aperçut son frère Manuel qui l'attendait au port, il comprit que ce qu'il venait d'éprouver ce matin-là – cette joie de revoir Thora après la guerre – il ne ferait jamais que l'effleurer. La présence de son frère sur les quais l'informa dans l'instant, que le malheur – et jusqu'ici il n'aurait osé nommer ainsi ce qu'il avait traversé – que le malheur, cette épouvantable sensation qui venait de le mordre, ne lâcherait plus sa proie. Il comprit que sa vie, ou plutôt ce qu'il avait réussi à croire être *sa* vie – avec du sens, des valeurs, un passé, un présent et l'idée même d'un certain bonheur à défendre et donc d'un avenir – *sa* vie prendrait fin le jour même et dans ce port.

Lorsqu'il avait vu la tombe de Thora dans le cimetière dominant la mer, c'est ce qui avait eu lieu. Quelque chose avait achevé de se briser en lui. Il s'était approché tout près pour mieux distinguer dans l'ombre les lettres de son nom. THORA. Il tenait son visage entre ses mains tandis que déferlait en lui la puissance effarante d'une lame de fond, un flot d'images ininterrompu qui l'écrasait avec sauvagerie.

Il voyait de nouveau les brumes du désert aux premiers jours de la guerre, les hommes assis et noirs, carbonisés, qui l'observaient cruellement de leur chaise éternelle. Qu'est-ce que l'homme ? songeait-il. Et il distinguait des villes en feu, des armées de métal, le cliquetis des éperons sur les bottes jusqu'à celui des mitrailleuses qu'il entendait encore en sursautant, les canons de bateaux qui n'atteindraient jamais la rive. L'homme ! à queue de rat ! à l'âme de crapaud !, bondissant dans la terre pour saccager le mystère des dieux ! Il voyait soudain des papillons aux ailes comme des masques de diable, des structures infernales, poulies arrangées sur moyeu, corps déchiquetés, enfants bouillant dans des marmites informes. Il voyait des femmes à tête de loup, de cheval, juments d'un autre siècle, maquerelles aux lèvres distordues, au regard torve ! Il ne perdait rien de toute cette humanité, il remarquait le moindre de ses désirs bercés de concupiscence, d'agonie, du vice le plus mesquin à la passion la plus fragile, tout, devant ses yeux, toutes les Thora étranglées, Thora, si belle dans ses robes de lin avec ses mains d'oiseau émergeant des pans du tissu, tandis que des corps à demi cachés la fouillaient dans les plis, des corps avides, leur langue sifflante cherchant le sourire intérieur de ses cuisses, des corps tordant leur bouche aveugle au moment de jouir, à moitié morts, à moitié vivants, jamais nés, en foule, il les voyait depuis, à l'heure d'être jugés, rampant, avant d'être écartelés les uns après les autres sur la grande roue de la mémoire ! Diego savait, Diego se souvenait de tout, du premier crime de l'homme et de tous les autres qui avaient suivi. Il voyait défiler, comme un cortège d'épouvante, toutes ces visions en couleurs, et désormais le hantait la pire de toutes, celle qui avait soudain donné naissance à toutes les autres, celle qui provoquerait cet acte – oui, bien sûr qu'il se tuerait – avec lequel il répondrait aux millions d'actes qu'il avait indirectement commis en tant qu'homme à travers les siècles, en tant que représentant de cette espèce. Les visions de ces herbes folles poussant entre les pieds des cadavres, celles de ces lutins affreux, ces bêtes gluantes et visqueuses, ces têtes de sanglier au-dessus d'uniformes à galons, brûlant des enfants dans des cuves, soufflant par leur cul les restes de leur intelligence ou de leur sensibilité, leurs yeux rouges, ces gueules de singes atrophiées, et hurlantes, ces guenons aux fesses lisses habillées dans des robes de princesse, et couinant sous l'assaut de ces bêtes difformes qu'était devenu leur désir, ces serpents à lunettes rampant le long de leurs jambes. Il voyait aussi des hommes à face de cochon, costumés pour leur rendez-vous d'affaires, des bourreaux se faisant passer pour leurs victimes, l'air sortant par les fenêtres comme une masse poilue, expirant des bouches affamées, des arbres à plumes de corbeau, des éléphants morts. Et aussi des nuages d'oiseaux sombres et prophétiques. Les unes après les autres se succédaient ces images de vaches décapitées, le corps couvert d'hématomes, les pies éventrées, l'anus en sang, de femmes avec des trous dans leurs cheveux, des plaques où l'on distinguait la chair du crâne, bien blanche, pas même à vif, juste nue. Il voyait quatre poissons encadrant le visage de la mort, des nains qui n'avaient pas pu grandir par manque d'amour et, partout, comme des œufs à tête d'homme et pattes d'oiseau, les métastases cancéreuses d'une maladie courant d'un organisme à l'autre dans un ricanement torturé, cette maladie : l'homme !, contaminant les arbres, les champs, les fleurs, au détour des routes, s'attaquant à la moelle osseuse des bêtes, comme une gigantesque toile d'araignée qui se refermait sur elle-même pour enfermer dans cette cage de malheurs son propre cœur dévasté. Il voyait des fougères à binocles, des petits chiots noirs nés prématurément, des jarres dégoulinant d'une matière gluante qu'il ne pouvait qualifier, l'humain, des larves par centaines glissant sur le visages des hommes comme des sangsues affamées de vices, des ectoplasmes neutres et doux, formes invisibles aux regards foudroyés d'avoir *vu*. Il voyait tout : le monde du dessous et de devant, de derrière et de par au-dessous, de par au-dessus, et même de l'au-delà, hors du temps, hors de l'espace, lui, Diego, poussière d'homme parmi les autres hommes, embrassant l'univers de sa seule figure. Il voyait aussi des Maures au turban vert et or, des éventails de cristal allant et venant par-dessus des cascades claires où se battaient des salamandres, l'herbe épanouie sous le soleil, et les blés couchés et jaunes comme la chevelure de la terre qui s'épanouissaient malgré tout dans le vent ; puis, l'envie se faufilant comme une vipère le long des biens accumulés par ennui, des poissons irradiés survolant des paysages nus, trois faucons dévorant les entrailles d'une dame en chemise, la flamme d'une lanterne soudain s'éteignant, un pont se dressant par-dessus les vallées des siècles, et encore, à genoux, couvrant piteusement de leurs mains leur sexe nu, leurs fesses maigres et tremblantes, et leurs seins avachis, des hordes de femmes et d'hommes brûlés vifs ; courant alentour des petits hommes rayés, des bêtes en costume de cuir et de leur bouche énorme sortant des cris ridicules, des ordres grossiers, et des mots impuissants. Puis il voyait des pêchers couverts de fruits, un pommier de pommes rouges non cueillies, l'opulence désastreuse lorsqu'elle est inconsciente, la connaissance bafouée, trois joueurs de luth entourant une enfant et de nouveau, les papillons à tête de diable, leur regard déposé dans les parties d'une jeune fille, des anges las d'attendre d'être conduits, ayant perdu cette route qui les mènerait aux hommes, des femmes sensuelles s'accouplant à des bêtes et, grandes comme des insectes, leurs petites âmes sur quatre pattes, écrasées, des visages de vieilles, et l'adolescence suppliant un corps pour pouvoir s'épanouir, des girafons tout blancs à corne sur le front, dévorés par des chiens à deux pattes, quatre oreilles, des petites femmes noires au sourire rose entre leurs cuisses ouvertes, un espadon de dix mètres, et, chevauchant sangliers et tigres sauvages, des hommes nus, le sexe dressé, leur substance s'écoulant comme du lait caillé, sans fin, les yeux exorbités de désir violent, trois porcs se montant les uns sur les autres, des ventres gonflés par la faim, des corps éventrés par le manque, une chouette à visage humain se reflétant dans une vitre de dix mille pieds, le ciel, des plantes grasses aux pétales rouges et vénéneux, pendues par le cou des femmes mortes d'avoir été trop heureuses dans des lits étrangers, des fœtus hors du ventre de leur mère éventrée, des hommes attachés à quatre pattes, le cul tendu prêt à se faire déchirer, des enfants couverts de merde, des vieillards couverts de merde, deux amours mangeant leurs excréments, les animaux eux-mêmes s'entredévorant, des hérissons morts sur les routes, des voitures volantes, des papes coiffés de tiare engrossant leurs femmes illégitimes, puis engrossant leurs filles illégitimes, et les filles illégitimes de leurs filles, des servantes assassinées pour avoir *vu*, et des moutons assis sur leurs pattes de devant repliées sous leur ventre, tel un épais tapis de laine vivante, tordus par des gaz invisibles, des maladies, des mutations, des milliards d'ossements dans la terre, et des salles sombres remplies de machines inquiétantes, les pieds poilus des diables, leurs mains, cinq doigts anciennement palmés et cette force du pouce préhenseur, pauvres singes, les ventres impatients où bouillonnaient ces soupes de désir brûlant à la tombée de la nuit, quand ivres, ils poussaient la porte des bordels, des jeunes adolescents aux oreilles fourchues, et, emmitouflés dans des foulards, se promenant dans la nef de cathédrales baroques, des cochons avides au-dessus desquels passaient des vols d'oiseaux aux ailes atrophiées. Il voyait l'envie, la luxure, l'avarice, la gourmandise, la colère, la paresse et l'orgueil.

Pourtant il ignorait tout de la mort de Thora. Il ignorait tout de ce que Manuel savait et ne lui raconterait jamais. Il ne lui dirait pas, non, ce groupe de soldats assis sur une rambarde, qui avait dû autrefois être la terrasse d'une maison, et que la guerre avait échouée là en pleine rue. Ni comment Thora s'était dirigée sans hâte vers un étroit passage que les hommes surplombaient debout sur la rambarde ; ni que l'un d'eux, la voyant arriver, s'était mis à uriner, l'obligeant à passer sous le jet. Il ne raconterait pas comment, ayant décidé sans orgueil ni bravoure que l'urine n'était rien, Thora s'était avancée pour pouvoir traverser. Non plus qu'un officier, observant la passivité de ses hommes face à la force de la femme, leur avait lancé presque à la façon d'un ordre :

— Allez, les gars, elle est à vous...

Non, Manuel ne témoignerait jamais auprès de Diego de cette histoire qu'il avait entendue de la bouche d'un des hommes, ivre mort, le lendemain dans un des bars à l'ouest de l'île, ni comment le groupe avait attrapé Thora pour la jeter à terre et l'épingler tel un papillon vivant sur le sol, certains pour lui uriner sur le visage, d'autre lui déféquer dans la bouche jusqu'à l'étouffer, quand d'autres encore fouillaient ses jupes pour en déchirer le mystère, ou jouissaient dans ses cheveux noirs en riant. Il ne pourrait jamais évoquer le geste de l'officier, cette façon qu'il avait eue soudain d'écarter le groupe, s'allongeant sur la femme pour jouir en elle et l'étrangler de toutes ses forces. Non. Il ne témoignerait jamais auprès de Diego que d'une seule partie de la vérité qu'il avait fini par apprendre. Il ne lui raconterait jamais autre chose que ses propres gestes sur le corps de Thora. Lorsqu'il l'avait prise dans les bras, elle lui avait fait l'impression d'un oisillon, et il avait eu la sensation de mieux comprendre son frère. Alors, il l'avait lavée, parfumée et rendue à la douceur de son visage dans la mort, cette douceur qui était déjà la sienne lorsqu'elle était en vie. Puis il l'avait veillée espérant en vain que son frère reviendrait avant qu'elle ne fût enterrée.

En apprenant la mort de Thora, Diego avait hurlé si violemment que Manuel était parti en hâte chercher le docteur. A son retour, il avait disparu et c'est lorsqu'ils avaient entendu les cris en provenance du cimetière que les deux hommes avaient couru pour tâcher de le retrouver. Ils l'avaient rattrapé au moment où il s'élançait vers la mer et les forces de Manuel et du docteur avaient été presque insuffisantes pour le retenir de se jeter dans les vagues. Diego avait été pris de tremblements et c'est ainsi qu'ils avaient pu le ramener jusqu'à leur petite maison surplombant le cimetière. Le docteur était venu lui faire une piqûre chaque jour pendant des semaines mais c'est en vain qu'il avait tenté de parler avec lui. Diego ne disait rien. Il ne dormait presque plus, refusant de s'abandonner au sommeil où il retrouvait toutes les nuits le même cauchemar, celui qu'il faisait sur le front, où Thora disparaissait engloutie par les tentacules de la bête aux mille corps vénéneux. Diego ne le supportait pas. Il ne supportait pas que soit assassinée tant de fois l'espérance. Chaque nuit, le cauchemar revenait et Manuel accourait réveillé par ses cris. Mais à son frère aussi, Diego refusait de raconter ce qu'il vivait en rêve, car il ne voulait pas que ce dernier pût seulement imaginer ce qu'il voyait de ses yeux tous les jours, la violence avec laquelle Thora était saccagée et meurtrie. Or Manuel, de son côté, avait inventé une histoire de fusillade et la vérité qui l'avait écrasé, il avait choisi, par amour pour Diego, de la porter seul à la manière d'une impossible charge.

Il se leva un dimanche d'août, Manuel dormait encore. Une nouvelle fois, son frère s'était assoupi sur le fauteuil près de son lit, après qu'il l'avait réveillé de ses cris en pleine nuit. Diego s'approcha de la fenêtre pour observer la mer. Cette nuit-là encore, il avait rêvé de Thora, et il avait *su* que la scène avait été réelle. Thora n'était pas morte dans une fusillade et il regarda soudain Manuel avec une tendresse désespérée.

Il resta un moment accoudé à la fenêtre, puis il se mit en route. Il marchait avec une sorte de hâte vers la mer. Arrivé sur la plage, il s'arrêta un instant pour regarder le monde. Il vit le soleil énorme qui se levait et un petit lézard immobile dont la queue avait été coupée, puis le ciel, trois fenêtres d'une maison vers le sud, il crut entrevoir le cratère du volcan et, après s'être tenu une dernière fois immobile face à la terre, il lui tourna le dos.

Manuel s'était réveillé en sursaut bien après le départ de son frère. C'est en descendant à la cuisine qu'il avait remarqué une silhouette longer le cimetière sans s'arrêter puis se diriger vers la plage. Il s'était précipité à l'étage pour regarder par la fenêtre.

Il vit que Diego s'avançait dans les vagues, seul face au ciel. Il devinait bien quel rendez-vous il s'en allait honorer de si bonne heure vers l'horizon, mais il ne trouvait plus en lui assez de courage pour courir derrière son frère. Il le regarda s'enfoncer sans résistance dans l'eau tandis qu'un mauvais vent se levait. Pendant un moment, il essaya encore de le suivre du regard en même temps qu'il hésitait à descendre les escaliers. Mais il était trop tard. Il réussit à le distinguer encore une ou deux fois dans les flots, puis il le perdit tout à fait, et pour la première fois de sa vie, à son tour, il cessa d'espérer.

En refermant le livre, je me suis d'abord senti plus mal encore qu'en l'ouvrant. « Il ne voulait plus rien, ni penser ni agir. » C'était moi. « Il s'efforçait de ne plus bouger, de rester allongé sur son lit en respirant avec régularité, sans un mouvement. »

J'avais le sentiment que le livre me parlait à moi, Nortatem, et que je n'en comprenais pas la signification. Je me suis trouvé orgueilleux et stupide.

Au bout d'un quart d'heure, le suicide de Diego m'avait ôté toute envie de penser au mien et si la lecture m'avait mis si mal à l'aise sur le moment, elle avait rendu un peu de douceur à ma réalité. Il était peut-être dix heures du soir, j'avais deux sandwichs, un au jambon, l'autre au fromage, une bouteille de vin, j'étais couché dans un motel civilisé et garée devant ma porte, une Mercedes S 280 chocolat pouvait m'emmener, demain matin, dans une maison que j'avais louée en payant d'avance. J'ai eu envie de choses claires et propres, oui. Il fallait faire des choses claires, propres et honnêtes sur cette terre, et dormir était une chose honnête. C'était peut-être la chose la plus claire et la plus honnête que je pouvais faire à cette heure de ma vie. Je me suis couché tout habillé et j'ai éteint les lumières. Mais je me suis tourné et retourné pendant un paquet d'heures, et j'ai de nouveau pensé à Fred et à Lilly.

La petite boulotte qui courait après son cheval d'appartement lorsque nous avions quinze ans était devenue, avec les années, une ravissante fille aux yeux verts, couverte de taches de rousseur. J'ai toujours eu un faible pour les taches de rousseur, mais l'idée que Lilly était la sœur de Fred me freinait, d'autant que j'avais très vite senti le désir qu'il éprouvait à son égard. Jamais il ne me l'aurait avoué et pourtant j'en avais la certitude. Lilly est sans doute la femme qu'il avait le plus aimée sur terre. A seize ans, un homme l'avait forcée à faire l'amour. Elle était arrivée bouleversée dans la nuit chez son frère qui avait retrouvé l'homme pour lui taillader le visage, cinq jours plus tard. Tout brûle en vain dans le noir, ai-je songé. Je n'avais jamais eu connaissance de cette histoire jusqu'à la mort de Fred. Lilly me l'avait racontée durant la nuit que nous avions passée ensemble après l'enterrement.

Autrefois, j'avais été excité à l'idée de faire l'amour à cette fille qu'il aimait et que des hommes épanouis et sûrs d'eux se disputaient. Quand j'avais eu vingt ans, l'idée de leur succéder ne m'avait pas laissé indifférent. C'est comme ça que j'en étais venu à parler de ma découverte à Fred.

— Tu ne crois pas que beaucoup d'hommes et de femmes sont amoureux des ex de leur partenaire ? Je veux dire, c'est aussi cela qu'ils choisissent en allant avec telle ou telle personne. En choisissant une femme, un homme choisit tout autant celui dont elle a été amoureuse avant lui. Peut-être est-ce pareil pour les femmes, qu'elles nous choisissent en fonction de nos ex.

Fred, qui ne reculait devant aucune expérience, avait eu un temps dans son appartement la photo encadrée d'une fille splendide qu'il avait récupérée sur Internet. A chaque fois qu'il ramenait chez lui une de ces grues – c'est lui qui les surnommait ainsi – qu'il espérait pouvoir culbuter sur son canapé, elle ne manquait pas de lui demander qui était la femme.

— Elle ? Ah c'est Isis, on a été fiancés pendant deux ans. (« Isis », c'est bon Nort., c'est un prénom archaïque et mythique à la fois, tu touches à l'inconscient collectif, tu vois ? « Fiancé » c'est bon aussi parce que cela signifie que tu fais les choses dans les formes, que tu es prêt à t'engager. Et l'engagement, elles adorent !)

— Et ? insistait la grue.

— Et quoi ?

— Et qu'est-ce qui s'est passé ?

— Elle est morte dans un accident de voiture sur la Côte d'Azur.

Il racontait une histoire à dormir debout dont il avait le secret, et il me disait trouver la fille toujours plus accommodante.

— Surtout, ne jamais dire que la femme t'a quitté, Nort., sinon elle ne voudra pas ramasser les miettes de la star Isis. La plupart des grues sont complexées, crois-moi Nort., ou alors c'est tout l'inverse, elles mettent leur putain de cul sur un putain de piédestal et c'est là qu'elles sont minables. Mais dans les deux cas, Isis fonctionne ! Les premières n'en reviennent pas de se taper l'ex d'une femme pareille, les deuxièmes trouvent enfin une rivale digne de leur rêve ! C'est la part homosexuelle de tout rapport hétérosexuel, c'est fondamental, Nort. !

— Mais pourquoi fais-tu mourir Isis ?

— Élémentaire, Nort. ! Quelle femme voudrait de l'homme qu'Isis a quitté ? D'où la nécessité de l'accident de voiture parce que tu ne peux pas non plus avoir quitté Isis, c'est évident. Tu es un homme d'engagement ! Alors, soit tu optes pour la version courte : Isis est morte !, soit tu choisis, et c'est encore un peu plus subtil mais un peu plus risqué : elle a été défigurée.

— Pourquoi plus risqué ?

— Nort. ! Parce que tu peux passer pour le salaud qui ne l'aimait que pour son physique et les grues veulent être aimées pour leur cœur, et peut-être même pour leur âme. Elles ont raison !

Fred n'avait aucune morale telle que l'entendent d'ordinaire les humains, ou les humains ordinaires comme il les appelait, mais il possédait un bon sens que l'on rencontre rarement.

Peut-être fallait-il envisager l'existence sous un mode différent de tout ce qu'on nous avait appris. Peut-être Fred avait-il acquis une vision neuve des choses et qu'il s'était tué ne pouvant plus vivre dans une société qui fonctionnait sur l'ancien mode ? Comment savoir ? Avait-il fait l'amour avec sa sœur comme Leny et Olaf ?

Lilly avait commencé à faire l'amour à quatorze ans, refusant d'écouter les mises en garde répétées de sa mère et c'est en voyant débarquer une brochette d'hommes beaucoup plus âgés qu'elle que nous avions commencé à la regarder autrement. Qu'avait-elle de spécial, notre Lilly, pour que des hommes pareils viennent garer leur 4 × 4 ou leur Porsche devant la maison de Long Island ? Quelles étaient les motivations de ces individus que nous découvrions au bord de la piscine parfaitement moulés dans des maillots de bain qui leur faisaient des couilles prodigieuses, et aux yeux desquels nos existences semblaient réduites à celles de vulgaires moustiques ?

Nous n'aurions pu imaginer que c'était parce que Lilly avait quatorze ans et rêvait de s'enfiler la terre entière pour faire enrager son diplomate de père et son alcoolique de mère.

Fred avait passé une partie de son adolescence à bouffer sa propre merde

— Il faut que je comprenne le mystère de l'incarné, Nort.

débarquant aux repas du soir le visage couvert d'excréments, ce qui provoquait, à son plus grand plaisir, des drames épouvantables aux conséquences sans fin. Lilly, elle, déposait sur le haut de la poubelle des préservatifs usagés que sa mère, outrée, découvrait le matin en jetant le marc de ce rituel sacré qu'était son café au lait décaféiné. Pour cette raison et pour tant d'autres j'avais commencé de regarder Lilly avec d'autres yeux, mais c'est à ce moment-là qu'Anas avait débarqué, faisant disparaître tous ces nains en Porsche – c'est comme ça qu'il les appelait – pour épouser celle qui resterait toujours un rêve à mes yeux. Il avait seulement un an et demi de plus que Lilly et de moins que nous mais une façon d'éternuer et de comprendre le monde absolument formidable. Nous l'avions adopté. D'origine arabe, Anas avait un physique plutôt rond qui lui conférait une certaine douceur doublée d'une énergie considérable, dont la manifestation la plus spectaculaire était sans doute ce flot ininterrompu de paroles qui fusait de lui dès qu'il se trouvait en présence d'autrui. L'aisance avec laquelle il pouvait se moquer de lui-même, son culot, la confiance qu'il avait en la vie et ce mélange d'humour et de sensibilité – ses nombreux tics dénotaient à mes yeux une sensibilité extrême – me le rendaient aussi mystérieux que l'aurait été le représentant d'une espèce étrangère. Presque aussi mystérieux qu'une femme.

Il avait une façon de parler de lui-même que j'aimais, capable de nous raconter ses succès comme ses échecs les plus cuisants.

— Imaginez-vous, c'était avant de connaître Lilly, j'invite une femme de trente-cinq ans au restaurant, une vraie femme, et au milieu du repas, je lui dis : « Je suis un killer ! », et que me répond cette salope ? « Ah, non, Anas, je sais à quoi ressemble un killer, et je peux t'assurer que tu n'as rien à voir avec ça ! ». Son père travaillait dans l'acier et le pétrole. Ça déchire !

Il avait cette puissance que Fred lui jalousait.

— Il faut suivre Nietzsche, disait-il, il faut de

la puissance, de la puissance en tout. Quand tu aimes, aime totalement, quand tu hais, hais totalement...

— Jésus a dit : Je vomirai les tièdes, lui répondait Fred.

— Quel killer ce Jésus, c'est vraiment un putain de killer !

C'était Anas, et Lilly en était folle.

Il lui envoyait des messages sur son portable à trois heures du matin

— Je suis à Paris, à Pompidou et je pense à toi parce que je suis devant un tableau de Chirico intitulé *La plus belle femme du monde.*

Chirico n'avait jamais peint un tel tableau, mais cela n'avait aucune importance. Ni Lilly, ni aucun d'entre nous ne prenions au sérieux ce que nos parents appelaient la culture. A quoi pouvait-elle servir sinon à aimer ? Si tous les livres, tous les tableaux, toutes les sculptures, si l'art tout entier ne servait pas à aimer, alors il était inutile et vain. C'est ainsi qu'à vingt ans, nous envisagions le monde.

Je regardais alors les yeux verts de Lilly qui se mourait d'amour pour Anas. Voyait-il combien elle l'aimait ? Et si oui, j'admirais la grandeur avec laquelle il savait s'en rendre digne. Il la couvrait de cadeaux et lorsqu'elle le remerciait, il disait toujours

— Avec plaisir...

— Il fait l'amour avec tout son corps, disait Lilly, vous voyez ce n'est pas comme les autres hommes dont le point central en matière de sexualité est la queue. Non, Anas il jouit de tout son corps, de son sexe aussi mais avec tout le reste de son corps, comme une fille.

On l'avait surnommé « phéromone boy ». Soudain c'est à lui que je pensais, à Anas, à cette façon qu'il avait d'être en prise avec le monde, à chaque instant. J'avais lu dans un livre cette phrase inouïe : « Cependant la façon dont on perd le monde reste un mystère. » Mais l'avais-je seulement rencontré ! Peut-être aurait-il fallu que je dévore ma propre merde à l'âge de quinze ans comme Fred, peut-être aurais-je dû apprendre à éternuer comme Anas, ou à couler d'amour par les yeux comme Lilly ? Alors j'aurais su ce qu'être au monde veut dire, et comme tous les nains que nous sommes, j'aurais pu moi aussi connaître la vraie vie, au lieu de cette boule d'angoisse qui me dévorait l'estomac, à trois heures du matin dans ce motel, sur la 89 entre Long Island et Montpelier. J'ai fini par m'endormir, mais je me suis levé en sursaut après un cauchemar terrifiant. Dans la curée, j'étais le cerf.

Il était six heures. Je me suis levé et j'ai décidé de partir sur-le-champ. J'ai roulé une demi-heure jusqu'à la première station-service ouverte où j'ai pu prendre un café. Je suis resté un moment assis dans la voiture, à regarder le jour naître en fumant une cigarette, la fenêtre ouverte. J'ai aperçu *En nous la vie des morts* posé sur le siège avant et j'ai ouvert le livre avec l'espoir que j'y trouverais une réponse à cette question que j'étais tout entier. Voici ce que j'ai lu : « Aimer la vie, plus que le sens de la vie. » Les mots ont éclaté en moi avec la force d'un orage et sans que j'aie pu m'y attendre le moins du monde – et alors que je n'y étais pas du tout préparé – je me suis effondré en larmes. J'ai pleuré à gros sanglots et ce n'était plus des truites qui s'agitaient dans mon plexus mais des bans d'espadons déchaînés. Je pleurais d'avoir si peu aimé la vie et tellement désiré, de m'être épuisé à en chercher le sens caché, et de ne pouvoir y accéder, je pleurais la mort de ma mère et l'absence démesurée qu'elle avait engendrée, cette cavité creusée à même la roche de mon corps où s'étaient lovés le cancer de mon père et le suicide de Fred, cette mer de chagrin vivante que je recouvrais chaque jour d'une pierre de vie afin qu'elle ne me déborde pas, je pleurais cette sensation d'exil et d'étrangeté où je m'étais toujours senti vivre, les petits garçons que Fred et moi avions été et cette amitié qui nous avait liés, je pleurais le cerf en moi qui avait été blessé, comme le petit Joselito, je pleurais tous ces jours où mes larmes s'étaient accumulées et auxquelles je n'avais jamais osé céder. Tous mes souvenirs et mes chagrins flottaient soudain comme des jouets désolés à la surface de ma mémoire, au milieu desquels émergeait le visage dépareillé de ma mère qui s'en allait mourir, m'abandonnant à mes deux ans et à leur solitude dévastée.

Je comprenais de façon presque moléculaire qu'aucun élan vers aucun autre ne soulagerait cela en moi : la soif d'être aimé. Jamais je ne serais ce petit enfant que sa mère projette dans les airs en riant.

Il faisait jour lorsque j'ai enfin réussi à me calmer. J'avais mal à la tête et une irrépressible envie de me moucher. J'étais exsangue et j'ai envisagé de m'endormir dans la voiture. En même temps, je voulais me rapprocher de la baraque où j'ouvrirais une bouteille de margaux en arrivant, une de ces bouteilles que m'avait offertes Guita pour les occasions spéciales. J'ai démarré et j'ai pensé à elle avec une tendresse folle et l'envie de plonger mon visage dans ses cheveux, de la toucher et de respirer son odeur. Et j'étais presque heureux parce que j'avais traversé cette après-midi et cette nuit éternelles et j'avais réussi à gagner le jour. J'avais affronté le désert de cette solitude que je portais tout au fond de moi et la peur viscérale que j'en avais. Et je n'étais même pas mort. Voilà ce que je me disais, tout en contemplant dans le miroir du rétroviseur mes yeux de crapaud bouffis par les larmes : même pas mort !

II

En pénétrant dans l'État du Vermont, j'ai compris quel genre de catastrophe avait eu lieu. Il faisait un soleil splendide et les immenses étendues d'eau brillaient en pleine lumière. Ce n'était pas seulement le fleuve qui avait débordé mais les pluies, qui avaient inondé le sol déjà saturé d'eau. L'orage avait charrié des torrents de boue. Pas une clôture n'avait résisté. La terre était un champ liquide où les vaches, telles des bêtes illuminées, semblaient marcher sur la mer dans le soleil, au milieu d'une armée d'arbres nus. Ils surgissaient ici ou là, comme des classes d'écoliers en tablier noir, solennels et désemparés. Des camions avaient été renversés et flottaient tels de pauvres jouets. Les barques des secours avaient l'air de gigantesques insectes. Malgré l'aspect dramatique de la situation, je ne me lassais pas de regarder de tous côtés.

La plupart des routes avaient été coupées, mais il était encore possible de rejoindre Montpelier et ses environs.

Le lendemain de mon arrivée, j'étais en train de finir de déjeuner lorsque le propriétaire est venu frapper à la porte.

Je lui ai proposé de prendre un café et il a accepté. Il faisait doux. Il était accompagné d'un gros chien au poil brillant.

— Je vous présente Sam, un bouvier bernois, me dit-il en souriant, le seul chien de tout le Vermont qui n'a jamais aboyé de sa vie.

J'ai regardé l'animal, qui m'a fixé droit dans les yeux avec une sorte de malice. J'ai eu la conviction absolue que si le chien n'aboyait pas c'est parce qu'il parlait, ou qu'il parlerait un jour, et je n'ai pas trouvé cette pensée extravagante.

— Vous êtes venu pour le loyer, je vais vous payer le mois suivant.

J'ai réalisé que j'avais quitté New York depuis déjà trois semaines.

— Non, je suis venu pour voir si vous n'aviez besoin de rien après l'orage.

Son attention m'a étonné parce que ce ne sont pas des choses auxquelles on est habitué entre les hommes.

Puis il a ajouté :

— Vous comptez rester le mois prochain ?

— Oui...

— Alors, vous vous êtes fait au calme ?

— Non... enfin oui.

— C'est pas facile hein, quand on vient de la ville. Moi je suis resté sept ans tout seul ici. Je voulais vous dire aussi que ma fille rentre de Chicago la semaine prochaine et avec ma femme, on va lui faire la fête. Deux ans qu'elle est partie, et elle nous revient avocate, alors vous pensez si on est contents !

Puis il a ajouté :

— Je suis en train de me faire mousser devant vous, ou quoi !
et il est parti d'un grand éclat de rire.

Moi, ce n'était pas sa fille avocate qui m'impressionnait, c'est le silence, les sept années, presque trois mille jours, seul dans la baraque.

— C'était long, sept ans ici, non ?

— C'est que j'aime le silence. Quand j'étais jeune, mon père disait que j'étais tellement silencieux et calme que cela donnait envie de me frapper. C'est ma femme qui m'a emmené vers la ville. Avec elle j'ai appris à parler. C'est bien comme ça. Maintenant c'est le chien qui se tait. Tout dépend de chacun. Il y en a, pour eux c'est difficile de rester seuls, et d'autres, c'est la compagnie qui est difficile. Y a pas de règle.

Je lui ai payé le mois suivant et nous avons discuté un moment de sa fille et de la solitude. J'aimais bien.

Quand il est parti, j'ai accompli mon petit rituel inca. J'ai inscrit le nom et le prénom de Georgia sur un bout de papier ainsi que sa date de naissance et je les ai mis dans une mignonnette de whisky. Je l'ai laissée au congélateur pour bloquer toutes ses mauvaises pensées. Je me suis dit qu'il me faudrait répondre à son dernier message où elle me proposait un menu chinois très spécial. Quand on laisse pourrir les situations entre les êtres, cela crée des choses, rampantes ou volantes. Je pensais aller en ville dans la soirée pour lui écrire un message. Puis, j'ai eu la vision de Guita et de son sourire lorsqu'elle m'entendait remettre quelque chose à plus tard. Guita pense sincèrement que si chacun faisait ce qu'il doit faire au moment où il en prend conscience, le monde tournerait autrement.

— Il faut du temps à la conscience pour descendre dans la matière, tu sais bien, mais il faut toujours tendre vers. Un jour, je ne fumerai plus du tout et toi non plus, nous mangerons des pousses de soja en faisant du feu dans notre yourte au milieu des champs avec nos chevaux et nos enfants qui courront dans les herbes folles.

Et elle éclatait de rire.

Pour une fois je n'ai pas remis à plus tard ma décision d'aller en ville. Léandre est venue grignoter le morceau de pomme que je lui glissais entre les barreaux et j'ai trouvé qu'elle s'étirait et bâillait comme un humain. Cela me rendait heureux tout à coup de m'occuper d'elle.

J'ai pris la voiture en réfléchissant à ce que je pourrais bien écrire à Georgia et je me suis embourbé à peu près cinq miles avant Montpelier. J'ai décidé de terminer à pied. Il faisait très beau et la marche me ferait du bien. J'avais déjà parcouru au moins deux miles lorsque j'ai aperçu un chalet au milieu d'un cimetière d'automobiles. J'ai d'abord cru que l'inondation les avait charriées là, puis j'ai vu que l'herbe était haute au milieu des carcasses. On aurait dit des tombes d'un genre nouveau. Je me suis étonné de n'avoir jamais remarqué cette baraque lors de mes allées et venues, comme si elle avait surgi pendant l'orage. Notre vision du monde est toujours limitée à nos seules préoccupations. A cette heure, les miennes étaient d'ordre automobile et j'ai regretté de n'en avoir pas de plus hautes ou de plus spirituelles.

Je me suis approché du chalet où il n'y avait qu'une vieille femme avec un air indien, assoupie sur une banquette éventrée. Elle gémissait dans son rêve. Elle était vêtue d'une sorte de poncho marron et d'une fourrure autour du cou. Sa présence m'a évoqué celle d'un ours. J'allais partir lorsqu'elle s'est réveillée et je lui ai expliqué que je m'étais embourbé. Elle s'est levée et m'a regardé longtemps sans rien dire. Je me suis trouvé happé par ses yeux.

— A combien de miles ?

— Pas bien loin, peut-être deux miles...

— Vous avez marché. Marcher fait remonter les souvenirs de derrière les jambes.

— Je voulais aller en ville.

Elle m'a fait signe de la suivre derrière la maison pour me montrer une moto, une Norton Comando 750 jaune et elle a dit :

— Vous pouvez la prendre.

Sa voix était grave, presque rauque. Elle m'a offert un whisky dans un bol et a mis quelques outils à ma disposition. J'avais bricolé suffisamment de vieilles motos dans ma vie pour m'en sortir.

Elle restait devant moi et ne me quittait pas des yeux tout en buvant son whisky par grandes rasades. Elle n'était pas belle, mais sa présence très agréable. J'ai pensé à Fred et à cette façon qu'il avait lui aussi de boire du whisky en quantité stupéfiante, y compris le matin. Lorsque la Norton a démarré, j'ai enfourché l'engin et la vieille est montée derrière moi avec une souplesse phénoménale.

— Je vous accompagne !

a-t-elle dit, et je me suis demandé qui diable était cette femme.

Nous avons réussi à désembourber la Mercedes en moins de vingt minutes. L'Indienne avait habilement calé les roues avec des morceaux de bois et je n'ai pas eu beaucoup à pousser pour sortir la voiture des ornières. Parfois, je l'entendais qui riait, assise au volant tandis qu'elle accélérait à fond. Elle avait peut-être cinquante ou soixante ans. Il était difficile de lui donner un âge. J'ai proposé de la ramener en moto puis de revenir chercher la voiture à pied, mais elle m'a proposé de garder la Norton pour aller jusqu'à Montpelier. Nous avons rejoint son chalet et je l'ai déposée devant la porte où elle m'a regardé d'une façon si particulière que je n'ai pas su quoi en penser.

Alors, il s'est passé une chose incroyable, une de ces choses dont on ne peut pas croire qu'elles arrivent dans la « vraie vie », ou alors seulement dans la « vraie vie » des autres, si bien que l'on est toujours l'autre de quelqu'un à un moment donné de l'existence. J'ai suivi l'Indienne dans sa maison et j'ai fouillé sous son poncho avec une avidité que je n'avais pas connue depuis des lustres. Et nous avons fait l'amour comme deux ours sans échanger un mot, tandis qu'elle répétait : Jésus, Jésus, Jésus. Il y avait plus d'ardeur dans cette femme que dans toutes les femmes que j'ai connues. Aucune de mes petites amies ne m'avait manifesté une telle joie et une telle reconnaissance. La plupart de nos conquêtes, avec Fred, avaient toujours pris pour acquis le fait que l'on puisse les désirer et c'était presque une faveur qu'elles nous accordaient en s'offrant à nous. L'Indienne manifestait dans l'amour une liberté que je n'avais jamais rencontrée, y compris avec Georgia.

Elle s'est assise sur le canapé le buste nu. N'était sa poitrine fatiguée de vieille femme, elle avait presque l'ossature d'une adolescente au bord de la vie.

Elle a pris ses petits seins dans ses mains, un dans chaque paume et les a remontés vers sa gorge puis les a lâchés d'un seul coup en riant très fort. Elle a répété le geste deux ou trois fois de suite avec toujours ce même éclat de rire. Je me suis levé sans savoir si j'avais envie de rire ou non. Je l'ai remerciée pour le whisky et la moto en lui promettant que je reviendrais le soir même. Je ne savais pas comment lui dire merci pour le reste, ce qu'elle m'avait donné en me faisant découvrir une nouvelle dimension à ce qu'on appelle la réalité. Je venais enfin de comprendre une de ces phrases dont Guita raffolait et qui m'échappait trois fois sur quatre.

— Ecoute ça, Nort., c'est très important, extrait de *L'Homme qui était déjà mort*, tu m'écoutes ?

Et oui, je l'écoutais !

— « Maintenant il savait qu'il était ressuscité pour la femme, ou les femmes, celles qui connaissaient la plus large vie du corps, ni avides de donner, ni avides de prendre... Il avait compris que le corps lui aussi a sa petite vie et au-delà, une vie plus large. »

Or, c'est à ça que la vieille Indienne venait de me faire accéder, à cette vie où la rencontre des corps ne relevait plus du simple fait de prendre du plaisir ou d'en donner, non, il émanait de cet échange une joie plus profonde et plus large, dont peut-être Lilly avait voulu parler à propos d'Anas lorsqu'elle disait qu'il ne jouissait pas seulement avec sa queue mais avec tout son corps.

Je suis parti en la laissant sur le canapé après lui avoir posé le poncho sur les épaules. D'un mouvement doux, elle l'a fait glisser par terre. Elle souriait, mais elle ne me regardait plus.

J'ai enfourché la vieille Norton alors que le soleil commençait à décliner dans les arbres et, pendant une ou deux minutes, je me suis pris pour le roi du monde.

La nuit écrasait une dernière fêlure de lumière entre les ténèbres lorsque je suis arrivé en ville. J'ai fait quelques courses pour la maison, et je me suis installé au café pour répondre à Georgia. Je me souvenais assez bien de son message. Alors que je n'aurais pas su quoi lui écrire, quelques heures auparavant, mon après-midi avec l'Indienne m'avait conduit naturellement à taper ces quelques phrases :

Oui, Georgia, ton message m'a collé une jolie érection et je ne la renie pas. Comme d'ailleurs tout ce que nous avons vécu ensemble et qui relève d'une part d'ombre en moi-même. J'ai porté l'ombre, Georgia, et je l'accepte. Car comment sans cette ombre pourrais-je connaître réellement la lumière ? Mais j'ai trouvé qu'il existe une vie du corps plus large qui relève directement de la joie.
Je te souhaite cette joie.
Nort.

Et alors que je m'apprêtais à lire le message que Guita m'avait laissé, j'en ai reçu un de Georgia qui répondait sur-le-champ au mien.

Nort.,
Cette joie sans artifice, je la connais parfaitement car c'est avec toi que je l'avais trouvée et il m'avait semblé qu'il en était de même pour toi.

Est-ce que tes trente-quatre années de souffrance valaient la peine pour arriver à cette simple découverte ? Trente-quatre ans à chercher ta mère chez toutes les femmes pour arriver à cela : la joie du corps !
G.

C'est comme si tu me demandais si ma vie elle-même vaut la peine, Georgia...

Je n'ai rien envoyé. Je ne répondais pas à Georgia parce que je savais qu'elle refuserait de comprendre, qu'elle nierait cette dépression qui était la sienne, dans laquelle j'avais plongé à la mesure de ma propre incapacité à vivre dans ce monde, mon incapacité à être tout simplement en vie. Et à quoi me servirait le jugement de ceux qui ne veulent pas regarder tout au fond de leur cœur ?

Mon silence la mettrait sans doute dans une grande rage. Elle jetterait à terre l'un de ces objets dépareillés qu'elle gardait dans un placard pour les fracasser et soulager le débordement que ses heures de méditation quotidiennes n'arrivaient pas à juguler. Ainsi, il y avait eu le jour de la théière bleue jetée au sol – lorsque j'avais choisi de dîner avec Fred en tête-à-tête plutôt qu'avec elle – la soirée de la chaise rouge passée au feu – pour deux heures de retard sans possibilité de me joindre – et la nuit du violoncelle lacéré au couteau lorsque, fatigué de nos rituels, j'étais rentré dormir chez moi après avoir joui de la façon la plus banale qui soit. C'est à compter de ce jour que j'avais essayé de quitter Georgia.

J'ai imprimé le message de Guita et je suis parti au bar d'à côté où j'ai commandé deux whiskys que j'ai bus coup sur coup.

Les propos de Georgia m'avaient replongé dans une certaine forme d'angoisse et de colère. J'avais renoncé en partie, et depuis longtemps, à être compris, mais je continuais d'espérer un peu de cette compassion bienveillante à laquelle tout être humain a droit, à un moment ou à un autre de son existence.

Avec son message, Georgia me ramenait une fois de plus à ces impasses successives dans lesquelles mes relations féminines m'avaient conduit. Guita citait souvent cette phrase de Satprem : « Le destin n'est pas un mystère, au contraire, c'est une situation bien connue qui se répète. » Malgré l'extraordinaire journée que je venais de passer – à mes yeux, elle était extraordinaire, oui – je me sentais de nouveau, en début de soirée, d'une tristesse de crustacé, salé des pieds à la tête. N'y avait-il pas moyen de sortir de la fatalité des astres ? N'était-ce pas cela qu'il fallait oser : s'arracher à son destin ?

Lorsque je me suis senti ivre, j'ai repris la moto. En quittant la ville, j'ai enlevé mon casque et j'ai roulé cheveux au vent, dans la nuit noire. Cela m'a fait beaucoup de bien. Il était peut-être neuf heures lorsque je suis arrivé chez l'Indienne mais elle dormait sur un matelas dans une chambre séparée de la pièce principale par un rideau épais. Elle était enfoncée dans un gros sac de couchage rapiécé. Je l'ai regardée un moment et je me suis rappelé cette histoire de Fred : selon les savants, une usine telle que le corps humain occuperait soixante-deux kilomètres carrés de surface et le bruit s'en étendrait à cent soixante kilomètres à la ronde. Je n'avais jamais très bien su quoi penser de cette phrase, et tout à coup, face à cette femme endormie, cette phrase, précisément celle-là, prenait tout son sens.

La femme avait laissé une petite lumière en plus de l'âtre et j'ai trouvé l'attention délicate. Georgia, du temps où nous étions ensemble, ne laissait jamais de lampe allumée lorsque je devais la rejoindre la nuit, et je m'étais dit qu'il y avait là une forme d'égoïsme ou d'inconscience, disons une négligence comme il en existe entre nous tous, chaque jour, des milliers.

Je suis resté un moment près d'elle puis je me suis assis au coin du feu dans la pièce principale. Je ne savais pas pourquoi je restais là mais je m'y sentais bien. Je voulais seulement être là les mains dans les poches, près d'elle, dans le silence, avec le bruit du feu qui s'éteignait. J'ai retrouvé le message de Guita tout froissé dans mon manteau.

> *Nort.,*
> *De toute ma vie, je n'ai jamais parié sur ma tristesse ou sur ma peine. Je la connais, elle me connaît. Je partirai toujours pour la vie même au plus profond de cette solitude que je porte comme toi, comme chacun, même au plus profond de la perte, parce que je crois, parce que c'est d'avoir cru que j'ai survécu. Avoir cru que la joie toujours refleurira à New York, en France, ou ailleurs ! Le chagrin s'en va pour une heure, un mois, une vie, qui sait ? Il part et je remonte sur ma mule pour continuer le voyage, avec une peau en moins et plus près encore de moi-même, parce que le chagrin ou le désespoir ne servent sans doute qu'à cela, perdre ces illusions qui nous aveuglent et nous séparent de la réalité. Si j'ai quitté la France autrefois pour vivre en Amérique, ce n'est pas par amour comme ta mère. Ou disons de façon inversée, car à dix-sept ans j'ai aimé d'amour un homme qui m'a quittée d'une overdose dans les étoiles et j'ai compris que l'on ne sauve jamais personne. C'est à nous d'inventer des jours meilleurs, la joie revient toujours, la joie s'accouple à celui qui la désire du plus profond de soi, alors désire-la, Nort., laisse-toi*

féconder. Il n'y a que toi qui puisses quelque chose pour toi. J'ai rarement vu chez quelqu'un un tel besoin d'amour et un tel désir de solitude. C'est un paradoxe qui, je le conçois, n'est pas facile à vivre. Je crois qu'il faut apprendre à perdre, perdre encore et encore, et seulement tout au fond de soi sentir la détermination inflexible de quelque chose vers lequel tendre de toutes ses forces, une heure après l'autre, une nuit après l'autre.
Je t'accompagne.
Guita.

Guita avait eu la « chance » de changer d'un seul coup de vision de monde. Elle ne m'avait jamais raconté cette histoire d'overdose et, pour la première fois, je me sentais troublé de découvrir une part d'elle aussi intime.

J'étais assis par terre à regarder les braises lorsque l'Indienne est apparue dans l'encadrement de la porte. Elle s'était levée avec le sac de couchage et elle venait jusqu'à moi à petits pas comme une poupée mécanique. Puis, elle s'est allongée sur le vieux canapé défoncé auquel je m'étais appuyé, et elle n'a rien dit. Je me suis couché près d'elle un long moment. Je suis resté là sans bouger contre son cœur avec le feu dans la cheminée, et sa main qui caressait mes cheveux. Pour la première fois depuis très longtemps, je crois que je n'ai eu besoin de rien.

Je l'ai entendue murmurer :

— La lune, c'est la mère...
mais j'étais en train de m'endormir comme un enfant.

Je me suis réveillé au bout de quelques heures. Il y avait encore des braises dans le feu et la vieille ronflait doucement. Je me suis levé avec précaution pour remettre une bûche dans l'âtre. J'ai laissé sur la table du chocolat et des noix que j'avais achetés en ville, parce que c'est tout ce que j'avais d'un peu extraordinaire dans mes sacs. J'ai pensé que je reviendrais lui offrir une bouteille de vin, et je suis parti à pied dans la nuit en songeant à ce qu'elle avait dit le matin.

— La marche fait apparaître les souvenirs cachés à l'arrière des jambes
et une phrase de Fred est apparue qu'il prononçait chaque hiver :

— Les cuisses des femmes vont disparaître, et il faudra attendre jusqu'au printemps pour les revoir ! Putain de saison !

Je m'enfonçais dans le noir et l'idée de la forêt m'est apparue presque meilleure que la forêt elle-même. Il n'y avait aucune lumière et même avec la lune qui éclairait la route, je ne me sentais pas rassuré. Pourtant, malgré ma peur du noir enfantine, je me sentais doux à l'intérieur, à cause de la vieille. A nous deux, nous n'avions pas échangé dix phrases et pourtant nous nous étions donnés l'un à l'autre. Je le savais. Et combien Fred aurait aimé l'Indienne. En observant le ciel j'ai songé : la lune, cette femme merveilleuse au visage de dartres et je me suis senti pour la première fois le petit garçon de quelqu'un.

J'ai récupéré sans difficulté la Mercedes et j'ai allumé la radio. La voiture a calé deux fois. Comme le camion de l'oncle Jim pendant les vacances, chez lui dans le Michigan, lorsqu'il essayait de démarrer l'engin au petit matin pour partir à la pêche. Là-bas aussi j'avais été heureux. Troublé et heureux. Oncle Jim m'avait fait lire toutes les lettres que mon père lui avait écrites au moment de la mort de ma mère. Ils avaient partagé de longues vacances ensemble tous les trois. J'avais emporté une seule lettre. Et je l'avais apprise par cœur.

> *Jim,*
> *Je suis absolument seul, j'essaye d'avancer, je m'occupe beaucoup de Nortatem qui souffre, je ne peux pas revenir dans le Michigan pour l'instant. Elle me manque tant. Je dois survivre, Jim, je sais que tu comprendras, je ne peux pas venir, c'est trop difficile, je dois aller vers la vie, je ne peux pas vivre dans son souvenir, sinon je ne m'en remettrai pas et Nort. non plus. Il lui ressemble de plus en*

> *plus, je continue de l'aimer à travers lui. Il est magnifique. Je sais que tu crois, et que cela t'aide. Moi je ne crois pas. Elle était ma lumière.*
> *Ton frère.*

C'est oncle Jim qui m'avait confié certains détails comme celui-ci : que ma mère disait toujours bonjour aux chiens qu'elle croisait dans la rue.

Je suis arrivé à la maison vers cinq heures. Je me suis assis sur la véranda. Quelque chose avait eu lieu. Je n'aurais su dire quoi. En me relevant, j'ai glissé et je suis tombé quatre marches plus bas. Le jour se lèverait bientôt, mais je n'avais pas envie de dormir. Je m'étais reposé profondément près de l'Indienne. Alors comme je ne savais pas quoi faire d'autre, j'ai pris *En nous la vie des morts* pour attaquer le chapitre suivant.

Chapitre quatre, 43 ans

La terrasse se jetait dans le ciel, enveloppée d'un silence mat. Vera y venait chaque matin, qu'il pleuve ou qu'il vente, aussi bien pour prendre soin des plantations que pour y regarder les nuages se faire et se défaire.

Elle avait l'impression, à force d'observer le ciel et rien d'autre, de disparaître dans le silence, hors du monde. Peut-être n'y avait-il pas de rue finalement, peut-être avait-elle rêvé les rues et toute la ville, peut-être n'y avait-il que les arbres et le silence. Peut-être n'était-elle pas même dans cette ville-ci mais ailleurs, au-dessus d'une ville sans nom, sans mur, sans histoire. Au-delà du jardin, les maisons semblaient une mer sur laquelle planaient des mouettes impatientes, et des vols de passereaux qui se déplaçaient comme des nuages noirs stupéfiants. La rumeur enflait à la manière des vagues et, du point de vue où elle se situait, on aurait pu parler d'un bord de ville comme l'on évoque l'étendue d'un bord de mer.

Elle entendait le bruit étouffé des oranges du jardin qui s'écrasaient sur la terre dure ; ou le bruissement des bâches par-dessus les massifs de plantes grasses au rez-de-chaussée. On aurait dit l'envol d'un oiseau. Il y avait le bonheur de se couler dans l'épaisseur du silence relevé par le rire des deux petites filles de la voisine dont Vera apercevait le mari chaque matin marchant dans le vent, les mains au fond des poches de sa veste, sa cravate indomptable, et dont elle remarquait le regard las. Elle le voyait s'arrêter un instant, penché sur quelque chose près de la haie, peut-être un insecte ou une fleur, avant de s'enfoncer dans le petit bois. Dès qu'elle l'avait vu, dès qu'elle avait pris l'habitude, non pas seulement de le *voir* mais de faire l'effort de le *regarder*, elle avait songé : un homme qui prend par le petit bois – ce petit bois à l'extrémité du parc avec son air un peu sauvage et désordonné, presque sombre –, un homme tel que celui-là, qui, tous les matins, faisait ce choix-là – car l'on pouvait aussi bien sortir du parc par l'allée des orangers si claire, si bien tenue – ne pouvait pas être mauvais. Elle partageait avec le comptable et sa famille, une partie de l'ancien noviciat qui avait été transformé en résidence.

Elle aimait ce jardin insoupçonnable au milieu de la ville, les flaques après la pluie où se reflétait l'ombre des pins, les deux statues au bout de l'esplanade, leur façon de tirer la langue, leurs cheveux hirsutes et leurs yeux enfoncés dans la pierre.

Et puis il y avait l'odeur des fleurs d'oranger dans le petit matin, les mimosas et le cognassier du Japon, et ces plantations dont le bouquet formait, près de la fontaine, un orchestre de petites trompettes blanches. La vigne vierge s'agrippait aux volets, pressant ses mains contre le poitrail de la maison.

Lorsqu'elle s'était installée cinq ans auparavant, il avait plu sans discontinuer pendant plusieurs jours et elle avait découvert au fond du fauteuil sur la terrasse, des dizaines de petites grenouilles noires. Elle n'avait jamais pu s'expliquer leur présence à l'étage, mais cela lui avait plu.

Chaque année, le sirocco déposait sa fine couche d'or qu'elle avait longtemps prise pour du pollen. Elle aimait qu'il vienne de si loin.

Vera avait choisi ce pays et cette ville parce que ce n'était pas son pays, ce n'était pas sa ville. Il y avait comme ça, chez Vera, des pays et des villes dont elle ne souhaitait pas se souvenir. Des langues qu'elle ne souhaitait plus parler. Au printemps, les premières chaleurs lui faisaient souvenir de l'Asie. De l'Asie non plus elle ne souhaitait pas se rappeler. Mais il y avait le jardin, et Vera aimait ce jardin. Au mois de mars, ils coupaient les oranges qui n'avaient pas été cueillies afin qu'elles ne pourrissent pas sur les pieds, puis les fruits étaient assemblés en petits tas bien ordonnés à la façon des boulets de canon. Si elle avait perdu la plupart de ses connaissances et de ses amis, en s'exilant ici, elle avait trouvé, en contrepartie, un équilibre fragile qui la rendait heureuse. Or, depuis quelques jours, elle éprouvait de façon impalpable une distorsion intérieure. Son état habituel avait été remplacé par une forme d'attente qui ne lui ressemblait pas. Au fond d'elle-même un vent s'était levé, et une sorte de dépression atmosphérique – de celles qui, en Asie, préfigurent la mousson – était en train d'éclater.

Elle avait eu le désir de pleurer plusieurs fois, sans en comprendre la raison. Un langage lui échappait, comme si les arbres, le ciel, les statues, y compris les bancs de pierre, se fussent adressés à elle dans une langue qu'elle ne saisissait pas et qui recouvrait un secret. Du moins est-ce ainsi qu'elle nommait ce qu'elle ne pouvait comprendre, ce sentiment de l'urgence d'une communion avec l'univers dont l'appel la déchirait et la transcendait à la fois, comme en amour, ce qui blesse est également ce qui comble en ce que la différence fait, et la blessure, et le miracle de la rencontre.

Elle était descendue au troisième coup de sonnette ce dimanche-là après avoir regardé pardessus la terrasse. Mais seulement, lorsque la porte s'était ouverte, elle l'avait reconnu.

Vera avait eu une seconde de stupeur et maintenant elle tremblait de l'intérieur, retenant la puissance du chagrin dont elle avait oublié l'ampleur jusqu'à cet instant où elle l'avait découvert, tête nue sous l'auvent. Son visage semblait fendre la matière du réel. L'espace d'un instant, elle avait éprouvé, comme une vibration de toute sa personne, un refus instinctif, en même temps qu'elle avait reconnu cette joie d'autrefois, le plaisir enfoui mais net qu'elle avait connu auprès de cet homme.

Elle le fixait dans les yeux, mais ne semblait pas le voir. Son regard s'était tourné vers l'état de douceur le plus extrême de sa vie. De son côté, l'homme retrouvait ce même pli froncé entre les sourcils qui témoignait chez Vera de sa concentration ou d'une contrariété, et même s'il n'y avait plus dans son visage cette force ni cette gravité qu'il lui avait connues, elle avait toujours cette douceur presque transparente propre à certains êtres qui ont connu un grand malheur.

— Je vous demande pardon, cela s'est fait si vite et puis... je ne *pouvais* pas vous prévenir. Est-ce que je vous dérange ?

Elle avait murmuré un non de funambule, puis s'était effacée pour le laisser entrer, remarquant alors dans le même mouvement, qu'il y avait des bourgeons aux branches des arbres.

— C'est bientôt le printemps, n'est-ce pas ?

Mais sans attendre sa réponse, elle avait déjà refermé la porte et le poussait dans les étages, par l'étroit escalier jusqu'à la terrasse où il venait de la surprendre dans la fin de la matinée, quand le soleil de mars n'écrasait pas encore la ville haute.

Elle aurait aimé le regarder un instant avant de fermer les yeux, le toucher peut-être, le découvrir de ses mains, au lieu de quoi ils étaient tous les deux sur la terrasse et elle se sentait remplie de larmes.

— Je vous en prie

Elle l'invita à s'asseoir au milieu du ciel, dans ce recoin où elle aimait à se tenir elle-même. N'était la cime d'un magnolia, on était là comme en pleine mer ou dans la coque d'un avion silencieux

— Vous prendrez bien une tasse de thé ou de café ?

— Café, merci, fit-il sans sourire.

Par trois fois, il était revenu vers onze heures et s'était approché de la grille fermée mais il n'avait jamais réussi à la voir.

— Par chance, dit-il, un couple est sorti à l'instant où je suis arrivé.

Elle le regarda un moment avant de se lever. Elle aurait aimé passer sa main dans ses cheveux, comme autrefois, lorsqu'il les laissait sécher au soleil. Elle fermait un peu les yeux et elle voyait ce geste qu'elle avait tant de fois dessiné dans l'air, à vingt ans, et cela lui suffisait presque.

Tandis qu'elle préparait le café, elle l'entendit de la terrasse :

— Je ne m'attendais pas à vous trouver aussi facilement mais j'étais sûr de vous trouver ainsi.

— Que voulez-vous dire ?

— Aussi belle...

— Tadeck. Vous ne m'avez pas vue depuis vingt ans !

Elle s'en voulu de lui avoir répondu de façon aussi brutale. Elle s'approcha de la porte et l'observa un instant qui allumait une cigarette.

Il leva soudain les yeux et elle n'en fut pas gênée, quand bien même il venait de la surprendre en train de le regarder.

— Comment m'avez-vous dénichée ?

— Quelqu'un m'a fait découvrir votre peinture. J'ai pris contact avec votre galerie en France, mais ils ont mis beaucoup de temps à me dire où vous étiez exilée. J'ai appris que vous n'aviez pas d'enfant. Je voulais vous revoir.

Elle savait bien qu'à un moment donné ou à un autre, il leur faudrait parler de cela mais elle n'en avait pas encore la force ni le courage. Elle cherchait à puiser en elle-même assez d'amour pour ne pas le blesser par l'évocation de ce souvenir afin qu'il ne souffrît pas ce qu'elle avait souffert, et ainsi, de quelques mots anodins

— Vous avez un léger accent américain, Tadeck...

Elle repoussait ce moment où d'un coup, et presque ensemble, ils se verraient obligés de se jeter dans la vérité.

— Vous êtes donc resté en Amérique...

— Oui, Vera, j'y suis resté des années. Je suis devenu diplomate. J'ai longtemps pensé que c'était une façon pour moi de pouvoir vous chercher à travers le monde...

— C'est un drôle de milieu, non ?

— Oui, ils sont un peu comme des insectes morts. Je ne les méprise même pas.

Elle retrouvait son regard clair. Il était comme elle l'avait toujours connu tandis que la femme qu'il avait aimée autrefois avait fini par mourir. Cela l'oppressait, parce que malgré l'intensité de leur amour, elle ne pouvait plus le rejoindre. Était-ce cet homme qu'elle avait aimé ou l'amour qu'elle avait eu pour lui ? Du jour où elle l'avait rencontré, où ils avaient éprouvé ensemble cette si profonde concorde, de ce jour, elle n'avait vécu que dans la passion de cet amour-là. Et aujourd'hui à quarante-trois ans, elle tremblait de l'intérieur, assise devant lui.

— J'ai lu dans les journaux que vous aviez passé plusieurs années dans un monastère ?

— C'est au monastère que j'ai commencé à peindre, oui.

— Vous aviez songé à embrasser la vocation ?

— J'ai d'abord cru que j'étais venue à Dieu pour avoir perdu l'amour d'un homme, et vous étiez cet homme, Tadeck, mais on ne peut pas aller vers Dieu par défaut, Dieu vous réclame tout entier ou il ne vous prend pas. Puis, j'ai lu un livre qui m'a aidée à comprendre que Dieu n'est pas seulement derrière les portes des couvents, il est aussi dans le cul d'une bouteille, dans la peinture ou une table de bois. J'ai finalement quitté le monastère pour habiter un peu en France, dans le Sud, puis je suis venue ici.

— Quel est ce livre ?

— Le *Livre 7*, vous connaissez ?

— J'en ai entendu parler mais je ne l'ai jamais lu.

— Il en existe sans doute autant de lectures qu'il y a d'individus.

— Et votre enfant, Vera... Votre amie Sandra m'avait dit...

— Tadeck...

mais elle ne pouvait se résoudre encore à lui parler de cela, elle *s'imaginait* seulement lui raconter combien elle aurait voulu connaître cette solitude de mère dévastée, le sommeil haché et cet épuisement de bête où se cueille un amour qui ne ressemble à rien d'autre. Elle aurait voulu connaître ces larmes de l'aube, après les heures muettes de la nuit où lasse et bonne, endormant son petit dans ses bras, le sommeil lui aurait mordu les yeux, parce que c'est cet épuisement, cette disponibilité absolue qui l'aurait rendue véritablement belle, belle comme sa mère l'était dans l'excès de son don, comme le sont toutes les mères dont le dévouement souterrain nourrit cet amour aveugle et violent qui l'aurait révélée du fin fond de sa nuit, et encore une fois regarder l'enfant dormir, épanoui dans son berceau, et ne pas avoir honte d'un tel amour, belle comme Dieu lorsque penché sur les hommes, il quête dans leur regard l'approbation de son excès d'amour.

Ainsi, songeait-elle, j'aurais connu, comme ma mère, cette femme à qui je n'ai pas eu le temps de dire combien je l'aimais, j'aurais connu ma poitrine épuisée d'avoir nourri l'enfant, cette poitrine que j'apercevais derrière le tissu usé de ses chemises de nuit où se devinait son grand corps aux hanches larges

— Ma grande petite...

J'aurais connu cette fatigue du matin, en préparant dans le silence, avec une délicatesse de poisson, le petit déjeuner, à la façon dont je l'entendais chaque matin, et j'aurais voulu venir vers elle, Tadeck, pour lui dire combien j'aurais été heureuse de lui ressembler, avec tous ces gestes que les mères ont en commun. J'aurais été heureuse d'être cette simple femme, échangeant avec son fils couché dans le berceau – notre fils, Tadeck ? – des paroles d'amour, cet amour qu'ont les nouveau-nés pour leur mère et qui est peut-être finalement la véritable façon dont Dieu regarde les hommes, avec cette même espérance muette et cette adoration sans question. Et comment fera-t-il pour nous pardonner, nous qui échouons à répondre à un tel amour, tout comme les mères ne comblent peut-être jamais tout à fait la soif d'amour de leurs enfants, et Dieu a soif de notre amour Tadeck, je le sais...

— Votre amie Sandra m'avait dit que...

J'aurais vu gonfler mon ventre, se hisser à mes flancs cette voile opulente de la maternité, oh ce grand voyage, je l'aurais accompli du départ jusqu'à son terme, et j'aurais connu la joie d'*être*, à l'hôpital, au milieu des jeunes accouchées, au milieu de ce banc de baleines si prodigieusement dévastées par la magnificence de leur don.

— Votre amie Sandra m'avait dit que vous étiez...

Peut-être qu'avec un enfant de Tadeck j'aurais pu renouer avec ce temps d'avant la nuit, d'avant la torche vive qui brûlait dans la nuit. Elle aurait retrouvé la vie d'alors et le bonheur avec sa mère, lorsque, assises près du chenal, elles enfonçaient leurs pieds nus dans la vase tiède, elle aurait retrouvé cette joie accroupie sous les grandes feuilles des bananiers et la pluie qui tombait si fort, le chignon défait de sa mère et ses vêtements qui lui collaient au corps, le jardin d'Asie et les arbres à papayes chargés de fruits, les grandes cornes des buffles qu'elles peignaient en rouge et vert, les poissons grillés et les jeux de piste avec leur trésor caché près de la haie du belvédère, les étés accablant de chaleur et de paix, et les palétuviers couverts d'oiseaux bleu marine. Elle aurait pu renouer avec cette grande joie du monde lorsque le monde était encore ce sourire sur le visage de sa mère, cette gaieté du visage de sa mère, cette beauté et cette grâce, oui et peut-être même qu'avec un enfant de Tadeck, c'est jusqu'au feu qu'elle aurait revécu et accueilli, ce feu qu'elle aurait même peut-être supporté d'avoir trouvé, ce jour-là, si beau.

Elle s'était levée pour prendre une cigarette et il avait compris que l'heure n'était pas encore venue de lui parler de cela. Avec une attention dont elle lui sut gré, il se mit à évoquer un autre sujet.

— Vous êtes devenue croyante, Vera ?

— Quand le sacré se dissout, Tadeck, que la foi chute, l'endoctrinement et la croyance prospèrent. Non, je ne peux pas dire que je sois devenue croyante, Tadeck, c'est comme si vous demandiez à Galilée s'il *croit* que la terre est ronde. Il ne le croit pas, il le sait. Maintenant, je sais qu'il existe quelque chose qui nous dépasse, appelez-le Dieu ou l'Absolu, ou l'Amour, cela n'a pas d'importance, j'en ai la preuve tous les jours et c'est ce que j'essaye de peindre. L'invisible. Il y a tout ce que l'on ne voit pas, tout ce qui vit et que notre œil paresseux ne fait pas l'effort de voir. Regardez, par exemple, sur ce mur, voyez-vous cette figure au-delà de la fissure, sur la droite ? Voyez-vous cet étonnant portrait de femme ? Je l'ai peint parce qu'il est là, et qu'il passe inaperçu si l'on ne *regarde* pas. C'est au monastère que j'ai appris à voir. Je me tenais toujours à la même place dans le calme et le silence, face à un bâtiment dont les vitres reflétaient le ciel et une partie du jardin. J'ai découvert des visages sur les vitres, différents selon le mouvement du vent dans les arbres, et plus que des visages, c'était comme des présences, qui pouvaient revenir d'une semaine sur l'autre, aussi nettes, aussi fortes. La peinture est devenue ma façon de servir Dieu. Pour faire voir, voir ce que l'homme ne voit pas.

Cela lui faisait du bien de répondre à ses questions simples et précises même si elle n'aurait pu, de son côté, lui en poser une seule.

— La France ne vous manque pas ?

— Je me suis toujours sentie exilée, cette sensation est enfin justifiée de façon géographique. Vous comprenez ?

— Je comprends, Vera.

Il comprenait mais ce n'était pas de cela qu'il souhaitait parler, même si évoquer cet exil le rapprochait de ce qu'il était venu chercher, il le sentait. Il voulait connaître la vérité. De quoi ? Il n'aurait su le dire, mais la vérité.

Ils avaient beau être restés vingt ans loin l'un de l'autre, la profondeur de leur lien rendait tout bavardage superflu si bien qu'au bout d'un moment, il lui demanda sans détour

— Qu'est-ce qui nous a séparés Vera, selon vous ?

Elle reçut la question à la façon d'un coup, n'ayant pas eu le temps de s'y préparer, et lui répondit d'un ton péremptoire

— Ce sont nos choix et nos actes qui nous séparent les uns des autres. M'ont manqué le courage et la force. Le courage de vous attendre puis la force d'aller vous chercher.

Il reconnut cette façon autoritaire qu'elle avait de parler autrefois lorsqu'elle se sentait en danger et la regarda avec tendresse. Elle comprit alors qu'il l'avait mise à nu.

— Oh Tadeck, pourquoi n'êtes-vous jamais revenu ? Je vous ai attendu, mon Dieu comme je vous ai attendu ! J'ai vu naître cette femme sauvage que je suis devenue, battue par les vents qui a élevé dans le désordre de ses sentiments une espérance unique. Et je suis rentrée au monastère.

— Lorsque j'ai su, Vera, que vous étiez enceinte d'un autre, j'ai décidé de ne pas revenir.

— Je sais Tadeck, je le sais bien, c'est Sandra qui vous avait dit cela.

Sandra, cette détermination avec laquelle Vera lui avait menti, pour tâcher de croire elle-même à son mensonge, pour atténuer la brutalité de sa peine après le départ de Tadeck et l'avortement.

Sandra, à qui elle avait raconté cette nuit imaginaire dans les bras d'un autre homme pour mieux s'en convaincre elle-même, avec cet aplomb qui était autrefois le sien, cet aplomb et cette volonté de modifier le monde pour qu'il s'adapte à elle quand c'est à nous de nous adapter à la blessure et à la joie du monde.

Sandra que Tadeck avait contactée lorsque Vera avait cessé de répondre à ses lettres. Parce que l'avortement l'avait replongée dans la nuit et que tout, en elle, était encore une fois détruit.

— Je n'ai pas gardé l'enfant, Tadeck. Lorsque je me suis aperçue que j'étais enceinte, vous étiez déjà en Amérique. Il y avait eu un homme, une nuit après votre départ, par dépit sans doute, vous savez bien ces choses-là. Je n'ai pas voulu garder l'enfant.

Elle avait trouvé la force de réitérer son mensonge et ce deuxième mensonge était en train de réparer le premier. Ce choix qu'elle avait fait de lui mentir aujourd'hui encore, de ne pas lui dire l'exacte vérité – que c'était bien son enfant à lui qu'elle n'avait pas gardé – était sa façon à elle de l'aimer jusqu'au bout.

— Pourquoi ne m'en avoir rien dit ?

— A quoi bon vous en avoir fait part, je pouvais changer mon monde, pas le vôtre. Vous aviez choisi de partir.

— Pour un an Vera, pour un an. Nous étions jeunes, j'avais peur, je vous aimais, mais j'avais besoin d'être sûr. Je serais revenu...

— Vous aviez choisi, Tadeck. Un désir non partagé est pire qu'un désir mort.

Elle se tut un instant et ajouta sans le regarder

— Tadeck, toute cette misère où m'ont conduite mon orgueil et mes rêves.

— Et pourtant vous m'aimiez, Vera.

— Oui, je vous aimais, ce n'est pas faute de vous l'avoir dit, n'est-ce pas ? Mais aime-t-on seulement tant que l'on dit « Je vous aime » ? Je vous aimais Tadeck, mais pas assez pour vous laisser partir.

— Vous ne vouliez pas de l'enfant d'un autre...

— On ne fait pas d'enfant pour résoudre ses chagrins, et puis il ne s'agit pas seulement de fabriquer de la vie...

— Il faut aimer la vie plus que le sens de la vie...

Quel sens cela aurait-il eu d'élever cet enfant seule, fût-il de Tadeck ? Tadeck, qui ne lui avait pas même proposé de l'accompagner en Amérique – et elle n'avait pas osé le lui demander par orgueil peut-être ou par timidité – et s'il lui avait écrit peu de temps après son arrivée qu'il regrettait de ne pas l'avoir emmenée, il ne lui demandait pas de venir le rejoindre. C'est tout cela qui avait fait sa décision.

— Les conventions nous retiennent comme des ronces... Je crois aussi que même si je ne vous attendais plus, je continuais de vous espérer, et un jour, après trop de chagrins, on cesse d'espérer quoi que ce soit.

Il lui était resté depuis, cette sorte de chagrin au ventre car quand bien même le temps les aurait abîmés eux aussi, quand bien même ils auraient fait comme les autres, se trompant peut-être au bout de quelques années, par ennui, quand bien même vieux et las sur un banc, ils auraient regardé, assis devant l'église, les jeunes mariés pleins d'espoir, en songeant « Comme vous nous avons été, comme nous vous serez », elle imaginait quelle émotion incroyable cela aurait été de voir vivre à travers leur enfant, de la manière la plus vive et la plus joyeuse, cet amour qui avait été le leur, oui, quand bien même ne serait resté entre eux qu'un lien un peu désolé, une impossibilité de s'aimer au milieu des factures et des feuilles d'impôts puis des pensions alimentaires, elle aurait préféré cela à ce vide, cette nostalgie incompréhensible du nouveau-né contre sa peau, cette béance qu'elle avait éprouvée toutes ces années. Au moins, ils auraient vécu cet amour-là, Tadeck, nous l'aurions vécu, même avec la maladresse de

notre jeune âge, avec la souffrance de nos enfances détruites, et au bout de cette croix qu'aurait été la dislocation de notre amour, en vertu de la puissance incroyable de nos sentiments, si nous avions été patients, je ne peux pas douter qu'un jour nous en aurions goûté la fleur Tadeck, je le sais, au lieu de quoi...
mais elle ne termina pas sa phrase.

— Et cependant quelle chance nous avons eue d'aimer, Vera...

Tadeck observait le ciel. En même temps qu'il se laissait asphyxier par leur souffrance, il éprouvait une sorte de joie, celle de retrouver leur amour. Pendant des années, il avait imaginé Vera dans les bras d'un autre, élevant un enfant avec un autre, comme si leur amour à eux n'avait pas existé. Or, en lui faisant cet aveu-là – non, elle n'aurait pas voulu de l'enfant d'un autre, c'est bien cela qu'il avait entendu – elle lui rendait la pureté et la joie de ses vingt ans. C'est cela qu'il était venu chercher, la preuve de l'authenticité de leur histoire, cette vérité qu'il avait traquée pendant des années à la manière d'un assassin. Avec une certaine légèreté il dit enfin :

— L'Evangile de Philippe dit que « C'est à celui que la femme aime que les enfants ressemblent ». L'enfant m'aurait ressemblé Vera, vous ne croyez pas ?

— Je vous en prie, Tadeck...

Il comprit sa maladresse en mesurant, à la gravité de son visage, combien cette seule pensée l'avait déjà entièrement brûlée vive. Mais n'eut pas la force de lui demander pardon.

Elle crut sentir un certain apaisement en lui et eut honte du mensonge sur lequel il reposait. Soudain elle ne savait plus ce qui était bon ou non, ni quelle était la façon la plus juste de l'aimer. Maladroitement, et dans un instant de panique, elle ajouta :

— Quand bien même il n'y aurait pas eu d'autre homme Tadeck, vous n'étiez pas prêt.

Il pressentit plus qu'il n'entendit la phrase. Il en éprouva une sorte d'épuisement et comprit à quel point il s'était fourvoyé ; à quel point la vérité était encore recouverte d'une épaisseur qu'il pouvait presque sentir physiquement entre eux et il se sentit ridicule et las.

Comme si Vera avait perçu en lui ce découragement, elle lui tendit une question qui portait en elle toutes les réponses.

— Et vous, Tadeck, avez-vous eu *d'autres* enfants ?

Dans cet « autres », il sut qu'enfin s'entendait la vérité tout entière. Il choisit de ne pas la creuser davantage, de laisser reposer cette souffrance qu'abritait Vera parce qu'il venait de comprendre qu'en refusant de les lui faire partager, elle lui prouvait une fois encore la probité de son amour, et il se sentit humble et troublé.

Tadeck avait appris avec les années à ne rien regretter, et vingt ans après son départ pour l'Amérique, il voulait seulement s'agenouiller devant la beauté de cet amour.

— Non, je n'ai pas eu d'autres enfants que celui-là.

Vera éprouva de nouveau ce désir de pleurer qui l'avait traversée plusieurs fois cette semaine, et elle mesura combien sa présence à lui et celle de l'enfant lui avaient manqué. Leur absence avait agi avec la précision d'un forage, la creusant aussi profondément que la nuit de l'explosion lorsqu'elle était petite.

Elle se souvenait de la façon dont son père l'avait protégée de la déflagration qui avait suivi la formidable explosion du groupe électrogène éclairant les invités du pique-nique annuel. En relevant la tête pour mieux respirer, elle avait vu l'extraordinaire torche de feu qui brillait dans la nuit, à la manière d'un esprit dansant dans le noir. Elle n'avait jamais pu tout à fait admettre ni comprendre que cette torche vive, ce feu éblouissant pût être raisonnablement sa mère. Jamais. De même, elle se souvenait de la douceur effarante avec laquelle Tadeck l'avait approchée autrefois, lui donnant la force, pour la première fois depuis le drame, de se hisser jusqu'à cette conjugaison de vitalité, de désirs et d'avenir qu'on appelle la vie.

Ils avaient l'un et l'autre la sensation d'être arrivés au terme d'une course qu'ils ignoraient porter en eux depuis vingt ans. Elle n'avait pas dit, mais il avait entendu. C'est du moins ce qu'ils ressentaient. Cela assouplissait un point de leur cœur qu'ils avaient toujours connu crispé. Et enfin ils pouvaient parler tous les deux de ce qui avait fait leur vie.

— Dans quel monastère étiez-vous ?

— L'ordre de San Eustachio, en Italie, saint Eustache, celui qui vit apparaître un cerf avec une croix entre ses bois, le symbole du Christ.

— D'où cette paire de bois dans l'entrée...

— Ah oui, vous avez remarqué, c'est un cadeau d'Olaf, un ami. Il me l'a offert il y a longtemps. L'animal a été tué alors qu'il venait de l'apprivoiser.

— Étonnant. Quand avez-vous quitté le monastère ?

— Il y a une dizaine d'années.

— Il n'y a pas de colère en vous Vera.

— Non, Tadeck, cela fait bien longtemps qu'il n'y a plus de colère.

— Et pourtant vous abritiez une telle colère lorsque je vous ai rencontrée.

— Oui, Tadeck, mais l'on n'a pas deux fois les moyens d'une telle colère. Après, quelque chose en soi s'épuise et l'on atteint un autre état. J'ai longtemps cru que c'était en restant fidèle à mon rêve que je l'avais perdu, et puis... M'ouvrir à vous est une telle prière...

Elle comprenait, en lui parlant, que personne ne la connaissait plus. De même que Tadeck ignorait tout de la femme qu'elle était devenue, de même, ses amis d'aujourd'hui n'auraient pu soupçonner la jeune fille qu'elle avait été autrefois, impatiente et passionnée. Elle comprenait que Vera n'existait pas en tant que telle, que se succédaient simplement une multitude de Vera, et cela lui fit l'effet d'une extraordinaire révélation.

A la façon dont le bras du fleuve était toujours parfaitement visible lorsqu'elle se penchait de la terrasse, sans jamais pour autant cesser de s'écouler, ainsi Vera, immuable, éternelle et pourtant perpétuellement en mouvement. Et ce qui l'avait heurtée au moment de leurs retrouvailles, sous l'auvent puis sur la terrasse – cette impossibilité de le rejoindre malgré son amour pour lui – venait de se dissoudre d'un coup. Elle était devenue cet amour et le deuil impossible de cet amour, elle était l'ancienne Vera et la prochaine Vera, la petite Vera de quarante-trois ans et la très vieille Vera de son enfance puisque Vera n'existait plus en soi.

Peut-être une fois dans chaque vie, y a-t-il l'éclat et la fulgurance d'une lumière, un rai qui éclaire l'être de manière absolument nue, à la façon du dernier rayon de soleil dans la fin du jour, lui donnant à voir sa vie comme il ne la verra jamais plus, avant de sombrer de nouveau, songea-t-elle.

— C'est étrange Vera, comme on aime peu de fois. Ce sont quelques individus qui font le sens de toute une vie. Si j'avais su cela au moment de partir, tout aurait été différent... Souvent je vous voyais en rêve...

Alors il vit qu'elle pleurait.

Elle fit un geste de la main pour lui dire que ces larmes n'étaient rien. Elle éprouvait la sensation terrible et délicieuse d'avoir enfin rejoint l'autre côté d'une rive, ou plutôt d'avoir perdu l'illusion qu'il y eût même une rive, seulement la présence invisible de la beauté de son amour qui avait illuminé sa vie. Longtemps elle avait imaginé que Tadeck reviendrait et qu'alors, tout pourrait recommencer. Aujourd'hui elle comprenait que non seulement ils ne pourraient rien recommencer, mais qu'elle n'en aurait pas envie, découvrant que ce qu'elle avait toujours cru subir – cette solitude toujours plus grande – ne relevait pas de la conséquence d'un échec mais d'un goût qui lui appartenait en propre. Tout lui était rendu. Pour la première fois elle ne souffrait plus en songeant à la douceur de sa mère, à ses petites mains qui relevaient avec tant de grâce la mousseline beige de sa voilette, elle ne souffrait plus en repensant aux premiers soirs d'Asie bien avant l'explosion, lorsque le vieux jardinier leur tirait les cartes derrière l'arbre à papayes, le jardinier aux mains pleines de pus d'un blanc si franc, qui se déchiraient comme des figues, et qu'elle observait fascinée battre les cartes avec la régularité d'un métronome. Elle revoyait aussi sa sœur et leur goûter dans le café qui jouxtait la plantation, pardessus la falaise, les arbres violets et cette façon qu'elle avait, face au ciel, de sentir la mer.

Voilà qu'aujourd'hui, elle mourait une fois encore, comme elle était morte la nuit de l'explosion, le soir du départ de Tadeck, et le jour de l'avortement, comme elle ne cesserait jamais de mourir encore et toutes ces morts la ramenaient doucement vers l'arbre à papayes et vers le jardinier, vers sa mère et ses cheveux qu'elle seule avait le privilège de voir défaits dans la solitude moelleuse du matin, vers l'odeur de poussière et de terre, vers les rizières et le silence bridé des après-midi étouffantes, vers les sorties en ville chaque dimanche, et la fête annuelle du domaine où les bonnes installaient sur d'immenses draps la vaisselle rangée dans les malles d'osier de sa mère, vers les hommes buvant, mangeant et fumant des cigares avec une joie vigoureuse, oui, et même vers la violence de l'explosion et jusqu'à cette honte aiguisée et pointue qui l'avait déchiquetée au fil des ans, cette honte du plaisir à regarder le feu brûler dans la nuit et le grésillement des foins, l'odeur écarlate dans la chaleur des buffles, toutes ces morts l'avaient ramenée à cette honte, à ce plaisir et jusqu'à l'acceptation de ce plaisir. Elle revoyait sa première nuit d'amour près de la mer avec Tadeck, et la force avec laquelle ils avaient été heureux l'hiver suivant, et comme elle lui disait

— Je tremble en mon ventre à chaque moment de vous revoir

lorsqu'il la retrouvait, près du mur de la rue principale, son corps appuyé contre la pierre pour soutenir l'intensité d'un amour qu'elle supportait à peine, cette force avec laquelle il l'avait hissée hors de sa nuit, jusqu'à ce jour où, tremblante encore, elle avait regardé le ballon gonflé à l'hélium en forme de papillon s'écraser contre le plafond de la gare, au grand soleil de ce matin-là, après qu'il lui avait parlé pour la dernière fois en rectifiant l'une des mèches folles de son chignon.

Oui, tout lui était rendu et c'est pourquoi elle cédait librement à ses larmes.

Tadeck avait ôté ses chaussures pendant leur conversation et maintenant qu'il les remettait à l'heure de partir, elle se surprit en les regardant, avoir longtemps espéré cela, cette présence évidente d'une de ses paires de chaussures, des chaussures d'homme dans sa maison, et elle eut de la tendresse pour elle-même.

La lumière semblait attentive à ses mouvements, comme une lumière d'hiver avec un soleil très doux de fin d'après-midi. Vera descendit devant Tadeck tandis qu'il se rechaussait. Au moment de quitter la terrasse, il se retourna une dernière fois, regardant le ciel puis le fauteuil dans la fin de l'après-midi, en silence, ce fauteuil où elle devait s'asseoir tous les jours. Il l'imaginait recevant avec joie le soleil, les yeux fermés, avec toute cette beauté rayonnant de son visage grave et il fut attristé un instant de ce que ni lui ni personne n'était là pour la regarder dans la lumière des saisons.

Elle l'attendait en bas, écoutant son pas timide dans le noir, sans se décider à allumer. Elle aurait souhaité le prendre dans ses bras parce que son corps avait étouffé des années de ne pas le toucher et de ne pas être touché par lui, mais maintenant il était devant elle et Vera n'osait pas s'approcher. Alors, au moment où elle accepta en elle-même qu'il partirait ainsi, sans même que ses doigts n'aient effleuré les siens, il esquissa un geste comme pour la retenir dans la nuit et elle se trouva contre lui. Ils se serraient comme des fous, et les mains de chacun caressaient le visage de l'autre, et les cheveux, leurs yeux, leurs lèvres, et ils s'embrassaient, ils s'embrassaient comme des affamés désespérés et ce n'était pas du désir, c'était bien plus grave et bien plus profond, ils s'embrassaient et se caressaient de leur solitude respective, de cette solitude où les avait conduits leur amour désincarné qu'ils partageaient enfin, ils embrassaient l'enfant qu'ils n'avaient pas eu et les années qu'ils n'avaient pas passées l'un à côté de l'autre, ils caressaient l'espace et le temps qui jamais ne leur seraient rendu, où ne s'userait jamais la profondeur de leur sentiment, et pleins de cet amour impuissant qu'ils n'avaient cessé d'avoir l'un envers l'autre, ils en partageaient enfin la terrible éternité.

Lorsque Tadeck descendit à la réception de son hôtel en fin de matinée le lendemain, il trouva un mot de Vera, écrit de sa main.

Je crois que tout est plein maintenant. Je crois bien qu'entre nos mains nous avions un paradis et nous ne l'avons pas vu, mais cela n'a plus d'importance Tadeck. Je viens de comprendre que cela n'a plus d'importance.
Je te remercie d'être venu. J'ai été si heureuse de te voir. J'ai rejoint hier, à tes côtés, ce pays que j'abrite en moi-même, où toi seul peux me conduire. Il m'est venu, à le visiter ainsi, une effroyable nostalgie et la douceur bienheureuse cependant, d'avoir autrefois séjourné dans un tel pays. Quelle chance nous avons eue, Tadeck, oui, quelle chance nous avons eue d'aimer.
Je ne cesserai jamais d'être à tes côtés.
Vera.

Pour la première fois depuis qu'il était en ville, Tadeck souriait vraiment.

Guita,
La nuit a été chahutée, ouvertement saccadée et active.
Ce livre me bouleverse. Je n'ai jamais senti de façon aussi aiguë l'importance de nos choix et la nécessité de sortir de tout aveuglement. Crois-tu que Vera se leurre lorsqu'elle s'aperçoit à quel point elle aime la solitude ? N'est-ce pas une manière de trouver un sens à n'importe quel prix ? Joselito, Leny et Diego sont éventrés par la vie mais bénis parce qu'ils sont l'instinct. Ils n'ont pas dit oui à la vie, ils sont le oui. Même le non de Diego est une forme de oui. Il se tue par instinct. Toi tu as dit oui, le non de Fred m'est insupportable et je me débats dans un immense peut-être.
Il existe sans doute un certain point dans l'existence où l'on rencontre ce que l'on a cherché à éviter depuis toujours, ce point de détresse absolue où chacun revit ce qu'il a toujours fui. J'ai fui l'abandon, la solitude, la mort et j'ai dû leur faire de nouveau face. Ce n'était pas au sens figuré que je t'ai parlé de mon cœur, l'autre jour. J'ai eu des palpitations insensées. Désormais, il est plus calme. Parce que

> *j'ai pleuré. Je suis encore traversé par des moments de grand découragement et alors je crains de ne pas avoir la force de continuer. Je vois bien que mon noyau est attaqué. J'ai parfois l'impression d'être au bord de la vie et que tout est englouti dans les profondeurs, comme une Atlantide très ancienne. Lorsque les rêves sont morts, notre existence est peut-être dévouée au mystère d'être au monde. Tu me manques.*

Je m'étais réveillé vers midi et depuis une heure déjà, j'écrivais à Guita en prenant mon petit déjeuner. Cela me faisait du bien de passer du temps avec elle.

Le chauffage tournait à plein dans la baraque, mais le froid était tombé. Il y avait encore cette splendeur religieuse de l'hiver, et pourtant quelque chose dans l'air annonçait la puissance païenne du printemps. J'aimais cela. J'avais repéré un crocus au moment où je m'étais embourbé.

J'ai fini ma lettre pour Guita et je n'ai pas pu m'empêcher d'écrire un mot à Georgia.

> *Je ne sais pas quoi te dire sinon que je suis parti pour je ne sais quel pays très loin, et que ce coup de dés est ma moisson de trente-quatre années.*
> *N.*

Quelque chose devait bouger dans ma vie, radicalement. Toute cette soif qui avait été la mienne était en train de se refermer sur moi. J'avais beau sentir ma belle volonté, je n'avais pas la moindre idée de ce à quoi pourrait ressembler une autre vie avec Nortatem comme personnage principal.

C'est alors que j'ai vu le soleil et le reste de café froid au fond de ma tasse, j'ai vu le beurre avec ses traces rouges et noires de confiture d'airelles et de pain grillé, j'ai vu les miettes sur la toile cirée et les brins d'herbe qui tremblaient sous la brise, la trace de stylo bleu marine que j'avais sur le pouce et la cicatrice à l'intérieur de ma paume qui prolongeait ma ligne de vie, j'ai vu la peau de cerf et l'érable à droite de la véranda qui dressait ses branches nues dans le ciel, j'ai vu le bois usé des escaliers et les taches de boue sur mon pantalon et j'ai songé que c'était peut-être à tout cela qu'il fallait dire oui.

Dire oui aux nuages et au verre de vin sous la lune, à l'Indienne et à la couette chaude, à la promenade dans les bois et à l'orage, au motel désert et à l'inondation, aux vaches dans le soleil et à la foule humide du restaurant, dire oui à l'entêtement du crocus sous la neige et à la folie des hamsters dans leur roue de plastique, aux doutes les plus terribles et aux berges des fleuves d'Europe, aux solitudes des bois et aux migraines métalliques des grandes villes, dire oui à l'araignée du soir et aux limaces éventrées, dire oui, inlassablement. Peut-être ces « oui » ouvriraient-ils à une acceptation plus radicale de la vie, peut-être seraient-ils à l'origine d'un miracle plus grand encore me permettant d'accepter la mort de ma mère et de mon père, le suicide de Fred et toutes les peines qui s'étaient accumulées.

Les faits qui sont à l'origine des événements les plus importants de notre vie sont aussi les plus anodins en apparence et nous n'en maîtrisons aucun, ai-je songé. Quelle autre réponse, en conséquence, avons-nous à leur offrir que ce oui ? Et dans mon cas quels étaient ces faits ? La mécanique d'un cœur avait cédé et ma mère était morte d'un coup. Un mousqueton avait lâché et Fred était devenu mon meilleur ami tout en prolongeant à l'intérieur de ma paume ma ligne de vie de plusieurs dizaines d'années. Vingt ans plus tard je ratais le train de 19 h 07 pour Chicago et Guita faisait irruption dans mon existence à la manière d'un cerf-volant supersonique au wagon-restaurant du 21 h 13. La conversation que nous avions entamée ce soir-là se poursuivait deux ans après, et où tout cela nous mènerait-il ? J'avais choisi de déjeuner chez le Chinois de la 42e rue parce que l'Indien était complet le jour où j'avais rencontré Georgia, il y a plus d'un an.

J'ai déchiré les quelques lignes que je venais de lui écrire et pendant un bref moment j'ai atteint, dans le soleil et le froid de l'hiver, l'état bienheureux des girafes, leur indifférence splendide dans les zoos.

J'essayais d'être une girafe lorsqu'une taupe géante à lunettes et robe à fleurs est descendue d'un pick-up bleu devant la baraque. Elle s'est avancée vers moi et m'a souri :

— Je suis la femme du propriétaire. Eddy, mon mari, est venu vous voir, il y a peu. Il m'a dit que vous aviez causé un peu tous les deux. Ce n'est pas facile de le faire parler mon mari.

— Je ne sais pas...

— C'est que vous devez être un silencieux comme lui.

J'ai songé en écoutant le débit de ses phrases que n'importe qui devait sembler un puits de silence à ses côtés.

— Vous voulez un café ? ai-je proposé.

— C'est bien gentil à vous, mais je ne peux pas. C'est le cœur. Il est arythmique mon cœur. Vous avez un bon cœur, vous ?

— Oui, je crois.

Tout à coup j'ai mesuré la profondeur de la question.

— Je viens vous voir parce qu'Eddy m'a dit qu'il vous avait parlé de notre fille qui revient de Chicago. Samedi, nous fêtons son diplôme. Avocate elle est. Je lui avais demandé de vous inviter, mais cet ours a oublié à ce qu'il paraît. Je pensais que cela pourrait vous faire plaisir de voir un peu de monde. Alors vous êtes le bienvenu si vous voulez. On habite sur la petite route à droite après l'Indienne, vous savez, là où il y a des voitures devant. C'est la maison bleue sur la première petite route à droite, vous ne pouvez pas la rater. Samedi à partir de midi. Ça vous ferait du bien.

Elle était restée plantée les mains sur les hanches dans le soleil, en haut des marches de la véranda, pendant tout le temps où elle avait parlé. Je me suis demandé pourquoi certains êtres sont incapables d'imaginer une autre réalité que la leur. C'était même là un des critères qui pouvait séparer l'humanité en deux catégories bien distinctes : ceux qui sont capables de se mettre à la place de l'autre, tout du moins de faire l'effort d'imagination nécessaire pour s'en approcher, et les autres.

Je lui ai dit que je passerais peut-être dans l'après-midi de samedi. Elle a continué de parler encore un moment de son cœur, d'Eddy, de la maison. Je ne faisais pas tellement attention jusqu'à ce qu'elle évoque une légende à propos de la forêt.

— On dit qu'il y a un cerf tout blanc qui y vit. Moi je ne l'ai jamais vu, mais mon mari affirme qu'il a bien cru l'apercevoir un jour, il y a longtemps. Vous savez, à force de rester seul...

Elle a laissé un silence avant de me serrer la main en tapotant mon épaule, comme si elle voulait me dire :

— Ça va aller...

J'ai compris que son cœur était peut-être arythmique mais qu'il y avait de la bonté en lui.

Après son départ, je suis allé poster ma lettre à Guita. Elle ne la recevrait sans doute pas avant dix jours, mais je savais que mes mots étaient en route vers elle, et cela me faisait plaisir.

Les jours qui ont suivi je suis resté tranquille dans la baraque. J'ai beaucoup dormi et marché. Je n'ai presque pas bu de vin et pourtant je continuais de me sentir proche de cet état d'ivresse qui ne m'avait pas quitté depuis mon arrivée.

A plusieurs reprises, j'ai fait de grandes marches dans la forêt. Je suis retourné sous le grand pin et les limaces m'ont semblé moins nombreuses. J'espérais voir le grand cerf blanc. C'était un peu ridicule d'imaginer le voir, de croire même à son existence, mais j'avais cet espoir-là. Le lieu où l'on vit réellement est peut-être celui de notre espérance la plus secrète, ai-je pensé. Quelle avait été celle de ma mère, de mon père, celle de Fred ? Guita espérait sans doute connaître une certaine forme de lumière ou de libération avant sa mort, et le pire, c'est que je croyais sincèrement qu'elle pouvait y arriver.

Je suis resté de longues heures assis sur la véranda à ne rien faire. Je regardais le ciel, la forêt, le chemin, puis le ciel encore. J'étais bien. Je me levais de temps en temps pour fumer une cigarette mais pas tant que ça. J'entretenais le feu. C'était la première fois que je pouvais rester aussi longtemps assis dans le silence, sans but. Progressivement j'ai cessé de regarder l'heure. Du coup, je mangeais seulement lorsque j'avais faim. Ces modifications minuscules m'ont semblé des événements extraordinaires et j'en ai éprouvé un sentiment de liberté inattendu. De même pour le sommeil. Je n'aurais jamais pu imaginer, autrefois, m'endormir avant minuit, et même si Guita me disait

— Mais enfin Nort., nous sommes des organismes vivants, pas des machines, tu n'es pas figé, on ne peut pas dire « moi je suis quelqu'un qui ne s'endort jamais avant minuit », ça n'a pas de sens, parce que ce quelqu'un n'existe que dans ta tête ! j'avais toujours cru que j'étais quelqu'un comme ci et comme ça. Cela me semblait aussi évident que le fait de boire du café ! Justement, j'ai pris un chocolat trois matins de suite ce qui m'a ouvert des perspectives nouvelles. Parce que si ce rituel pouvait être modifié, alors c'est l'ensemble de mon rapport au monde qui était bouleversé. Après les filles, le sexe et l'alcool, c'était la quatrième révélation de mon existence. Du coup, je me suis prêté à des expériences de plus en plus nombreuses. J'ai cessé de boire du vin pendant trois jours et je n'ai pas fumé une après-midi entière. L'idée de moi-même s'en est trouvée modifiée, par petites touches, comme dans *Oui-Oui et la gomme magique* lorsque le petit ours découvre qu'il peut transformer la réalité à sa guise. J'avais toujours adoré le livre, mais je n'en avais jamais compris les raisons profondes. J'ai enfin accédé au sens de *Oui-Oui* et de cette phrase de Heidegger que Fred m'avait si souvent répétée : « L'habitude est ce qui nous déshabitue de l'essentiel. » La réalité dépendait exclusivement du regard que l'on portait sur elle, et la nouvelle appréhension que j'en avais était aussi réelle que la plus réelle motte de terre sous mes pieds.

Je n'avais pas encore pris ma décision quant à la garden-party du samedi. J'étais intéressé à l'idée de revoir des humains en groupe dans le nouvel état d'esprit où je me trouvais, mais en même temps ce jeûne social que je m'étais imposé me convenait.

Je me suis endormi le vendredi soir en me laissant la matinée du lendemain pour décider. Au moment de me coucher, vers onze heures, j'ai fumé une cigarette après l'autre en silence dans le noir. Je repensais à Fred dans ces moments-là et des expressions de son visage me revenaient, avec ses yeux verts et ses poches en dessous. Il disait toujours que la vie des gens se lisait dans ces poches. La sienne y était imprimée, et moi je les aimais ses poches. Il disait aussi que la DS, une voiture française des années cinquante, était la seule voiture qui en avait, des poches sous les yeux. En ce sens, c'était pour lui la seule voiture possible. Il avait décidé d'en acheter une avec l'argent du prix qu'il venait de recevoir pour ses photos du Vermont exposées à Chelsea. Il s'était plaint qu'avec son succès, les gens le croyaient vaniteux et orgueilleux, alors qu'il s'était seulement dégagé d'un certain désir de reconnaissance. Il accueillait les rumeurs désagréables d'un unique commentaire :

— On ne peut pas demander à l'éléphant de voler, parce que ses grandes oreilles ne sont pas des ailes.

J'avais mis plusieurs jours à le prier de m'expliquer ce qu'il entendait par là.

— Tu ne peux pas demander à ceux qui ont une conscience de pachyderme d'avoir une conscience aérienne d'oiseau. L'oiseau sait *aussi* marcher, mais l'éléphant, lui, ne *peut* pas voler. Le normopathe n'a aucune idée de l'existence de l'homme vivant. C'est tout.

Avait-il modifié son comportement vis-à-vis des autres ou ces derniers étaient-ils jaloux ? Parce que, pour moi, Fred était toujours cet homme splendide traversé par la vie et ses contradictions, qui se réveillait tous les jours à midi en regrettant que la plupart des humains accordent leur estime aux lève-tôt, ajoutant dans la foulée, sans aucune logique apparente

— Tu remarqueras que les gens qui tripotent sans cesse leurs doigts manifestent ainsi qu'ils ont un problème de narcissisme défectueux.

Lorsque je lui demandais le lien entre la première et la deuxième partie de sa phrase, il me répondait :

— Mais ce sont les mêmes Nort., c'est évident !

C'était mon Fred qui m'avait dit, à douze ans, que les femmes n'avaient pas besoin de faire la guerre parce qu'elles respiraient l'odeur du sang tous les mois. Rétrospectivement, j'ai songé qu'il en savait déjà assez sur le monde à l'adolescence pour avoir envie de courtiser les étoiles. Je crois que la bêtise était ce qu'il détestait par-dessus tout. Lorsqu'un été à Long Island, un couple de chasseurs avait abattu devant lui un daim sauvage, je l'avais vu sombrer dans une tristesse égale à la joie que nous avions mise à tenter d'apprivoiser l'animal dans le jardin de la maison, les trois jours qui avaient précédé le coup de fusil.

— Ils ont tué le daim, Nort. De cet acte-ci plus que d'aucun autre, il leur faudra rendre compte.

Je ne savais pas s'il parlait des hommes en général, ou du couple en particulier, mais le rêve qu'il avait fait la nuit suivante avait aggravé sa tristesse.

— Nort., j'ai eu la vision d'un monde sombre dont toute forme de sacré avait disparu parce que Dieu n'avait pas pardonné aux hommes à l'heure du Jugement. C'était une ville immense, en ruine, à la manière d'une cité troglodyte, avec des corbeaux noirs partout. Mais ce n'était pas les corbeaux merveilleux que nous avons vus en prenant le *datura metel* hallucinogène, non, ils étaient lugubres et méchants. Et il y avait des labyrinthes partout. Nous étions tous sans âme et sans lumière, c'était affreux.

C'était si loin de cette vallée radieuse qu'il avait vue autrefois dans un rêve le marquant pour des années. Il me parlait souvent de ce paysage qu'il avait découvert à l'issue de l'ascension d'une montagne au regard de laquelle l'Everest lui-même semblait un « misérable talus, ou une collinette », affirmait-il. C'est en vain qu'il l'avait cherchée ici-bas.

Il faudra désormais essayer de trouver les petits Himalayas qui se cachent à l'intérieur de chacun d'entre nous, ai-je pensé.

Pour la première fois cette nuit-là, j'ai fait un rêve extraordinaire. Je voyais un homme aux manières de maître à qui je devais dire la phrase me permettant d'accéder à l'immortalité.

— Le secret de la vie peut renverser la mère, affirmais-je.

— Mais non ! C'est fini la mère, du balais, ouste, ce n'est pas ça, répondait le maître.

J'ajoutais, alors, hésitant :

— Le secret de la vie peut renverser la mort.

Je pouvais continuer la route. Malheureusement, je me suis réveillé avec la désagréable sensation de tourner à toute vitesse dans mon corps immobile. J'avais déjà vécu ce genre d'épisode et Fred m'avait supplié de n'en parler à aucun médecin.

— C'est foutu, ils te mettront sous médicaments Nort., c'est évident, et après, terminé ! tu ne sens plus rien, tu n'éprouves plus rien, tu ne risques plus rien, tu es coupé de ton informateur et ami numéro 1, le corps ! Là, au contraire, cette minirévolution témoigne d'une activité de crise salutaire dans ton cerveau, d'une évolution incarnée puisque s'inscrivant jusque dans la chair moelleuse de tes hémisphères, c'est splendide, quelle chance tu as d'éprouver des choses pareilles, tu ne te rends pas compte, tu es en train de te modifier, de muter, oui !

Après plusieurs de ces crises, j'avais fini par en parler à un médecin qui m'avait prescrit de forts tranquillisants. Ma confiance en Fred et mon amitié pour lui étaient trop grandes pour ne pas jeter le tout à la poubelle.

J'ai pris ma tête entre mes mains et je me suis assis dans le lit en faisant attention à me mouvoir le plus doucement possible comme l'habitude me l'avait appris. J'avais remarqué qu'en changeant lentement de position, le mouvement infernal à l'intérieur de moi s'apaisait. J'ai attendu un bon moment les yeux fermés. Mais le clair de lune était si fort que je me suis levé pour regarder cette lumière de nuit. Il n'y avait pas un souffle de vent. Je me suis approché de la fenêtre pour l'ouvrir, alors l'arbre qui était en face de moi s'est mis à remuer quelques-unes de ses branches, à la façon de très longs bras qu'il aurait agités. Comme les bois d'un cerf. Je me suis surpris à lui dire bonsoir, et je suis parti me recoucher en me sentant ridicule.

Lorsque j'ai ouvert les yeux au petit matin, un événement apparemment anodin m'a semblé considérable : Voir. Tous les matins ouvrir les yeux et vivre l'irruption volcanique de la réalité débouchant de la nuit, m'est apparu pour la première fois comme une expérience d'une densité exceptionnelle. Après cette nuit, je ne pouvais plus hésiter concernant la garden-party. En début d'après-midi, j'ai mis deux bouteilles de vin rouge sur le siège arrière de la Mercedes, et je suis parti chez les humains. Juste avant, je suis passé en ville pour envoyer un message à Guita où j'ai seulement écrit ce mot : *Oui.* C'était à elle qu'il revenait. Je ne savais pas ce que je voulais lui dire par là mais c'était une façon plus globale de dire oui, je veux bien, oui, avec la vie.

En sortant de l'Internet great café, je me suis acheté un grand cahier, une paire de chaussures où il y avait gravé, sous la semelle, *walking like an Indian* et pendant quelques minutes l'existence m'a semblé totalement satisfaisante.

Je ne m'étais pas retrouvé dans ce genre de fête depuis des mois et d'ailleurs, de toute ma vie, je n'avais jamais été invité chez les propriétaires d'une scierie pour célébrer le diplôme d'avocate de leur fille.

J'ai trouvé la maison bleue sans difficulté. Il y

avait déjà beaucoup de voitures garées et j'ai eu envie de rebrousser chemin. Je me suis dit qu'il fallait dépasser ce mélange d'appréhension et d'ennui qui venait de s'installer en moi, et je suis entré dans la première pièce où je n'ai trouvé personne. Puis j'ai découvert un salon dont les baies vitrées donnaient sur un joli jardin. Il était rempli de gens. Une jeune femme est venue vers moi m'accueillir. Elle avait avec un corps de garçonne, les cheveux courts, des mains très fines et dans la bouche déjà de nombreux malheurs.

— Je suis Laura, et vous qui êtes-vous ?

— Je suis Nort., je loue une maison pas très loin d'ici, à Eddy.

— Ah, oui mon père m'a parlé de vous.

Je ne sais pas pourquoi mais j'avais du mal à croire que cette fille si jeune avec toute cette tristesse dans la bouche et son regard si vif pût être à la fois avocate et la fille d'Eddy.

— Félicitations pour votre diplôme !

— Je vous remercie mais c'est ma sœur qui vient d'être diplômée. Je vais prévenir mon père que vous êtes ici. Posez votre manteau, je vais vous donner un verre.

Elle n'arrêtait pas de sourire, c'était presque gênant. Ses dents s'enchevêtraient dans un tel désordre que l'on avait envie de les ranger avant de continuer à parler. Mais je n'en ai rien fait.

J'ai déposé mes deux bouteilles de vin sur un coin de table et j'ai enlevé mon manteau. Alors, tout au fond du jardin, j'ai repéré l'Indienne qui me regardait de ses yeux fixes. J'ai repensé à ses seins et ils m'ont soudain fait l'effet de deux petits astres qui illuminaient son torse dans la nuit. Je me suis trouvé heureux. Eddy s'est approché de moi avec sa femme, aussi à fleurs que lorsque je l'avais rencontrée, et il m'a tendu un verre de whisky. Je l'ai remercié et il m'a dit qu'il souhaitait me présenter sa fille.

— Je viens de rencontrer Laura, lui ai-je dit.

— Ah oui, non ce n'est pas elle que je voudrais vous présenter, c'est l'autre.

Cette phrase m'a fait de la peine et j'ai prétexté un besoin urgent d'aller aux toilettes pour disparaître. Il m'a indiqué la direction et avant de m'engouffrer dans le couloir, j'ai jeté un bref coup d'œil à l'Indienne qui me fixait toujours, en souriant.

Je suis sorti au bout d'un moment en veillant à contourner le point central de cette réunion autour duquel s'étaient rassemblés, avec une certaine excitation, la plupart des humains conviés ce samedi-là. J'avais repéré la fille avocate, le portrait craché de sa mère, qui paraissait aussi nigaude et épaisse que sa sœur avait l'air grave et fin. J'ai dépassé une brochette de vieux mâles dont les appareils auditifs semblaient des coquillages égarés derrière leurs oreilles marines. Ils m'ont eu l'air plus docile que les caïmans femelles fossilisés le long des fenêtres.

J'ai rejoint l'Indienne avec un verre de whisky que je lui ai offert en souriant. Elle avait le regard vif et dégustait une assiette de rollmops en buvant du schnaps. Elle n'a pas refusé mon whisky et l'a versé dans son assiette.

Je n'ai rien dit. J'ai attrapé un tabouret et je me suis assis à côté d'elle face à la foule.

— On t'a pris beaucoup et tu as continué de chercher et de croire. On te donnera beaucoup à l'avenir et continueras-tu de chercher ? Celui qui s'arrête de chercher parce qu'il a beaucoup reçu, celui-là n'a rien compris à la quête, car c'est la quête qui est la récompense suprême. Enfant, il y a très longtemps, on t'a pris beaucoup, et beaucoup aussi depuis. Un cycle s'achève et maintenant apprends à voir avec tes oreilles, ta peau et ton nez. Apprends à rentrer en toi pour être seul au milieu des autres.

Je l'ai regardée interloqué et elle est de nouveau partie de cet éclat de rire qu'elle avait eu au volant de la Mercedes quand je m'étais embourbé, et en projetant ses seins dans les airs après que nous avions fait l'amour. Je ne connaissais rien de ce rire, je ne comprenais même pas d'où il pouvait venir, quel genre d'individu pouvait abriter un tel rire en lui, mais je l'aimais. Il portait une liberté que je n'avais jamais rencontrée, il supposait une telle conscience du monde et un tel détachement de soi-même qui ne se pouvait attribuer à la seule quantité d'alcool que la vieille femme ingurgitait chaque jour. Certes, l'Indienne buvait. Cela se remarquait non pas tant à son physique qu'en raison des quantités impressionnantes de whisky qui disparaissaient dans son gosier en l'espace d'un quart d'heure. C'était la deuxième fois de ma vie que je la voyais et j'appréhendais seulement aujourd'hui son caractère exceptionnel. Il y avait quelque chose de particulier en elle, mais je n'aurais su dire quoi, comme si la somme des événements et des choix qui avaient constitué son identité – ce que l'on aurait été en droit d'appeler sa vie si cela avait eu un sens la concernant, et justement, cela n'en avait plus aucun – se fût dissous au profit d'une autre façon de vivre, une force d'être indifférente au regard d'autrui et au sien propre. Même en l'observant attentivement, j'avais l'impression qu'elle me restait insaisissable. Je ne pouvais pas m'arrêter avec précision sur une spécificité physique ou l'expression d'un trait de son caractère. Ce qui était si étonnant avec l'Indienne, c'est que sa présence même empêchait que l'on pût en penser quoi que ce soit. A la regarder, on comprenait qu'elle n'avait rien à perdre et paradoxalement, elle semblait ne plus manquer de rien. Comme si elle s'était laissé éroder par la vie au point d'être devenue la vie même. Je me suis demandé quel événement avait pu conduire cette femme à une telle densité d'être, mais je n'ai pas osé le lui demander. Je n'avais pas pu échapper aux présentations grassouillettes avec la taupe à fleurs version fille. J'étais le monsieur qui habitait New York et, contre toute attente, cela leur plaisait. J'ai été déçu de m'apercevoir que l'Indienne était partie lorsque j'ai voulu la retrouver. Au bout d'une heure ou deux, j'ai choisi de boire délibérément et je suis revenu ivre mort à la baraque après avoir parlé des heures à Laura. En arrivant, j'ai remarqué qu'il y avait sept étoiles à la Grande Ourse et cela m'a paru extraordinaire, puis je me suis aperçu que j'avais oublié mon manteau de daim mais je n'ai pas eu le courage de retourner le chercher. J'avais été en contact avec un nombre d'humains beaucoup trop important et après tant de jours de jeûne, j'éprouvais presque, au moment de me coucher, une sorte de nausée. A moins que l'alcool n'y fût pour quelque chose. J'ai essayé de lire en attendant d'aller mieux.

Chapitre cinq, 52 ans

En arrivant dans le village, Yazuki s'arrêta devant la première cabane qu'il vit. Il se posta face à la porte et, à voix haute, demanda s'il y avait quelqu'un pour lui indiquer son chemin. Un paysan apparut derrière un buffle.

— La maison du cerf ? questionna Yazuki.

L'homme le regarda un moment et lui signala une route au pied de la montagne derrière les bambous. Il lui faudrait encore une demi-heure de marche. Du moins est-ce ce qu'il crut comprendre. Il choisit de s'asseoir un moment sous l'ombre d'un cerisier en fleur avant de continuer son chemin et sortit une gourde de sa poche. Il respira le parfum de l'arbre et se surprit à murmurer ces quelques vers qu'il avait écrits autrefois.

Ma mère

Il est cet enchantement, ma mère
Des cerises en votre jardin
Et vivant, mais point encore amer
Le rêve que je fis de boire à votre sein

J'ai vu le chagrin des hommes vaincus par le soir
J'ai vécu la tristesse définitive
La peine qui se déploie dans le noir
Je ne sais que le silence pour la dire
Ma mère,
Je ne sais que le silence pour la dire.

Ce poème, Travis l'avait si souvent évoqué après que les deux hommes s'étaient rencontrés. Ce n'était pas tant ces vers-là qui l'avaient bouleversé, mais que Yazuki ait pu les écrire *après* la guerre ; que l'auteur de *Soldats* ait eu le *désir* même de composer *Ma mère*, cela ne cessait de l'émerveiller. Travis avait toujours admiré la foi de Yazuki, son amour de la vie qui l'avait tenu, lui Travis, saison après saison, à la crête de lui-même.

Il avait rencontré Yazuki, alors que la guerre s'achevait au Japon. Le suicide de son frère trois ans auparavant, et les mois d'errance qui s'en étaient suivis avaient brûlé le peu de sensibilité qu'il manifestait, et les poèmes de Yazuki lui auraient échappé s'il n'avait rencontré leur auteur et partagé avec lui cette distance vis-à-vis des êtres et des choses. Une distance doublée, chez Yazuki, d'une tendresse éperdue. Ce paradoxe, Travis ne le comprenait pas. Que son ami pût être aussi détaché du monde et sensible à lui, il n'en saisissait pas l'invisible rouage mais il s'était laissé aller, lui aussi, à cette tendresse que le poète savait prodiguer. Il n'avait jamais su ce que son ami avait vécu de la guerre, s'il avait combattu ou non, mais il avait compris qu'elle l'avait conduit à ce mélange de force et d'anéantissement qui émanait de lui.

Yazuki était de vingt ans son aîné. Séparés par les ans, les deux hommes s'étaient trouvés liés par le cœur et plus proches l'un de l'autre qu'aucun de leur contemporain.

Ils s'étaient rencontrés dans l'un des clubs de la petite ville portuaire où Yazuki avait grandi, dans le sud du pays. Sa tante tenait l'établissement depuis plus de trente ans. La vieille femme tolérait avec la même bienveillance ces deux habitués : son neveu aux yeux malades mais vifs aussi bien que cet Américain d'une politesse extrême, quasi orientale, qui avait le mérite de connaître leur langue. A la mort de son frère, Travis avait quitté sa terre pour un long périple en Asie où il avait fini par se fixer, là, à quelques mètres du port.

Le club, installé dans un ancien temple, se composait d'un bar au rez-de-chaussée que surplombait un balcon où les clients pouvaient, s'ils le désiraient, retrouver quelques filles. Les chambres étaient peu nombreuses et parfois Travis ou Yazuki, trop ivre pour s'en retourner jusqu'à sa propre maison, y dormait seul ou accompagné de la dernière fille libre.

La première fois qu'il l'avait vu, Travis avait été frappé par la dignité et la noblesse qui se dégageaient du poète. De son côté, Yazuki s'était soumis au plaisir immédiat qu'offraient la beauté et la jeunesse de Travis. En entrant, il l'avait remarqué debout qui fumait, une jambe pliée contre le mur, une mèche de cheveu tombant sur ses yeux clairs tandis qu'il sirotait un verre d'alcool blanc. La position de son corps, la sensualité de ses gestes, l'intelligence de son regard avaient touché Yazuki.

Ils s'étaient fréquentés sans parler, essayant d'oublier leurs drames, buvant seul, chacun pour soi, fuyant la compagnie d'autrui qui accentuait davantage leur solitude qu'elle ne l'atténuait. Puis, avec le temps, ils s'étaient abandonnés au plaisir de leur présence, et un soir qu'ils étaient ivres morts au club, Yazuki s'était approché de Travis pour lui parler.

— Peut-être sommes-nous de très vieilles âmes vous et moi, peut-être nous connaissions-nous en d'autres temps ! Vous avez l'air préoccupé, puis-je faire quelque chose pour vous ?

— Je ne voudrais pas ajouter mes soucis aux vôtres, avait répondu Travis.

Et Yazuki avait été surpris de l'entendre s'exprimer dans sa langue maternelle et d'une façon aussi élégante. La capacité à boire de Travis était aussi démoniaque que celle de Yazuki et l'alcoolisme des deux hommes les conduisait dans des ailleurs lointains. Là-bas, ils se retrouvaient. Ils prêtaient peu d'attention aux allées et venues du club, s'asseyant à la même table où ils buvaient ou jouaient aux cartes. Il arrivait même qu'ils se taisent pendant toute une soirée.

Ensemble, ils développaient cette volonté de ne pas se souvenir. Ni de la guerre pour l'un, ni du malheur pour l'autre. Ils essayaient d'oublier. Ils se forçaient à vivre au jour le jour, se retenant au-dessus du gouffre, y aspirant parfois, mais refusant d'y succomber par respect envers cette amitié qui leur tenait lieu de société. De mois en mois, ils avaient accepté la défaite puis le renoncement, jusqu'à atteindre cette forme d'équilibre où ils avaient acquis une intuition commune de la vie. Ils avaient atteint cette certitude que le bonheur relevait d'une espèce dont ils ne feraient plus jamais partie. Yazuki venait d'avoir cinquante-deux ans, Travis trente-deux, et malgré leur différence d'âge, ensemble, ils partageaient cette même conscience de la perte et du deuil.

— Penser n'est pas notre vraie nature, Travis...

Mais Yazuki disparaissait des jours entiers pour écrire dans l'une des pièces sombres du patio derrière le club, et tous ses mots témoignaient de sa foi en l'homme. Au fur et à mesure que son livre avançait, il redressait ce qu'il y avait d'invisible et de puissant en lui, tandis que Travis s'enfonçait dans un embrasement d'alcool.

Au début du printemps, la cousine de Yazuki fut de retour en ville. Après quatre ans d'absence, elle revenait vivre près de sa mère pour l'aider à tenir le club. La première fois que Travis vit Liu, elle était assise sur une chaise en bois au milieu de la cour intérieure à l'arrière du club, se tenant protégée du soleil derrière les fleurs d'un cerisier. Elle s'était levée, pour le saluer poliment. Il y avait en elle une forme de pureté qui l'avait frappé. Quelque chose d'ancestral et de bon, dont il avait perdu jusqu'au souvenir.

— Regardez, avait-elle dit, les premiers papillons du printemps.

Il avait été heureux de la retrouver au club. Liu avait vingt-huit ans, deux tresses vigoureuses et un sourire désordonné. Travis l'avait raccompagnée chez elle le premier soir. Elle habitait près de sa mère, une petite maison dans le quartier du bazar où il était resté longtemps à la regarder dormir, observant ses yeux bridés comme deux sexes de fillette.

Presque naturellement, il s'était rapproché d'elle et Yazuki avait observé avec joie, chez son ami, les premiers signes de l'amour. Plus encore, il admirait avec quelle rapidité la vie avait d'un seul coup resurgit en Travis. Proches par leur âge, les deux jeunes gens s'étaient trouvé des plaisirs communs, et si Yazuki les accompagnait parfois à un pique-nique, il ne les suivait pas sur le bac pour traverser le fleuve et rejoindre la grande forêt des bananiers. On y faisait l'amour dans la nuit.

Les choses s'étaient passées très vite. Quelque temps après qu'il eut rencontré Liu, Travis était venu vivre chez elle. Yazuki s'était étonné que cette « histoire sensuelle » – c'est ainsi qu'il la nommait – pût supposer de tels rapprochements. Mais il n'en avait rien dit sur l'instant et, un peu plus tard, Travis s'étant déclaré, Yazuki avait pu observer, fasciné, la façon dont son ami avait construit jour après jour le mensonge qui allait lui permettre d'échapper à lui-même, comme si la vie ne l'eût jamais pétri de ses grandes mains de souffrance et ne le pétrirait plus jamais. Il avait assisté à l'échafaudage de cet artifice, et c'est en vain qu'il avait essayé d'avertir Travis. Plus les semaines passaient, plus Travis s'éloignait de lui et Yazuki ne pouvait que s'attrister des litres de saké toujours plus nombreux qui leur étaient nécessaires pour se retrouver.

Un jour qu'ils étaient au club, Liu avait fait remarquer la vulgarité d'un officier buvant de l'alcool de riz dans l'un de ces petits verres qui dissimulent en leur fond une rêverie érotique. L'homme approchait un lorgnon de son œil pour mieux distinguer l'image salace, puis avalait l'alcool d'un coup sec et léchait le fond du verre de sa langue comme si l'image eut été le sexe de la fille elle-même.

Yazuki le jugeait tranquillement. Il ne ressentait vis-à-vis de l'homme aucune émotion, tandis que Travis s'était mis à éructer.

— La colère comme la révolte la plus intense sont égales à la soumission la plus grande, affirma Yazuki. Tant que tu es en colère, tu es soumis. Il faut se libérer de la colère. Un jour, tu comprendras d'où provient la colère, alors tu cesseras de l'être, puis tu sauras feindre la colère en cas de nécessité, et alors tu en seras libéré. La révolte est un excès d'orgueil, je crois à l'action silencieuse, à l'intention déterminée, je crois à la paix.

— La paix n'existe pas, c'est un intervalle entre deux guerres. L'homme n'atteindra jamais à ce point d'équilibre, coupa Travis.

— Je ne sais pas. Peut-être qu'en perdant tous ses rêves ou en les accomplissant, ce qui est égal, il peut atteindre à la paix.

— Quelle abomination, comment peux-tu dire des choses aussi abominables ! s'exclama Liu. Perdre ses rêves ou les accomplir, cela ne *peut* pas être pareil.

— Hélas si...

Mais Travis le coupa de nouveau.

— Ton cousin fait son vieux sage... C'est assez pénible. Liu, tu reprends une bière ?

Pour la première fois, Yazuki avait senti quelque chose se déchirer. Ce n'était pas qu'ils ne s'aimaient plus. Au contraire. Mais un mensonge s'était glissé entre eux. Ou plutôt, c'est une moitié de vérité qui leur manquait.

Au début de leur relation, ils dînaient tous les trois dans la petite maison de Liu. Ils s'installaient sur la véranda, presque dans la rue, et partageaient une soupe. Yazuki aimait ces heures paisibles avec le bruit de la pluie, et les odeurs de la rue qui s'évanouissaient dans le soir. Parfois ils allaient fumer en marchant jusqu'à la boutique de cerfs-volants, à l'angle du boulevard. Puis ils revenaient boire un dernier verre assis sur les marches de la véranda, les pieds dans l'eau. Yazuki s'en retournait chez lui, un peu ivre, un peu heureux et travaillait jusqu'à l'aube. La joie qu'il retirait de ces soirées simples suivies de ces longues nuits d'éveil, était rigoureuse et nue.

En observant Travis et Liu, Yazuki avait compris, puis admis, qu'il avait toujours désiré épouser quelque chose de plus grand qu'une femme. C'était une vérité difficile parce qu'il savait à quelle solitude et à quel silence elle le renvoyait. Il ne souffrait plus d'être incompris par le peu d'êtres qu'il fréquentait, par Liu ou même Travis. Il s'était toujours senti loin de ceux dont il avait été proche, et proche de ceux qui étaient loin de lui, à l'exception de Travis peut-être dont il avait effleuré « l'âme ». C'est le seul mot qu'il trouvait pour qualifier leur lien. Mais leurs rencontres s'étaient espacées et il était revenu à la seule intimité qui fût à sa portée, l'écriture.

Pour la première fois depuis la fin de la guerre, il avait songé à quitter le port et à se retirer plus au sud, dans les montagnes, loin de la ville, dans cette petite maison dite « du cerf » que son grand-père avait achetée autrefois pour y mourir. Il n'y était jamais allé. Il en avait seulement entendu parler au moment où l'homme était mort, lorsqu'il la lui avait cédée sans raison apparente. On la disait hantée par le fantôme du vieux. Yazuki se sentait assez fort pour vivre loin des hommes, en même temps qu'il éprouvait la faiblesse de ce choix. Depuis quelque temps, il avait décidé de traduire le *Livre* 7 qui lui avait enseigné une autre appréhension du monde. Il lui avait appris à regarder les êtres à la façon d'idéogrammes en mouvement comme s'ils étaient la manifestation vivante d'une langue inconnue dont il espérait saisir l'alphabet originel. Il avait achevé la lecture du *Livre* 7 au moment où Liu était revenue en ville et il s'était senti traversé par la lumière du livre. Il souhaitait la retransmettre dans sa langue et il devinait la nature du silence nécessaire à cette ambition.

Alors qu'ils ne se voyaient plus que de loin en loin, Travis demanda un jour à Yazuki de le retrouver au club en fin d'après-midi. Le matin même, il avait découvert, cachés dans un placard de la cuisine, une paire de petits chaussons en velours grenat, cernés d'un liseré blanc. Il s'était assis sur une chaise pour mieux les regarder et tâcher de comprendre la signification de leur présence dans sa vie, mais il n'y arrivait pas. L'idée d'un enfant lui était si étrangère qu'il restait abasourdi devant ces petits chaussons et il se sentait perdu. Que lui, Travis, pût assister impuissant à ces heures où l'enfant découvrirait l'abîme et le mensonge, il ne pouvait l'envisager. Il savait qu'il n'aurait pas de réponse, ni de consolation, et la douceur de son sourire resterait à jamais insuffisante, comme le seraient tous les réconforts que l'enfant ne manquerait pas d'inventer avant de sombrer dans le silence des « tristesses définitives ».

Les feuilles des bananiers étaient d'un vert translucide dans le soleil. Travis avait aperçu son ami qui l'attendait assis à la terrasse du club, le regard fixé sur une échoppe dans la rue. Il éprouvait du plaisir à le surprendre ainsi comme autrefois, car il en saisissait un visage que seule la solitude autorisait. Lorsque son ami était seul, il rayonnait d'une lumière verticale et nue, et Travis comprenait que ce n'était pas un homme qui était là devant lui mais le verbe et la chair.

— Je crois que Liu est enceinte, dit-il, après s'être assis. J'ai trouvé une paire de petits chaussons ce matin dans un placard de la cuisine.

Yazuki eut la sensation précise d'une avalanche dans sa poitrine, quelque chose de terrible et de doux à la fois. Il savait qu'il ne pourrait pas suivre le mensonge de Travis jusque-là, jusqu'à la naissance d'un enfant. Au-delà de la tristesse qu'il en éprouvait, il se sentait soudain épuisé par l'espèce. Par le désordre et l'inconscience avec lesquels elle se perpétuait. Comme si rien ni personne ne pourrait jamais arrêter ce torrent de faiblesses et de quiproquos qui engendraient, avec impénitence, des générations d'enfants toujours issus des mêmes leurres.

— Une paire de petits chaussons, c'est tout ? demanda-t-il après un moment.

— Oui.

— Mais elle ne t'a rien dit ?

— Non, mais je crois que je n'aurais pas la force... Il faut tellement d'amour pour supporter la vie...

De nouveau Yazuki sentit l'avalanche, l'épuisement.

— Travis, tu ne crois pas ce que tu dis.

— Sans doute oui...

Travis reconnut cette lenteur dans le jugement, cette qualité de présence, ce calme sans avenir qui l'apaisaient toujours. Yazuki, lui, ne trouvait pas les mots justes et il ne savait plus quoi dire pour aider Travis.

— La vérité interdit l'opinion, et pour l'instant tu ne sais rien de cette histoire de petits chaussons, alors gardons-nous d'avoir une opinion.

— Je sens de la peur chez Liu.

— C'est inévitable.

— Pourquoi ?

— Liu a peur parce que tu es assez blessé pour la quitter du jour au lendemain. Elle sait que ta solitude, ta faiblesse et ta mélancolie sont aussi tes forces. Tu ne peux plus être détruit. Elle oui. Liu est suffisamment intelligente pour savoir que toute la souffrance que tu portes, elle devra la traverser elle aussi.

En même temps qu'il parlait, il ne pensait pas exactement ce qu'il disait et se sentait honteux de s'écarter de sa loi. Mais depuis que Travis avait omis une part de sa vérité, que ce manque s'était installé entre eux, Yazuki n'arrivait plus à lui parler *naturellement*.

— Je vais te raconter une histoire de jiu-jitsu. Un élève demande à son *sense* (celui est qui est né avant) : « Quel est le bon mouvement ? — C'est mieux si vous faites celui-ci », dit le *sense*. L'élève ne modifie pas son mouvement. « Pourquoi continuez-vous ainsi ? » interroge le *sense*. « Vous ne m'avez pas dit que mon choix était mauvais », répond l'élève. « Pourquoi m'*obligez*-vous à vous *obliger* ? » demande le *sense*. La majorité des relations humaines se jouent sur ce mode-là, au lieu de *libérer* l'autre, on l'*oblige.*

Puis il avait ajouté :

— Je crois qu'il ne faut jamais essayer d'être plus grand qu'un autre, seulement plus grand que soi-même.

Yazuki se souvenait aujourd'hui avec quelle honnêteté Travis avait essayé de lui parler ce soir-là.

— J'ai la sensation qu'une maison m'attend quelque part. Je suis sûr qu'il y a un chien là-bas, quand bien même je n'aurais sans doute jamais la légèreté de jouer avec un chien... Les miens m'attendent et je suis retenu ici sur un malentendu. J'ai l'impression pénible que cette vie-ci n'est pas la mienne.

— Le sage a raison lorsqu'il affirme que « nous sommes enfoncés dans l'eau jusqu'au cou et nous en réclamons encore à grands cris ». Tout est là, Travis.

— Mais je ne suis plus sûr d'avoir quoi que ce soit en commun avec Liu. A part toi. Elle est si jeune. Elle n'a que vingt-huit ans.

— Ce n'est pas affaire d'âge. Nous n'avons jamais été aussi jeunes qu'elle, même lorsque nous étions enfants.

Ils avaient bu ensemble des litres de saké et c'est seulement en rentrant dans la nuit que

Yazuki avait pris sa décision de ne plus revoir Travis. De l'abandonner à ses gouffres. Parce qu'il le perdait et qu'il n'avait pas d'autre façon de l'aimer. L'abandonner, à cet instant de sa vie, c'était lui offrir la chance unique de grandir, de connaître ce miracle difficile mais heureux de se tenir debout, seul.

Lorsque le club avait fermé ses portes, ils avaient marché l'un près de l'autre jusqu'au fleuve. Depuis, ils ne s'étaient jamais revus.

Lorsque le vent s'était levé, Yazuki avait quitté le cerisier pour se remettre en route et voilà qu'il venait de déboucher sur un immense plateau. Tout était devenu calme et vigoureux en lui. C'était comme s'il mourait enfin, ou plutôt non, comme si l'être qu'il avait toujours eu inconsciemment l'ambition d'incarner s'était trouvé réduit à une image désuète, quelque poussière qu'un souffle léger aurait emportée d'un coup. Il ne s'expliquait pas très bien lui-même la façon dont elle avait pu à la fois tenir tant d'années et disparaître aussi vite. Une réconciliation avait lieu dans tout son être. Il avait atteint ce point de non-retour où il ne se sentait plus aucune dette vis-à-vis de l'existence. Il s'était acquitté de son effort de vivre. « Correct », c'est le seul mot qui lui venait à l'esprit.

Maintenant, il était seul, debout sur le plateau devant la maison du cerf qui dominait la montagne et il riait, au milieu des bambous. Longtemps il avait cru être trop vivant pour se résoudre à un choix définitif. Il s'était senti obligé de se livrer tout entier à la vie, d'y user tous ses trésors, l'empêchant de choisir cette heure splendide de la résignation. Or, il comprenait qu'il n'avait jamais été aussi vivant qu'en cet instant où, nu, il avait tout abandonné du monde. Il n'y aurait pas de consolation, jamais, mais il y avait l'amour. Et penché en lui-même vers Travis, il le baignait de cet amour. L'or est au-dedans de nous songeait-il, et nous sommes les mineurs de notre propre terre, forant dans nos entrailles de jaspe. Il éprouvait dans le silence une félicité dont les mots n'étaient plus que les arrière-petits-enfants turbulents. Tout est là, murmura-t-il, oui tout est là.

Le soleil projetait par-dessus l'artifice des hommes, sa lumière affranchie et rouge, et il regardait le ciel en respirant. Il buvait la lumière et se désaltérait de la beauté des nuages, il se laissait dévorer par la puissance des montagnes. Il se sentait léger, comme le printemps qui ne fleurit pas seulement dans les arbres. Bientôt, sans doute, cesserait-il même d'écrire.

La lecture m'avait fait dessaouler. Je suis resté un moment à réfléchir dans le noir et j'ai eu envie de faire l'amour à Guita. A moitié endormi je l'ai imaginée nue à la lisière de la forêt et bien sûr nous n'aurions pas eu froid parce qu'il ne fait jamais froid dans mes rêveries, il n'y a ni fourmis ni feuilles qui piquent. Je caressais d'un doigt patient les constellations de ses grains de beauté, la Grande Ourse à l'orée de ses seins, sept étoiles, oui, Orion à l'intérieur de son poignet, là où son bras devenait si fragile et...

Peut-être que tous les grains de beauté sur tous les corps du monde passés et à venir forment un dessin identique à celui de toutes les constellations qui peuplent les galaxies ? Ce n'était pas une hypothèse si extravagante.

Je vais m'aventurer loin dans les profondeurs de l'être, ai-je songé. Je venais de sauter dans un étang, mais, curieusement, je respirais à l'air libre. J'observais mon propre cadavre allongé sur un ponton. J'essayais d'en saisir le visage, souhaitant garder une trace de ce que j'avais été *avant*, mais la chair se décomposait. Je comprenais qu'il n'y avait rien à garder, que tout cela ne me serait d'aucune utilité maintenant que j'étais mort. Car j'étais mort oui, mais je me sentais pourtant bien vivant, l'esprit vif, et heureux de découvrir ce nouvel état de liberté.

En me réveillant le lendemain, je me suis souvenu de ce que m'avait dit Fred quelques jours avant de mourir

— Je bois pour murmurer des mots d'amour, et tout n'est qu'un rêve, Nort., et nos rêves sont réels.

Alors le rêve m'est revenu. Quelque chose en moi était mort ou en train de mourir. Je devais en finir avec ce Nort. despotique qui, par sa souffrance, avait tyrannisé les trente-quatre premières années de mon existence, mais je devais aussi avoir de la tendresse pour lui. J'avais lu dans un livre cette phrase qui m'était enfin compréhensible : « Le papillon n'éprouve aucun dégoût pour la chenille qui l'a engendré. » Il était temps pour moi de faire le papillon qui aime sa chenille.

J'ai mesuré à quel point la mort de Fred m'avait poussé dans la vie, et combien les existences de tous ceux que nous aimons sont enracinées dans les nôtres, à la manière des dents d'un écrou. Fred s'était suicidé à ma place, et s'il ne l'avait pas fait cet hiver, sans doute l'aurais-je fait l'hiver prochain. Ce n'était pas seulement dans ma paume qu'il avait prolongé ma vie. Cela m'a donné envie de pleurer une nouvelle fois et j'ai mentalement rajouté la lucidité sur la liste de mes qualités. Peut-être n'y avait-il pas de hasard ? Par manque de vigilance et de rigueur, nous étions inattentifs à tout ce qui « s'écrivait » dans nos vies. Peut-être était-ce cela que nous devions améliorer : notre vigilance et la qualité de notre regard.

Il y avait aussi cette phrase que Guita citait souvent : « Les éveillés sont comme des étoiles dans un ciel obscur. » Et si elle avait raison ?

J'ai essayé de me souvenir des exercices que Georgia pratiquait pour augmenter sa conscience en me disant que je pourrais profiter de mon séjour dans le Vermont pour m'entraîner. Je me rappelais qu'il fallait apprendre à respirer consciemment, à sensibiliser ses fesses, se remémorer sa journée à l'envers au moment de s'endormir, manger en conscience, devenir une fleur, etc.

J'étais donc assis sur la véranda en plein soleil en essayant de sentir mes fesses lorsque Laura est arrivée dans le grand pick-up bleu marine de sa mère. Je ne m'attendais pas à sa venue et je me suis demandé ce qui diable pouvait l'amener jusqu'ici.

Elle est sortie de la voiture avec Sam et voir le chien m'a fait plaisir.

— Vous avez oublié votre manteau à la maison, je suis venue vous le rapporter, je ne vous dérange pas ?

— Pas du tout, j'essayais d'apprendre à sensibiliser mon postérieur !

Je me suis senti étonné mais content de lui dire la vérité.

Elle s'est mise à rire, et pendant une seconde j'ai vu le voile de sa tristesse se soulever et son visage pur est apparu. Oui, il y avait une pureté animale dans son visage, qui relevait de la jument ou de la louve.

— C'est très gentil, Laura, mais j'aurais pu venir le chercher. La fête s'est bien finie ?

— Oui, oui.

Elle avait dit cela sans conviction.

— Tenez, je vous ai aussi apporté un tourteau, il en restait des tonnes !

Ayant beaucoup bu la veille, je savais qu'il était préférable le lendemain de boire sans tarder afin que le corps ne se trouve pas sevré trop brutalement. J'ai donc proposé à Laura de lui faire goûter mon vin italien. Elle a accepté et tandis que j'ouvrais la bouteille, je lui ai posé des questions sur l'Indienne. Laura ne savait pas grand-chose, seulement qu'elle avait été mariée, avait eu deux fils et à sa connaissance aucun malheur particulier ne l'avait frappée. Nous sommes restés un bon moment à siroter la bouteille de montepulciano que j'avais agrémentée d'olives, de jambon et d'œufs durs avec du pain grillé et de la mayonnaise. Elle n'avait pas voulu du crabe. Pour ma part, j'ai toujours été traumatisé par les crustacés qui attendent d'être ébouillantés dans les cuisines du monde entier.

Sa conversation était aussi agréable que la veille, mais avais-je ce sentiment parce qu'elle s'intéressait à moi ? Vigilance, mon vieux, vigilance ! Était-ce vraiment cela le contrat social, comme me l'avait dit Fred, je te laisse me raconter ta misère pour avoir le droit de te raconter la mienne ? Je lui ai posé des questions avec une grande attention. Elle m'a raconté sa vie un peu monotone jusqu'à son diplôme d'infirmière qu'elle avait fini par passer et qui avait changé sa vision de l'existence.

Elle s'occupait maintenant de l'accompagnement des mourants.

— Vous n'avez pas idée de ce que cela m'a appris.

Laura riait facilement et je me suis demandé d'où lui venait ce sentiment de tristesse qu'elle dégageait. Peut-être était-ce à force de côtoyer la mort.

— C'est étrange savez-vous, la dignité. Certains, à l'hôpital, refusent de pisser dans un bassin parce qu'ils veulent pisser debout.

— Je crois que je serais de ceux qui veulent pisser debout.

— Même si ça demande plus de travail aux infirmières ?

— Peut-être oui, mais je connais quelqu'un qui verrait là un excès d'orgueil, parce qu'elle se fout de toutes ces conneries.

Et je pensais à Guita. J'avais répondu brutalement sans le vouloir, parce que je n'ai jamais aimé parler de la maladie et de la mort. Lorsque nous avons eu fini notre frichti, j'ai proposé à Laura d'aller prendre un café en ville. Je me sentais assez bien avec elle, mais je ne me voyais pas pour autant rester à la maison toute l'après-midi. Ce silence et cette maison m'étaient d'une grande intimité et je n'aurais pu les partager comme ça, aussi vite, avec une inconnue. Je l'ai emmenée dans la Mercedes et elle a dit tout un tas de choses sur les voitures anciennes et nouvelles. Puis elle a allumé la radio. Nous avons écouté un lied de Schubert. C'était un des morceaux préférés de Guita et je voyais l'expression de son visage lorsqu'elle disait :

— Nort., c'est sublime !

J'ai souri, et j'ai dit à Laura :

— C'est beau, non ?

Nous nous sommes arrêtés à l'Internet great café qui était le seul ouvert le dimanche à Northfields. Depuis ma dernière venue le *g* de l'enseigne avait disparu. Il était parti ailleurs parce qu'on ne pouvait pas passer sa vie dans ce trou. Mais qui étais-je pour dire une chose pareille ! ai-je pensé. Je me suis souvenu de cette phrase du maître zen Suzuki Shosan « En somme, si on ne suscite pas une grande pensée, on ne peut pas arrêter les pensées », et j'ai mesuré le travail qui me restait. Vigilance, mon vieux, vigilance ! J'ai préféré regarder les seins de Laura au moment où elle a enlevé sa canadienne, deux petits seins sous un pull orange, sans soutien-gorge. J'ai eu envie de les voir. Avait-elle remarqué que je les avais regardés ? Elle a pris un chocolat avec de la chantilly et moi un café. Un quart d'heure plus tard, j'ai tenté une expérience et je me suis offert un pancake fantastique au sirop d'érable. Je ne mange jamais de pancake et pourtant si Laura avait dû parler de mes goûts alimentaires, elle aurait dit sans hésiter que je raffolais des pancakes et du sirop d'érable, ce qui a rendu dans l'instant toutes les opinions de la terre nulles et non avenues. C'est étrange toutes ces choses que l'on se racontait en voyant quelqu'un faire ci ou ça sans jamais vraiment savoir.

Il y avait une sorte de simplicité entre nous, très naturelle. Laura me mettait à l'aise et j'aimais les interrogations qui étaient les siennes.

— Pourquoi serait-ce aux hommes à rabattre la lunette des toilettes après qu'ils ont fait pipi, les femmes pourraient tout aussi bien la lever, vous ne croyez pas ?

— Peut-être que cela dépend de la situation. S'il s'agit d'un couple, vous avez raison, mais dans le cas d'une famille... Peut-être faudrait-il décider en fonction de la majorité masculine ou féminine.

— Vous plaisantez, mais ce n'est pas anodin. Les féministes ont tout emmêlé et il faut repenser chaque détail.

— Comme toujours, vous ne croyez pas ?

Nous parlions de tout et de rien. Des hommes, des femmes, de ses malades. Chacun d'entre eux lui disait qu'elle portait les autres

— Il ne faut pas vous laisser envahir, vous allez finir par y user votre santé !

mais aucun n'imaginait que lui aussi, elle le portait au même titre que tous les autres. Je me suis dit que c'était aussi vrai dans la vie et qu'avant de donner un conseil à quiconque, il fallait bien regarder si on ne soulignait pas chez autrui ce que l'on avait besoin d'améliorer soi-même. Vigilance, mon vieux, vigilance !

— Il n'y en a qu'un qui est vraiment différent, ajouta-t-elle, c'est un rabbin. Il possède cette qualité exceptionnelle des grands hommes qui n'abusent jamais de la confiance et de l'admiration que leur rigueur suscite. Rabbi Manfred. Je l'aime beaucoup, nous parlons de longues heures ensemble.

A un moment elle s'est levée pour mettre un disque dans le vieux juke-box. Elle a choisi une de ces chansons mélancoliques dont je raffolais. Nous en avions écouté des centaines autrefois avec Fred en buvant de la bière lors d'un été à Long Island. Peut-être à cause de la chanson ou parce que je me sentais en confiance avec elle, je me suis mis à lui parler de Fred. Depuis son enterrement, c'était la première fois que je l'évoquais devant quelqu'un qui ne l'avait pas connu et cela m'a fait tout drôle de devoir lui dire qu'il était mort.

— Vous voyez, c'était le genre de type qui pouvait vous parler des heures de sa conception du mouvement de l'univers et ce n'était jamais ennuyeux. Pour lui le monde était comme un tissu dont chaque homme aurait été l'intersection des deux trames. La trame horizontale représentait l'âme, la trame verticale la lignée. Il avait des théories comme ça pour tout. Il disait toujours que la poésie aurait toujours plusieurs siècles d'avance sur la science, qu'il en avait toujours été ainsi et qu'il en serait toujours ainsi. Il pensait différemment. Je me souviens qu'il m'avait demandé de jeter mon peignoir lorsqu'il s'était aperçu que j'en avais un. « En peignoir, tu n'as plus aucune distinction, tu es plus nu que lorsque tu es tout nu parce qu'il y a ce léger ridicule propre au peignoir qui rend si vulnérable. Nort., tu dois jeter ce cadeau. » Pourtant, il était capable de porter des pantoufles, même si ce n'étaient pas tout à fait des pantoufles comme tout le monde : les deux doigts de pieds uniques de ses chaussons admirables lui donnaient un air de satyre bon enfant. Elles étaient rouge et doré. Il les avait achetées à Helsinki d'où il m'avait appelé une nuit à trois heures du matin pour me dire qu'il était en train de manger de la viande d'ours. Lorsque je lui avais fait reconnaître que trois heures du matin n'était pas l'heure idéale pour parler gastronomie, il avait fini par me dire dans un grand éclat de rire au moment de raccrocher « Rebelle un jour, rebelle toujours ». Il s'était enivré plus que de coutume. Il avait un faible pour l'alcool blanc qu'il avait découvert avec la grappa lors de son séjour à Rome où il avait appris l'italien en dévorant des BD érotiques qu'il me traduisait en simultané. J'ai mis longtemps à me rendre compte qu'il inventait les histoires au fur et à mesure. Un jour, Fred avait achevé une de ses traductions par cette phrase inattendue : « Un être capable d'un autre destin que le sien est un être fécond. » Cela n'avait rien à voir avec l'histoire ni les dessins érotiques du livre. Lorsque je lui en avais fait la remarque, il m'avait répondu. « Détrompe-toi Nort., regarde comme ces femelles en rut essayent, malgré tout, de sortir de leur destin pour accéder à une autre dimension d'elles-mêmes. » Il disait que nous sommes tous les cellules d'un corps immense. Lorsqu'il vivait en Italie, il participait aux nombreuses réceptions que son père donnait dans les jardins de leur palais. Pendant des mois, il avait essayé de soulever les robes des statues, dans l'espoir de découvrir leurs fesses admirables. Il était sincère lorsqu'il racontait cela.

Je lui ai parlé encore un moment de Fred puis Laura a fini par dire :

— Il faut peut-être rentrer, vous ne croyez pas ?

Je lui ai demandé cinq minutes pour vérifier si je n'avais pas un message, et elle m'a attendu en buvant un autre chocolat. J'ai imprimé deux messages de Guita et je les ai fourrés dans ma poche au moment où elle me rejoignait.

Comment se faisait-il que je ne lisais jamais les messages de Guita au café ?

— Des nouvelles de votre bien-aimée ? a-t-elle demandé.

J'ai dit non, sans réfléchir. A aucun moment nous n'avions évoqué le fait que je puisse avoir une femme.

— C'est elle, n'est-ce pas, à qui il importerait peu de pisser debout ou dans un bassin ?

— Oui, Laura, mais pourquoi dites-vous cela ?

— Comme ça.

Nous n'avons presque pas parlé sur le chemin du retour. Laura avait mis de la musique. Je repensais à tout ce que je lui avais raconté à propos de Fred et cela m'avait beaucoup remué d'en avoir parlé comme on parle des morts.

Je n'ai rien dit à Laura, mais elle avait dû sentir que je pensais encore à lui. Elle était en train de descendre de la voiture quand elle m'a dit :

— Sacré type votre Fred.

J'ai bien aimé qu'elle dise ça de lui. Je me suis dit qu'elle avait compris l'homme, à moins qu'elle ait voulu me faire plaisir et, dans ce cas, l'attention était gentille.

Je sentais que Laura aurait bien pris un dernier verre de vin. Elle avait envie de faire l'amour. Une atmosphère élastique et souple se dégageait d'elle. Moi-même tout à l'heure ses seins m'avaient excité, mais je n'étais plus sûr maintenant d'avoir envie de l'intimité que cela impliquait. J'ai eu la sensation qu'elle attendait un geste, un signe, près de la cheminée pendant qu'elle préparait le feu, puis je l'ai sentie se refermer, et quelque chose en elle a renoncé lorsque j'ai été faire un café.

Nous avons bavardé encore un peu, mais le cœur n'y était plus.

Au moment de partir, elle m'a embrassé sur la bouche et elle a dit

— C'est à cause de cette femme que vous ne voulez pas ?

— Quelle femme ?

— Celle dont vous avez récupéré les messages au café. Savez-vous comment j'ai su que c'était d'elle dont vous parliez à propos de pisser debout ou non ?

— Non.

— Lorsque vous avez évoqué cette femme, il y avait de l'amour. J'ai appris à observer ça chez les mourants, ils ont une certaine lumière dans le regard lorsqu'ils parlent de ceux qu'ils aiment. J'ai appris à repérer cette lumière. A l'approche de la mort, les sentiments véritables se distinguent très bien. C'est dommage que la plupart des gens aient besoin d'attendre des conditions aussi dramatiques pour arrêter de se raconter des histoires. C'est comme ça... Vous l'aimez cette femme... Vous rougissez, Nortatem. D'où vient-il d'ailleurs votre prénom ?

— Je ne sais pas. C'est ma mère qui l'a choisi, à la suite d'un rêve qu'elle a fait en Italie.

— Le rabbin dont je vous ai parlé m'a dit qu'en travaillant on peut atteindre à un rapport objectif avec soi-même. Alors les autres hommes n'ont plus aucune influence sur soi. « Même les compliments ne font plus rien parce que Dieu n'a que faire des compliments », m'a-t-il dit. J'aime cette idée de devenir son propre maître. Je crois qu'il aurait plu à votre Fred mon vieux rabbin. Mais vous et moi on est encore loin du compte.

Je n'ai pas su quoi lui répondre, alors elle a ajouté

— Je vous remercie de cette belle journée. Passez une bonne nuit.

Je l'ai regardée partir emmitouflée dans sa canadienne et j'ai éprouvé le plaisir défaillant d'être seul.

Je suis resté devant le feu à réfléchir. J'étais troublée par ce que venait de me dire Laura, notamment à propos de Guita. Je n'avais jamais refusé de faire l'amour avec une femme. Je n'avais aucune raison de congédier Laura, mais soudain cela m'avait semblé « superflu » et c'était peut-être la première fois de toute ma vie que j'envisageais le sexe de ce point de vue. Il s'était passé quelque chose ces derniers temps. Fred m'aurait sans aucun doute traité de couillon diplômé et je n'ai pas pu m'empêcher de sourire en y songeant.

— Elle était chaude bouillante, Nort., aurait-il commenté.

Peut-être était-ce la première fois que j'arrivais à penser à lui sans que sa mort me dévore le cœur. La nature de ce qui liait les êtres ou les séparait me devenait de plus en plus mystérieuse. En me couchant j'ai remarqué que Léandre avait attaqué les barreaux de sa roue en plastique rose.

Allongé sur le dos dans le noir, j'ai essayé de me remémorer ma journée à l'envers. Vigilance, mon vieux, vigilance ! Je me suis endormi au moment où Laura disparaissait dans la nuit, et le lendemain matin, j'ai pensé que j'avais encore beaucoup de travail devant moi si je voulais un tant soi peu agrandir ma conscience.

J'ai regardé longtemps le ciel et le soleil qui étincelait à travers la fenêtre. Il y avait dans la lumière quelque chose d'intense et de doux. J'ai observé mon pantalon que j'avais posé en tire-bouchon sur la chaise, avec les chaussettes qui ressortaient par les fesses et je les ai trouvés tous les trois presque vivants, le pantalon, et les deux chaussettes. Pareil pour mes nouvelles chaussures et mon pull-over beige. Alors j'ai entendu cette phrase dans ma tête

— C'est inouï, d'assister en direct à la mort d'une névrose

comme si quelqu'un l'avait prononcée et en enfilant mon pantalon j'ai trouvé les messages de Guita.

> *Nort.,*
> *J'ai tout abandonné et tout perdu et tout gagné il y a longtemps, ici, à Paris. Je peux témoigner d'une chose auprès de toi : il y a une vie possible. Depuis quelques jours, je ressens autre chose, de tout à fait neuf. Nous sommes pris dans une magie extraordinaire qui nous dépasse. J'ai encore avancé sur le fragment 8. J'ai réalisé que le chiffre 8 correspondait au dessin de la double hélice de la structure de l'Adn et je suis sûre que ce n'est pas un hasard ! D'autant que si tu lis la définition de « coïncidence » dans le dictionnaire (« Propriété qu'ont des lignes, des surfaces, de se recouvrir exactement quand on les superpose »), tu verras que cela correspond également à la description que l'on pourrait faire de la figure 8. J'adore la vie !*
> *Il faut seulement s'ouvrir, s'ouvrir, s'ouvrir, s'ouvrir, s'ouvrir, s'ouvrir, s'ouvrir. Nort., il faut nous défaire de la peur.*

Prends bien soin.
Je t'embrasse de tout mon cœur.
Guita.

P.-S. : Nous avons fait les dindes avec ma mère hier dans les rues de Paris, nous avons acheté deux pulls hors de prix en gloussant. C'était bien ! Ils vendent ici un parfum qui s'appelle Non, *tu te rends compte. Et il s'en vend des milliers.*

Nort.,
Pas de nouvelles ?
Juste un signe, ce serait bien, même si je sais à peu près comment tu vas puisque j'ai rêvé de toi, la nuit dernière, dans ta cabane là-bas et tu chevauchais un grand cerf blanc !
Dis-moi.
Je t'embrasse mucho.
Guita.

P.-S : Je te transmets une petite phrase d'un sage tibétain du XI*e* *siècle, un certain Gampopa. Cela m'a plu.*
« Au départ, il faut être poursuivi par la peur de la mort comme un cerf qui s'échappe d'un piège. A mi-chemin, il ne faut rien avoir à regretter, comme le paysan qui a travaillé son champ avec soin. A la fin, il faut être heureux comme quelqu'un qui a accompli une grande tâche. »

Comme toujours, lire les mots de Guita m'a mis en joie. Son rêve m'a ravi. C'était Guita, voilà. Je me suis levé sur-le-champ, j'ai mis mes nouvelles chaussures *walking like an Indian* et je suis parti en quête de la fleur que j'allais devenir. J'ai marché pendant un bon moment jusqu'à dénicher un crocus placé face à une souche d'arbre qui pouvait faire office de fauteuil. Je me suis assis sur la souche et j'ai regardé la fleur en m'imaginant que j'étais elle, après quoi je devais oublier le processus pour *être* le crocus. J'ai eu mal aux cuisses assez vite et j'ai changé de position tout en pensant au café dans mon thermos, aux seins de Laura qu'il était peut-être encore temps de voir, et à la phrase que Guita m'avait envoyée du sage tibétain. A mi-chemin de mon existence, peut-être regretterai-je de ne pas avoir fait l'amour avec Laura ? D'autant que quelque chose me plaisait chez cette femme. Mais fait-on les choses par anticipation du regret qui pourrait prendre de ne les avoir point faites ? A cette question cruciale, j'ai énergiquement répondu non, et j'ai remis le pull orange de Laura, alors que j'avais réussi à lui enlever et que s'était superposée, à la vision de la fleur, celle de ses seins tels que je les avais à imaginés lorsque nous nous étions assis dans le café. L'exercice d'identification à la fleur n'était peut-être pas un exercice adapté à ma personne, ai-je songé, et finalement, entre les seins de Laura, les mots de Guita et le sourire de Fred, j'ai fini par m'asseoir par terre, j'ai débouché mon thermos, et le dos bien calé à ma souche, j'ai entamé une petite conversation spirituelle avec mon crocus en sirotant un café brûlant. Qu'en est-il de l'effervescence de vivre ? J'ai prononcé la phrase tout haut. Là-dessus mon crocus s'est gardé d'avoir une opinion et je me suis dit qu'il était l'heure de rentrer à la maison pour déjeuner.

J'ai mis au four un filet de bar accompagné d'un gratin de courgettes, et assis sur la véranda, j'ai attaqué le chapitre 6 de *En nous la vie des morts*.

Chapitre six, 61 ans

Elle n'avait jamais quitté l'Italie, mais épuisée par le voyage, Laura de Condotti n'avait pas pris la peine de manger à son arrivée et s'était endormie jusqu'au soir, si bien qu'elle n'avait pas vu le soleil mourir en ce premier jour, seulement se lever le lendemain. Dormir lui avait semblé aussi réel que l'état de veille, sinon plus. Malgré cette robe humide et poisseuse dont la chaleur l'avait habillée, elle s'était sentie heureuse d'être nue, endormie sur son lit. Maintenant, tout lui était voyage.

Longtemps, à son réveil, elle avait regardé les pales du ventilateur au-dessus du lit de bois, puis, ayant soupçonné une présence derrière la fenêtre, elle s'était recouverte d'un drap. Une femme la fixait dans le noir. A sa narine brillait un diamant blanc.

En se levant, Laura de Condotti avait dit à voix haute : « Je vois la mer scintiller derrière les palmiers » et prononcer cette phrase lui avait plu.

La terrasse de sa chambre dominait la végétation et elle pouvait apercevoir l'océan par-delà les arbres au milieu desquels se dressait un monastère bouddhiste dont la présence imposait une atmosphère recueillie à l'ensemble de la palmeraie. Le domaine, encerclé de hautes murailles, comprenait trois autres bâtiments dont cette maison avec patio où elle avait été installée le matin même. Sa chambre monacale donnait à la fois sur la cour intérieure et sur la palmeraie, du côté de l'océan. En se penchant par-dessus la rambarde de la terrasse, elle pouvait distinguer sur la gauche une habitation construite à l'écart, plus sobre et plus nue encore que celle des domestiques, où vivait l'intendant. Cet homme intransigeant accueillait volontiers quelques étrangers quand l'occasion se présentait. Peu d'entre eux se risquaient jusque dans ce lieu très retiré de l'Inde.

Si Laura de Condotti se réveillait à la palmeraie en ce premier dimanche d'avril, ce n'était pas dû au hasard mais bien parce que des circonstances particulières l'avaient conduite à entreprendre ce long voyage. La maladie qui l'avait frappée quelques mois auparavant, en même temps que le retour en Italie d'un vieil ami de son mari après quarante années indiennes, l'avaient décidée à partir. Bien qu'elle ignorât ce qu'elle s'en allait quérir, elle était résolue à ne pas remettre à plus tard cette aventure qui était devenue, en l'espace de quelques semaines, celle de toute sa vie.

Soucieux de ne pas lui déplaire ni la contrarier, son mari et sa fille ne lui avaient pas refusé cette excentricité à la façon dont on passe leurs lubies les plus extravagantes aux mourants. Laura de Condotti ne se sentait pas du tout prête à mourir, et à l'âge de soixante et un ans – malgré l'extrême-onction qu'elle avait déjà reçue deux fois – c'est avec la curiosité d'une jeune fille qu'elle s'était préparée à ce premier saut dans la *vraie* vie.

Cette soif d'absolu qui avait été la sienne dans sa jeunesse était restée en elle intacte. C'est donc avec candeur, et non sans gaieté, qu'elle découvrait les femmes en sari multicolore au milieu des jardiniers à moitié nus et des ouvriers aux pagnes blancs.

Elle sortit se promener à l'aube du deuxième jour alors qu'un orage montait de l'intérieur des terres vers le large, voilant le soleil avec rapidité. La mousson s'achevait et c'était sans doute l'une des dernières pluies que la palmeraie connaîtrait avant plusieurs mois. Laura de Condotti regardait humblement les palmiers qui faisaient « ouh ouh ouh ! » dans le vent alors que la pluie s'était mise à tomber avec force.

Puis elle surprit dans le sable une colonne d'une centaine de chenilles environ, lancées dans la traversée d'une rigole qui avait, à la mesure de cette caravane, les dimensions d'un canyon. Soucieuse de les épargner du déluge, elle s'était accroupie et tentait de les faire grimper sur une large feuille de bananier pour les abriter de la pluie. C'est alors qu'avait surgi un petit moine répétant sans cesse des propos incompréhensibles où elle distinguait un ou deux mots d'anglais qu'il accompagnait de grands gestes accablés et lents : *« No brain ! No brain ! »*

— Il vous dit qu'il faut arrêter de penser, arrêter de faire fonctionner votre cerveau. Il dit que vous n'auriez pas dû bouger les chenilles, qu'il ne faut jamais rien déplacer parce qu'on ne sait pas, on ignore tout de ce qui doit être pour chacun. C'est votre point de vue humain qui les juge en danger. En Inde, la chenille est un symbole de la migration des âmes, entre la chrysalide et le papillon. Il dit que les âmes maintenant ne sauront pas où aller, que peut-être toutes les chenilles vont mourir. Il dit que les hommes font presque toujours le mal par amour du bien.

Elle releva la tête et, encore accroupie, elle le vit qui se tenait immobile malgré la pluie torrentielle. L'homme ne devait pas avoir plus de cinquante ans. Sa peau très mate faisait ressortir le blanc de ses yeux qui la fixaient de façon si intense qu'elle en éprouva presque une gêne. Il portait une robe, un peu à la manière des moines, mais d'une couleur plus foncée et, contrairement aux religieux, ses cheveux étaient longs. Elle remarqua que ses pieds étaient nus. Elle ressentit pour cette silhouette inconnue un élan inexplicable. Depuis, elle n'oubliait pas son visage. Tous les jours, il y avait le visage de l'homme, le visage de Gokul, l'intendant de la palmeraie.

Ils se croisaient parfois près du puits, lui cheminant toujours accompagné du moine qui lui avait parlé le jour de l'orage, où il la saluait d'un mouvement de tête, avec une distinction tout asiatique, tandis qu'elle, encore emprunte d'une certaine rigidité occidentale, gauche, maladroite mais non sans grâce, n'avait pas abandonné la raideur de soixante ans de vie bourgeoise italienne.

Un jour qu'elle l'avait croisé de nouveau près

du puits, il s'était approché d'elle et avait murmuré à son oreille :

— Je suis très touché de vous revoir.

Alors, de s'être laissé approcher de si près par lui, elle avait vu qu'il était aveugle.

Parfois elle s'asseyait sur la rambarde du balcon de sa chambre et observait les allées et venues dans le patio où elle entendait le claquement des caisses que des hommes déchargeaient d'une charrette en bois.

A huit heures, la chaleur était déjà terrifiante. Il se pouvait qu'un chien surgisse avec, entre ses dents, le cadavre d'un serpent. Ou elle percevait la musique d'une fête qui éclatait comme un orage. Il y avait aussi ces oiseaux aux ailes turquoise et la mer au loin dont on entendait se fracasser les vagues. Mais peut-être était-ce le vent dans les arbres ?

A l'extrémité de la palmeraie, dans le sable nu, se dressait face à l'océan un petit temple où elle avait pris l'habitude de se rendre chaque matin. Assise dans le creux d'une statue, en silence, elle regardait passer les barques des pêcheurs sur la mer. Immobile, elle pliait son corps à sa volonté de ne pas bouger. Rien ne se passait, et pourtant quelque chose d'indéfinissable avait lieu.

Il lui arrivait de sentir derrière elle comme la

présence d'un vide, un immense vide paisible où il n'y avait ni nom, ni lieu, comme si elle se fût réduite alors à n'être plus qu'une conscience et même encore moins que cela. C'était un vide aussi tranquille que les nuages des ciels d'Italie qui se séparaient lentement sous le soleil en brume vaporeuse après qu'elle les avait regardés, couchée sur la terre de son jardin et que son mari, la voyant allongée ainsi sur le gazon humide à l'heure du crépuscule, l'avait appelée plusieurs fois dans le soir :

— Rentre, Laura chérie, tu vas finir par prendre froid.

Maintenant étendue dans le sable de la palmeraie, elle regardait deux vieux hindous accroupis sous leurs parapluies comme deux hirondelles posées à la crête d'un champ.

Elle se souvenait avec précision des trois semaines qui avaient précédé son départ, lorsque, ayant décidé d'arrêter tout traitement et de partir pour l'Inde, elle s'était sentie libre pour la première fois, achevant ses préparatifs avec une euphorie que ses proches n'avaient pas comprise. Ils ignoraient – et elle aurait été incapable de le formuler aussi – que cette euphorie venait de ce grand saut en elle-même, dans cet inconnu qui allait la consumer entièrement et auquel elle n'avait jamais cessé d'aspirer, lui offrant l'épiphanie tardive de sa vie.

Elle avait connu en Italie une solitude qui ne se partageait pas et qu'il lui plaisait d'ailleurs de garder pour elle : une nouvelle appréhension du monde que la maladie lui avait donnée. En arrivant en Inde, la solitude ne lui avait plus été une joie, mais la joie même où se révélait lentement ce mystère qu'elle était encore à ses yeux. Être seule, oui, enfin, pour ce rendez-vous au crépuscule de sa vie, ce face-à-face qui ne permettait à aucune partie d'elle-même de se laisser dissimuler aux autres. Or, voilà qu'elle découvrait quelque chose de plus subtil encore. Grâce à l'aveugle, elle comprenait un jour après l'autre que sa solitude était une façon nouvelle d'être avec l'autre, de le rejoindre.

L'aveugle vivait dans le domaine depuis quatorze ans, à quelques centaines de mètres du monastère. On arrivait jusqu'à chez lui par un chemin de sable entouré de végétation qui débouchait sur un plateau. Sa maison dominait la mer. C'était une petite bâtisse sans étage, très simple mais solide, construite en teck avec une terrasse à l'arrière. On accédait au toit par un escalier. L'aveugle venait y dormir lorsque les nuits étaient trop chaudes ou qu'il avait besoin de voir le ciel. C'est cela qu'il disait

— Cette nuit, je dormirai sur la terrasse, je dois voir le ciel.

Il ne parlait jamais de lui. Cependant un soir qu'il l'avait invitée, et alors qu'ils s'étaient enivrés tous les deux avec de l'alcool de date, il avait raconté un peu de ce qu'avait été sa vie et elle avait aimé l'écouter dans le noir.

— Nous devions traverser le désert de sel et chacun savait que cela serait difficile. Pourtant l'immense étendue blanche avec ses dunes et ses montagnes aurait fait oublier n'importe quelle douleur. En se baissant on pouvait lécher le sol, c'était salé et la soif venait. Nous devions rejoindre un monastère au sud. J'avais vingt-cinq ans et je quittais une famille que j'aimais pour aller étudier le bouddhisme et devenir moine. Mon père en avait décidé ainsi. Mais je ne suis pas devenu moine. J'ai traversé le désert et il y a eu la guerre. Puis je suis devenu aveugle, et j'ai commencé à voir.

Gokul parlait doucement dans la pénombre. Les yeux fermés, elle entendait tinter les glaçons dans son verre quand il le prenait pour le porter à ses lèvres.

— Lorsque je suis arrivé ici, quatre ans plus tard, le monastère avait été pillé par les Occidentaux et transformé en bordel. J'ai traité avec l'Occident pour vider le temple et je l'ai rendu à des moines tibétains. C'était cela que j'avais à faire. Je l'ai fait. Je suis resté vivre avec eux. Depuis je me suis intéressé à la culture occidentale pour essayer de la comprendre. C'est ainsi que j'ai appris votre langue.

Un autre soir, il avait dit à Laura :

— Vous savez, il y a des choses encore plus mystérieuses et plus puissantes que le Bouddha et les Tibétains.

Elle l'avait trouvé beau. Il faisait partie de ces hommes dont on peut dire qu'ils ont eu une vie, sans savoir exactement ce que ces termes recouvrent.

Elle prenait ses repas seule dans le patio, mais au fur et à mesure que le temps passait, Laura dînait de plus en plus souvent avec l'aveugle, à l'arrière de sa maison, ou sur le toit en regardant la mer.

Parfois, ils écoutaient en silence les chants des moines s'élever dans l'obscurité.

Ils passaient de longues heures ensemble dans la palmeraie. Il arrivait qu'elle l'aidât dans certaines de ses tâches. Elle prenait plaisir à lui rendre service et à le regarder sans qu'il puisse en être gêné.

Il avait envers le feu les mêmes gestes sacrés –

une façon de l'entretenir et de le regarder de ses deux yeux immobiles – qu'elle se reconnaissait avoir eus pendant les hivers italiens. Elle se surprenait à songer à la fragilité du feu, au fait qu'il suffisait d'un rien pour qu'il s'éteigne, à cela et à toutes sortes de détails infimes de la vie auxquels elle n'avait jamais prêté attention jusqu'ici.

Il lui plaisait par exemple de s'apercevoir que la tache sombre qu'elle avait prise pour un moustique dans le fond de sa cuiller n'était que le reflet des pales du ventilateur sur la surface de l'argent mal poli. Oui, ces détails lui plaisaient. Comme lui plaisait d'apprendre à marcher toujours pieds nus, malgré le sable qui brûlait, depuis que l'aveugle lui avait dit :

— La valeur d'un homme se voit à la façon dont il se déplace les pieds nus. Regardez ce qu'il reste d'un homme lorsqu'on lui a ôté ses chaussures... C'est particulièrement vrai en Occident.

Jamais elle ne s'était sentie aussi proche d'elle-même ni aussi éloignée de ce qu'elle avait cru autrefois être elle-même. Elle n'aurait su dire pourquoi, ni comment ce pays était en train de devenir *son* pays, mais c'est ce qu'elle éprouvait. Était-ce l'Asie, était-ce l'Inde, était-ce Gokul ? Elle aurait été incapable de le dire. Mais être là, pour elle, c'était *être*.

Malgré certaines de ses phrases à lui qu'elle ne comprenait pas

— Si l'on m'avait dit que je vous retrouverais enfin, je n'aurais pu commettre les erreurs nécessaires pour goûter aussi intensément à cet événement

elle vérifiait auprès de lui la qualité de ce qui l'avait, autrefois, séparée des autres, là-bas en Europe où ce qui faisait leur joie, leur drame ou leur chagrin lui était presque indifférent, quand un détail sur lequel ils ne s'arrêtaient même pas la déchirait dans tout son être. Au contraire, la subtilité avec laquelle Gokul percevait le monde ne laissait pas de l'enthousiasmer.

— On raconte qu'en Perse, il existait un bâtiment constitué de deux pièces. Quiconque y pénétrait se mettait à pleurer de joie. Comment ne pas avoir la foi ?

Elle repensait parfois à la cloche des morts qui sonnait à l'église de Santa Maria, combien elle avait aimé le rythme de cette cloche, dont émanait une conscience grave de la vie, très loin de l'allégresse d'une Pâques, mais plus pleine et plus ample que l'allégresse elle-même. Maintenant c'était le chant des moines qu'elle entendait avec la même gravité et la même plénitude. Au chaos qu'avait représenté l'irruption de sa maladie et la décision de son voyage, avait succédé la lenteur tranquille du bonheur.

Ils connaissaient ensemble cette douceur après le dîner, alors que la chaleur baissait avec les premières brises nocturnes en provenance de la mer. Ils marchaient un peu côte à côte, l'aveugle la tenant par le bras :

— Tu as vu la lune ?

Depuis quelque temps il s'était mis à la tutoyer.

Ils fumaient deux cigarillos dans le soir, et il n'y avait rien qu'ils auraient pu partager de plus profond que cette intimité-là, cette simplicité dans la clarté de la nuit. Rien ne venait troubler la surface de cette entente silencieuse. On ne comprenait pas à les voir ce qui se passait entre elle et lui, l'on pouvait seulement observer l'éclat de chacun d'entre eux se reflétant plus puissamment dans la présence de l'autre.

Il arrivait que tant de joie la fît souffrir.

— Autrefois, Laura, la joie m'était si intense qu'elle me faisait souffrir, comme toi. Maintenant, il ne reste plus que la joie neutre, toute nue, qui brille, seulement la joie.

Et voilà ce qu'elle était en train de faire . elle était en train de mourir et d'aimer en Inde, tandis que dans la fin du jour, sur la terre rouge du petit sentier qui menait à la mer, il lui faisait sentir l'odeur des noix de cajou.

L'aveugle ne se retournait jamais au moment où ils se séparaient. Ce n'était pas parce qu'il ne pouvait la voir – il la voyait mieux qu'elle ne le verrait sans doute jamais – non, c'était, elle l'avait compris, parce qu'il était si présent à ses actes qu'il n'aurait su être dans le regret de son départ à l'instant de la quitter.

Laura l'accompagnait chaque jour dans ses promenades et le moine les laissait aller avec un regard bienveillant. Ils le rencontraient souvent à leur retour, assis devant un palmier avec lequel il semblait entretenir de véritables conversations.

— Ce moine-là est le plus fantaisiste de tous. Il explique tous les jours à cet arbre son programme pour la journée.

Le matin, ils croisaient un petit garçon transportant de l'eau dans une corbeille en osier aux côtés de sa mère. Un jour Laura fit remarquer à l'aveugle que l'enfant devait toujours arriver sa corbeille vide à la maison. Alors l'aveugle lui conta cette histoire.

— On dit en Inde qu'un petit garçon transportant de l'eau dans sa corbeille d'osier rencontra un roi qui lui fit la même remarque que la tienne mais l'enfant lui répliqua :

— Si on a la foi et la force, l'eau ne coulera pas, et moi je crois.

— Ton fils est sage avait dit le roi à sa mère, la sagesse des hommes est comme l'eau de ce panier, ils vont indéfiniment à la rivière pour en chercher, mais l'eau précieuse coule de leur panier parce qu'ils ne croient pas. Ton fils croit. Et il avait fait du garçon un prince et de la mère une reine. Depuis, il arrive que les petits garçons s'amusent à ce jeu-là.

Parfois elle lui lisait des contes soufis et il s'amusait à deviner la fin de l'histoire.

— D'où vous est venue cette sagesse, Gokul ?

— Il existe un certain degré de connaissance, où toutes les traditions se rejoignent, parce qu'il s'agit alors de la vérité même de l'homme. Je n'ai jamais été sage et puis quelqu'un est venu et m'a dit : « comment faire pour être sage, comme vous ? » Voilà ma sagesse, Laura, *Sahajata,* ce qui veut dire dans notre pays, « être ce que l'on est sans que personne vous impose quoi que ce soit ».

Un proverbe soufi dit que « l'âne qui vous a mené jusqu'à la porte, n'est pas celui qui vous fait entrer dans la maison ». Il y a ceux qui vous accompagnent et ceux qui vous font voyager, ceux qui ouvrent les portes et ceux qui vous les font passer.

Une fois par mois, Gokul organisait une fête où tous les habitants de la palmeraie, y compris les moines, se retrouvaient autour de chants sacrés et les femmes se mettaient à danser.

Ce soir-là, Laura regardait l'une d'entre elles s'en aller dans la nuit indienne comme une elfe pour revenir en brandissant un masque de cerf. La tête de l'animal était immense et ses bois peints se dressaient dans la nuit comme des bras ouverts pour embrasser le ciel. Elle dansait tandis que tournoyaient les pans de son sari orange sous lesquels on apercevait son ventre lisse parsemé de paillettes d'or. Ses dents brillaient sur sa peau mate et lisse comme un acajou profond. Un ventilateur venait de se mettre en route. Dans le salon, une odeur d'urine parvenait jusqu'à Laura, par les fenêtres ouvertes, qui la réjouissait. La veille, elle s'était brûlé le palais avec la soupe au crabe Cela faisait une petite poche de peau qu'elle caressait avec sa langue. Et voilà ce qu'elle connaissait : un état de gaieté sans précédent. Elle souriait, comme un moine qui aurait cessé d'être concerné par les affaires humaines, fondue dans le présent à la manière des ravis.

Elle murmura :

— J'ai une belle vie.

A l'aube, elle avait croisé le moine en conversation avec son palmier. Son visage et ses mains étaient recouverts de paillettes d'or. Il rayonnait.

Le soir même, elle fit ce rêve étrange qu'elle conta à Gokul :

— Je volais, tu comprends, je m'approchais des humains, ils ne me voyaient pas, mais moi, je me penchais sur leurs épaules pour les écouter, j'entendais leur murmure intérieur, leur monologue incessant, eux qui étaient tous parqués dans les couloirs étroits de leur vie, eux si tristes et si las, mais comme c'était beau, mon Dieu, car j'ai vu notre tâche immense, et je garde la sensation stupéfiante d'une incroyable liberté. Mais où étais-tu, toi, Gokul ?

C'est à partir de ce jour-là qu'elle avait commencé à le tutoyer et cessé de se souvenir de ses rêves, comme si les rêves fussent devenus la réalité, à moins qu'elle fût elle-même devenue le rêve.

Lorsqu'elle comprit qu'elle l'aimait, sans que cela correspondît d'aucune manière à ce qu'elle avait cru connaître de l'amour, elle s'inclina avec étonnement, puis s'abandonna à ce qu'elle reconnaissait être un sentiment plus puissant que l'ensemble de ceux qu'elle avait éprouvés jusqu'ici. Alors elle prit plaisir à tout : à se taire, à manger, à boire, à nager, à dormir, à marcher, à lire... Rien ne brûlait plus en elle, rien ne la faisait plus souffrir. Il y avait désormais une distance entre sa conscience et le monde des formes dont elle reconnaissait la sienne parmi toutes les autres – cette forme et ce nom qu'elle était, cette forme avec ce nom, Laura de Condotti – qui désormais lui étaient devenue presque étrangère.

— C'est curieux Gokul, rien ne me manque plus.

— Lorsque quelque chose manque, Laura, c'est que nous manquons au monde. Rien ne me manquait lorsque tu es venue, et rien ne me manquera lorsque tu partiras, parce que ce que tu as ajouté par ta présence, tu l'as ajouté au monde.

Elle mourrait sans doute bientôt, mais cela lui était indifférent. Assise près de lui, la tête reposant dans le triangle de son bras appuyé sur le fauteuil, elle regardait Gokul se reposer à l'ombre. Elle aimait la présence de sa puissance mate, la grâce de sa bouche aussi parfaitement dessinée que celle des bouddhas avec leur indéfinissable sourire. Il lui semblait vivant comme les fleurs roses de mosantha qui remuaient mollement dans la brise du soir, chargeant l'air d'une sensualité insupportable. Elle voyait un iguane se figer sur la terrasse et le vent emporter les nuages vers le large. Dans sa robe éclatante, le moine arrosait les palmiers dont les feuilles ondulaient. Une odeur de jasmin arrivait jusqu'à eux. Alors même la beauté avait cessé de la faire souffrir. Et c'est comme si elle plongeait dans les entrailles de la vie.

— Viens voir l'état divin !

La phrase venait de lui revenir à l'esprit. Elle l'avait entendue dans son rêve, la nuit précédant son départ vers l'Inde. Elle se laissait caresser par l'intensité de cet état, par l'ardeur du sentiment qui l'avait inondée depuis la première fois où elle l'avait vu, lui, Gokul, debout sous son torrent de pluie. La profondeur de l'élan qu'elle avait éprouvé à son égard, pour ne l'avoir jamais connu, l'avait empêchée de le nommer aussi bien que d'en reconnaître la joie pure, une joie presque rigoureuse. Enfin elle aimait à sa manière parce qu'à sa mesure. La paix qu'elle éprouvait de sa simple présence avait provoqué en elle la résolution d'une équation chimique insoluble, comme si son corps se fût enfin souvenu d'une combinaison de chiffres et de lettres qui en aurait libéré toute la lumière.

En les regardant tous les deux, on pouvait seulement dire qu'ils s'aimaient. Qu'ils s'aimaient par-delà quelque chose mais l'on n'aurait su dire quoi. Ils s'aimaient par-delà... par-delà, et ce n'était pas que leur amour fût vivant, non, ils étaient vivants de cet amour-là.

Mais depuis quelques jours, Laura entendait comme une musique obsédante, le ressac d'une voix qui ne la quittait plus. Elle « entendait » qu'il lui faudrait revenir, qu'il lui faudrait « rentrer », que ce monde où elle trouvait enfin sa place n'était pas ce qu'ils nommaient là-bas, en Occident, le monde, la réalité, non. Cette paix nouvelle qu'elle n'avait jamais connue, qu'elle n'avait même jamais imaginée possible, elle « entendait » qu'il lui faudrait l'abandonner pour s'en revenir à la « vie », avec sa maison, son mari, sa fille, tout ce qu'elle avait connu là-bas et qui l'avait rendue heureuse.

Mais voilà qu'elle aimait d'amour. Ici l'amour n'était plus un sentiment mais l'état même de tout son être. Ce n'était pas seulement lui qu'elle aimait, Gokul, mais la feuille d'arbre, le grain de sable, la brise légère, tout la remplissait et la comblait, et son absence à lui y compris lui semblait ici aimable parce qu'alors recueillie sur cette grâce qu'elle sentait monter en elle, la profondeur du sentiment qui l'habitait l'irradiait et quelque chose en elle s'abandonnait à tout.

Peut-être même était-elle alors la conscience qui sait les noms et les formes, et ainsi devenait-elle le buffle, les vaches imprudentes et tranquilles, la lumière dans les feuilles des flamboyants, et l'enfant sur la route, la petite fille qui battait sa mère en riant, les képis rouges des policiers, et l'enclume du forgeron au bout de ses bras maigres qui allaient pour soumettre le fer, la femme en sari bleu et les cocotiers géants, le sourire du jeune homme sur sa bicyclette rouillée et la lune qui se levait déjà, elle devenait le berceau de ce mystère, toutes ces formes et la langue même pour les dire, jusqu'au désir nucléaire des étoiles, elle le devenait aussi, chaque molécule, chaque atome de l'univers et aussi le cadavre de la vieille femme que les hommes portaient couvert de fleurs, en dansant vers le feu, et la chèvre écrasée sur la route, ses entrailles étalées sur la terre brûlante, c'était elle aussi, comme la main des petites filles recouvrant leur visage pour ne pas respirer l'odeur de la charogne, elle était tous les désirs et toutes leurs conséquences, le serpent qui attend et celui qui se lève, le soleil qui surgit dans le ciel et les étoiles qui s'effacent...

Alors le corps de Gokul ne lui semblait pas plus son corps, que le sien propre ne lui appartenait, ils étaient, elle et lui, faits du même tissu, un tissu dont l'éloignement d'elle ou de lui, distendait seulement la trame.

Elle découvrait, à travers cet amour, la perméabilité de la matière, comme si cette dernière se fût trouvée délivrée de ses limites, comme si le sentiment qu'elle éprouvait ou le palmier dans le vent, fussent aussi bien les deux manifestations d'une même chose.

Elle n'avait pas de mot pour qualifier ce lien. Seule lui venait une immense gratitude. Envers qui ? Peut-être bien elle-même, pour n'avoir jamais renoncé à un tel lien.

Chaque jour la voix répétait : « Tu n'es pas cela, tu dois rentrer, ce n'est pas ta réalité. » Elle éprouvait une pression dans la poitrine, comme si son cœur se fût un instant gorgé de sang, et elle s'accoudait à la terrasse ou s'en allait marcher près de la mer. La plage était vide à ces heures. Au petit matin, elle apercevait de sa fenêtre les pêcheurs réparant leurs filets au milieu des algues que la mer avait déposées telle une digue marine dans la nuit.

Elle prit alors une première décision. S'en aller deux semaines loin de lui. Elle vint le lui dire dans le petit matin d'un dimanche, et fut déconcertée par sa réponse.

— En arrivant tu étais une jolie femme, et maintenant tu es belle parce que tu es bientôt prête, prête à être vue et à voir. Oui, je le vois, les aveugles voient avec leur peau, où se tiennent les yeux véritables. Je le vois et je l'entends à ta voix, elle était fermée lorsque tu es arrivée et elle s'est ouverte pour laisser passer de la paix et des bouquets de gestes doux. Tu es presque comme j'ai vu que tu pourrais l'être lorsque je t'ai rencontrée près des chenilles dans la palmeraie. Tu as dévoilé tout ce qui était caché, tu as enlevé tout ce qui obstruait ta beauté. Il faut toujours ôter et non pas ajouter pour augmenter, c'est l'erreur que font la plupart des gens, ils ajoutent au lieu d'ôter et ainsi ils diminuent au lieu de faire croître. Va donc davantage vers le sud. Je t'indiquerai un lieu près d'une ville sacrée où tu pourras séjourner. Lorsque tu te seras défaite de toutes tes peaux, toi aussi tu verras comme les aveugles voient et tu sauras ce qu'il est juste et bon de choisir. Tu verras que la souffrance, y compris la maladie, et même la mort, ne sont que des illusions. Tout cela est croyance.

Il ne l'avait pas accompagnée jusqu'aux portes du domaine le matin de son départ, mais lui avait remis une enveloppe accompagnée d'un livre au moment de la saluer.

L'enveloppe contenait une lettre, ou plus exactement un large morceau de papier sur lequel étaient écrits quelques mots :

ceci
un sourire de Bouddha
rire et plein d'étoiles

te connaître
silence de l'amour
une belle vie
la tête tournée vers ton cœur
je te serre dans l'Un
Gokul.

Puis elle reconnut le *Livre 7* qu'elle avait lu à l'aveugle au début de leur rencontre, lorsqu'il lui demandait parfois, aux heures chaudes, à demi allongé sous les arbres les plus feuillus :

— Lisez encore pour moi, s'il vous plaît.

Et, assise près du bassin en mosaïque, elle lisait à voix haute la cinquantaine de pages que contenait le livre, tandis que l'aveugle hochait la tête. Il se pouvait que, certains jours, dans l'ombre, en silence, il pleurât.

Le palais que lui avait indiqué Gokul était distant de quelque cent kilomètres et dominait un fleuve. Elle mit une journée pour l'atteindre. Elle y reprit le rythme qu'elle avait acquis à la palmeraie, mais cette fois sans personne à qui parler.

Avant six heures, elle allait marcher dans les jardins près de l'eau, regardant le soleil par-dessus la brume sur la cité sacrée que la grande bâtisse surplombait. Elle entendait la toux malade de la ville à travers l'ouate du feuillage des arbres. Elle ne se décidait pas encore à descendre pour visiter les temples.

Les écureuils gris piaillaient autour de sa chaise. L'air semblait rempli de signes, d'une présence muette qui lui criait quelque chose dans la brume. Il y avait là un arbre qu'elle n'avait jamais vu dont les branches nombreuses semblaient des pattes d'oiseau.

Elle retrouvait progressivement ses plus anciens souvenirs, avec une acuité qu'elle avait perdue. Elle respirait l'odeur des figues et revoyait les seins lourds de sa grand-mère dont elle aimait, petite, caresser la gorge, assise sur ses genoux. Elle sentait l'odeur d'amidon du tablier de cette dernière et la rugosité particulière de ses mains rougies. Mais tout cela, désormais, lui devenait presque étranger, et elle se penchait sur ses souvenirs avec la tendresse bienveillante que l'on a pour les morts. Laura se rappelait la jeune femme qu'elle avait été, la soif qu'elle avait portée. Il y avait eu les heures d'espérance, puis la tristesse de ne pas trouver à calmer cette soif qui la brûlait, son ventre qui craquait aux premiers mois de la maternité et la beauté de ses seins gonflés qu'elle avait aimée, puis les heures innombrables qu'elle avait passées solitaire, attendant le retour de son époux et de sa fille, assise des après-midi entières dans le fauteuil du salon, sans lire, sans même allumer une lampe, remettant parfois d'un geste lent une bûche dans le feu. Elle se souvenait de la paix qu'elle éprouvait alors et comme il lui venait parfois cette pensée qu'ils ne rentrent pas, que son époux, sa fille ne franchissent plus le seuil de la maison et qu'elle soit ainsi délivrée de les aimer. Elle n'aurait pas préparé le dîner, ni fait réciter les leçons, elle ne se serait plus souciée, ni inquiétée d'une absence prolongée, d'un téléphone sonnant dans la nuit, ou d'un bruit de pas sur le gravier. Elle aurait cessé de protéger et d'être protégée. Cette rêverie, si l'on peut appeler rêverie cette aspiration à disparaître dont elle éprouvait une forme de honte, la soulageait un instant du poids harassant qu'était parfois cette charge que les autres nomment « vivre ».

Son mari, sa fille. Ils avaient été à ses yeux ce qui comptait le plus au monde, mais, ce qu'ils avaient partagé ensemble lui avait toujours semblé si loin de l'idée qu'elle se faisait de la vie.

Peut-être, songeait-elle assise sur la terrasse de l'ancien palais, que ces journées calmes et solitaires en Italie, alors qu'elle se tenait seule près de l'âtre sans rien à résoudre, avaient permis la pleine santé de cette maladie qui l'avait conduite jusqu'ici. Peut-être toutes ses heures enfouies en elle, ne l'avaient-elles préparée qu'à une seule chose : davantage de solitude, et davantage de soif. Elle regardait les buffles dans la poussière de leurs sabots soulevés avec lenteur, presque lassitude, et elle les aimait, comme elle aimait les larges fesses des femmes penchées à ramasser le riz, l'enfant qui riait pendant que sa mère le lavait et l'autre qui pleurait, les plus grands portant les plus petits, les hommes se lavant les dents sur le seuil de leur maison avec leur doigt, les palais décatis telles de vieilles princesses, qui, avaient été belles et jeunes autrefois, la présence des chèvres et les femmes coiffant leurs cheveux noirs dans l'embrasure des portes, les fillettes aux yeux écarquillés, et les vieux se dressant sur leurs maigres jambes, leur turban sombre les coiffant à la manière de joncs.

Elle ne pouvait plus échapper à cette nécessité de s'engager dans la vie. Elle se savait vivante. Éternellement vivante. Elle n'avait pas même le regret ou le désir des années qu'elle aurait pu passer près de Gokul. Non. Elle avait connu cela : l'amour. Et le seul qui fût digne à ses yeux, un amour qui dépassait la mort elle-même et mieux encore, la pétrissait. Ainsi, elle n'avait pas à choisir entre un homme ou un autre, entre une vie ou une autre, mais à se choisir elle-même en vertu de l'exigence qui était maintenant la sienne. L'exigence de la qualité d'un son, pour faire vibrer au mieux cet instrument à la joie qu'elle était devenue. Pour faire rendre à cet instrument de vie, la note la plus juste.

Au fil des jours, elle pénétrait dans une autre réalité où les heures semblaient faites d'une souplesse animale, comme si le temps lui-même fût devenu matière. Il lui avait fallu ôter toutes ses certitudes, ses croyances, ses préjugés, ses jugements, pour s'augmenter de cette expérience de la nudité, et pour la première fois elle se vit nue telle qu'elle ne l'avait jamais été. Elle comprit que c'est ainsi que Gokul l'avait vue et aimée, dans la pureté de son être dégagé de tout.

Tout lui paraissait maintenant d'une évidence claire et splendide. Elle ne reviendrait pas en Italie. Non Elle avait choisi la joie, et cette décision si simple et si radicale à la fois descendait en elle, au fur et à mesure des heures qui passaient : chaque cellule de son corps semblait l'incarner pour s'ouvrir, ruisseler à la manière d'une terre qui n'aurait pas connu l'eau depuis tant de saisons, et semblait s'abreuvait de son choix, à cette source intarissable qu'était devenu ce choix.

Mon corps boit, Gokul, mon corps boit la vie, mon corps boit le sens, il reconnaît le rythme, le souffle, mon corps boit l'air et le soleil, et la vue des arbres, mon corps boit le désir de tes mains, ainsi donc c'était cela, Gokul, je reconnais ce présent qu'il m'a été fait de comprendre, cela ruisselle, cela ruisselle enfin, je suis la joie, Gokul, je suis la joie...

Laura de Condotti mourrait dans le sud de l'Inde et ce qui l'unissait désormais à l'aveugle était plus grand que tout ce qui aurait pu les unir s'ils s'étaient aimés en se figurant chacun être lui-même, car ils partageaient l'infini de cette mort, ils partageaient leur conscience solitaire du monde à partir de laquelle ils avaient osé quelque chose d'entièrement neuf.

Au seuil de franchir cette limite, qu'elle savait sans retour, elle saluait une dernière fois ce qui fait le tracas et la joie des hommes. Dans la solitude, elle souhaitait dire adieu à ce qui avait nourri le tourment et le bonheur de ses heures d'autrefois. Quelque chose s'achevait. Elle se sentait pliée à la façon d'un drap de lin que l'on a rangé dans un placard, parce que les habitants de la maison sont morts et qu'il ne servira plus.

Petit à petit montait en elle le désir de retourner à la palmeraie, de retrouver l'aveugle. Oui, maintenant elle désirait revoir Gokul.

Elle s'assit une fois encore près de la guérite à l'extérieur du palais, pour goûter ces dernières heures de solitude dans la paix. Puis elle entreprit de réunir ses affaires. Elle partirait de bonne heure le lendemain.

Elle s'était levée très tôt pour avoir le temps de passer en ville avant de rejoindre la palmeraie. Il lui restait une chose à faire qu'elle souhaitait accomplir elle-même. Certes, elle aurait pu envoyer un des hommes de Gokul, mais elle reconnaissait que cet acte lui revenait.

Elle quitta l'hôtel alors qu'il faisait encore nuit. Au loin, la ville semblait une respiration de lumière, comme le mouvement léger d'une vie ténue, une brise de vie claire. La beauté de la plaine dans l'aube la touchait. Avant de partir, elle avait bu un jus de fraise dans une coupe de bois, et elle sentait aux commissures de ses lèvres le goût du sucre. Les premières brumes de chaleur envahissaient tout dans le matin et seul son train semblait réel. Elle aurait atteint le guichet des postes vers neuf heures. Si les lettres et le colis partaient aujourd'hui, ils les recevraient sans doute dans une quinzaine de jours, voire trois semaines. Son retour étant prévu quelques jours plus tard, elle songea qu'ils n'auraient pas à attendre.

Caro mio,
J'ai vu ici les roses que j'espérais voir.
Il y a maintenant cette douceur dans mon corps, dans mon cœur, dans mon esprit.

Je suis arrivée là où je devais arriver et je ne reviendrai plus. Je vais vers mon rêve. Une femme en moi me manquait qui, à l'heure de mourir, s'est enfin autorisée à naître, s'est incarnée. Je rejoins l'autre terre, la terre étrangère, ma terre d'origine que j'ai toujours cherchée.
On trouve en mourant, bien plus que l'on ne perd.
Je vous quitte parce que je me quitte. C'est la fin, tout commence.
Je te remercie humblement de tout ce que tu m'as donné. Tu as été bon et généreux et nous nous sommes aimés autant que deux êtres pouvaient s'aimer dans ce pays et à cette époque. Il existe un autre monde. Maintenant je le sais. Il est inutile de venir me chercher. Je mourrai bientôt et je souhaiterais être brûlée ici au milieu des fleurs selon la coutume de ce pays. Puis mes cendres seront jetées dans la mer et tout sera accompli.
Que mon amour te garde et te protège.
Veille sur notre fille chérie. Laisse-la libre, ne la juge jamais, accompagne-la.
Je t'embrasse mon époux.
Laura.

A sa fille, Laura avait écrit la lettre suivante :

Ma fille chérie, ma tant aimée,
Je quitte ce monde pour un autre et je voudrais te dire, avant de m'en aller, cet amour qui fut le mien de toute ta personne. Ton âme est belle et tu es forte comme les blés qui courent dans tes cheveux. Mon

enfant, ma merveilleuse, mon adorable, je pars dans la paix et la joie accomplie.
Que ta route soit belle. Ne laisse personne entamer tes rêves. Ne fais aucun compromis sur ta soif. Ne renie jamais tes plus profonds désirs. Ils sont ta vérité.
Je te souhaite ce bonheur chaotique et vivant de donner la vie et d'avoir un enfant, de plonger sans relâche dans les entrailles du monde. La mort n'est qu'un passage. Ne veille pas sur ton père, il saura le faire. Ce n'est pas ta tâche. Veille sur toi. Toi et tes rêves. Si un jour tu as perdu le sens, alors viens dans ce pays et dans ce lieu. Il y a là des êtres qui te parleront du mystère des choses. Gokul te dira. Mais sache que c'est toi et toi seule qui portes ta vérité et ton royaume.
Ne venez pas me chercher. J'ai été trouvée.
Je t'aime. Je t'accompagnerai chaque jour par-delà ma mort.
Maman.
Ci-joint un livre, le Livre 7, *qui me fut donné sur cette terre. Là où je suis, je n'en ai plus besoin.*
Tu es mon amour. Tu as toujours été, tu seras toujours mon amour.
Maman.

Dans le train du retour, elle pleurait avec la dignité d'un animal au milieu de la foule, les yeux clos, le visage immobile, sa nuque reposant sur le dossier de bois.

Il l'avait sentie venir de très loin, elle se tenait droite, dans le vent. Il éprouvait qu'elle avançait sans hâte, s'arrêtant par instants pour regarder la mer et cette lenteur lui plaisait. Qu'après plus de dix jours d'absence, son pas ne fût guère plus impatient que celui des autres jours, son corps aussi calme que n'importe quelle autre après-midi, le comblait de joie. A son rythme, il comprenait qu'elle avait abandonné tout ce qui faisait sa personne pour descendre dans la profondeur de son être. Ce ne n'était pas elle, Laura de Condotti qui lui revenait du Sud mais la substance, l'essence accomplie de Laura de Condotti, quelque chose qui allait bien plus loin que ce simple nom et cette simple forme ; de même ce n'était pas lui qu'elle avait choisi mais l'amour même, qu'à force de chercher elle avait trouvé et dans lequel elle s'était abandonnée.

Il l'attendait sur le seuil et lorsqu'elle fut devant lui, il caressa son visage avec douceur.

— *Your return is my rebirth.*

Puis il lui prit la main et la garda dans la sienne.

— *Sahajata*, maintenant tu te ressembles.

Et elle avait pleuré de joie.

Il faisait doux sur la véranda. Le déjeuner devait être prêt. J'éprouvais une grande paix, assis sur mon derrière face à la forêt. Je me sentais anormalement paisible après ma lecture. Et maintenant où se dissimulait-elle en moi cette Laura de Condotti de soixante et un ans, prête à s'abandonner à l'amour ?

Je n'ai pas répondu à cette question. J'ai été cherché mon bar grillé et mon gratin et j'ai choisi d'y réfléchir le ventre plein.

J'avais ôté mes chaussures que je regardais l'une à côté de l'autre sur la véranda, l'une debout, l'autre couchée et je les trouvais épouvantablement vivantes. Si elles s'étaient mises à marcher toutes seules et à me parler, je crois que je n'aurais pas été surpris. La fourchette sur mon assiette me semblait elle aussi douée d'une vie magique. C'était elle bien plus que moi qui choisissait d'embrocher le bar avec ses petites dents pointues et le portait à travers les airs jusqu'à ma bouche. J'avais fait une sauce un peu trop épicée pour accompagner le poisson, et l'impression d'être assailli par une tribu de crabes microscopiques en furie tout autour de mes lèvres ne m'a pas lâché pendant un bon quart d'heure. Le vin blanc chilien glacé a aidé à calmer tout ça. Il a aidé aussi je crois à la décision impulsive que j'ai prise d'aller voir Laura, vêtu d'un unique peignoir à cette heure du jour, pour me présenter à elle plus nu que nu, comme l'avait dit Fred. Pour la première fois depuis sa mort, j'ai pensé à lui avec douceur, comme si la totalité des galets de chagrin qui pesaient sur mon cœur avaient été déplacés.

Je me suis déshabillé à toute vitesse, mais une fois assis en peignoir au volant de la Mercedes j'ai mesuré l'incongruité de ma situation. Qu'allais-je dire à cette femme lorsqu'elle m'aurait ouvert la porte me découvrant aussi ridicule dans ce vieux peignoir ? Peut-être fallait-il laisser Laura en dehors de tout ça, ne pas l'abîmer de mes doutes et de mes incertitudes. Pour une fois, pouvais-je avoir le courage de me redresser tout seul ? Je suis retourné à la baraque et j'ai fait du café. J'allais avoir trente-cinq ans, il était temps que je trouve un semblant d'ordre à ce maelström qu'avait été ma vie sans attendre des uns ou des autres qu'ils en produisent le sens. J'ai ôté de nouveau mes chaussures et me suis assis à côté d'elles, comme je me serais rapproché d'un ami et progressivement j'ai retrouvé mon calme.

La peau de cerf suspendue ne m'apparaissait plus aussi étrange qu'à mon arrivée dans le Vermont. J'ai même deviné le dessin d'un loup sauvage courant ventre à terre sur le mur, à travers les traces que le fauteuil avait laissées après que, Eddy et moi, nous avions repoussé des centaines de fois le dossier au moment de se lever de table. C'était ça les présences dont parlait Vera au chapitre 4 de *En nous la vie des morts*. La raie magique du chapitre 2, celle qui pourrait m'emmener au cœur de mes aurores boréales, celle qui me couvrirait de son aile géante bienveillante, j'étais d'accord maintenant pour la laisser venir.

Avons-nous peur d'aimer en raison de cet absolu dénuement auquel l'autre nous renvoie et dont nous feignons d'ignorer que nous le lui renvoyons aussi ? Est-ce cela la peur d'aimer, la peur de rendre l'autre aussi nu que l'on se sait pouvoir l'être ? Guita dit toujours que *ça* aime à travers nous, et qu'il ne faut pas se laisser déborder par toutes ces histoires de pronoms.

J'irai en ville lui écrire, me suis-je dit, et je voulais aussi déposer une bouteille de margaux chez l'Indienne. J'étais sûr qu'elle aimerait ça. Beaucoup de sentiments se bousculaient en moi, mais je n'osais pas m'y abandonner. Un petit aller-retour à Northfields me ferait du bien.

En rentrant dans la baraque, j'ai vu que Léandre avait sorti son nid de sa maisonnette en plastique rose et l'avait installé au rez-de-chaussée manifestant ainsi de façon spectaculaire son mécontentement quant à l'hygiène de sa cage.

J'ai salué sa capacité à ne pas subir. En tant que hamster révolutionnaire, Léandre n'aurait jamais pu se laisser faire à la façon de ses cinquante camarades qui avaient servi à une installation d'art contemporain dans une galerie de Chelsea où un mur entier avait été recouvert de cages. Les bêtes couraient dans leur roue de plastique de façon insensée. Fred avait été marqué par cette « œuvre ». C'était une de ses amies qui l'avait montée. Toutes les sociétés de protection des animaux lui étaient tombées dessus. Fred m'avait dit :

— Pourquoi n'y a-t-il pas de société de protection des hommes, hein, quelle différence entre ce mur de hamsters et le monde contemporain ?

En arrivant chez l'Indienne, je n'ai trouvé personne. Il y avait seulement une paire de tennis dorées à paillettes, presque neuves, posées en évidence sur la banquette en skaï devant la maison. Les chaussures avaient quelque chose de particulier aujourd'hui me suis-je dit, parce qu'elles m'ont semblé aussi vivantes que les miennes sur la véranda tout à l'heure. J'ai déposé la bouteille dans la chaussure droite et je suis parti vers Northfields.

En arrivant à l'Internet great café, j'ai vu que le *g* n'était pas revenu à sa place et cela m'a donné envie de sourire.

J'ai pris un chocolat chaud, puis j'ai écrit à Guita.

> *Guita,*
> *Je ne sais pas si j'atteindrai un jour ma proie, mais oui, le bonheur je l'aurais chassé. Et peut-être la grande sagesse serait-elle de comprendre que c'est la chasse elle-même qui est le bonheur, hein Guita ?, mais je n'en suis pas encore là.*
> *Enfermé dans cette forêt d'hiver, m'arrachant à de très vieilles vies, j'ai espéré avec une ténacité de bête, que quelque chose cède, s'entrouve et peut-être que cela a eu lieu. Je rentre dans un nouveau rythme. J'essaye, j'apprends. Ce temps-là est déjà un peu loin maintenant, qui m'a déchiré de fond en comble. C'est ainsi que l'on gagne de nouvelles forces me diras-tu, au fur et à mesure que l'on perd. Je crois que tu as raison. Je le sens. C'est lent, c'est tout doucement, mais c'est vrai. J'étais si perdu, Guita, si perdu, avec un tel sentiment d'abandon de tout. Je regarde les arbres, ça me fait du bien. Je me tiens debout et seul. Cela est en train d'avoir lieu. Peut-être tout commence-t-il.*

> *Je me sens un peu déplacé dans le Vermont et pourtant c'est comme si ce temps m'était nécessaire pour achever les préparatifs de l'enterrement de cet homme que j'ai été. Je crois que je vais à peu près bien. Je ne suis plus découragé.*
> *Nort.*

Il y avait un message de Guita et un autre de Lilly. Avoir des nouvelles de ces deux femmes m'a procuré un plaisir intense. Lilly me disait qu'elle venait de récupérer toutes les photos de Fred de la galerie de Chelsea. Elle voulait savoir si je souhaitais en garder. Anas était prêt à venir les déposer chez moi avec sa voiture. Elle ajoutait que Fred lui avait dit un peu avant de mourir qu'on pouvait voir sur un cliché si une personne était morte ou vivante. Lorsqu'elle était vivante, on pouvait observer son aura sur la photo. « "Mais c'est comme au poker, Lilly, avait-il ajouté, il faut payer pour voir." Avec ce qu'il a payé, j'espère qu'il a tout vu ! » concluait-elle.

J'ai senti dans ses mots une peine irréparable en même temps qu'une sorte de joie dont j'ai compris la raison en achevant de lire son message. Elle venait d'apprendre qu'elle était enceinte. Elle avait essayé de me téléphoner, mais je ne répondais jamais.

J'ai eu envie de pleurer tout d'un coup énormément. Je suis sorti du café en emportant son message et celui de Guita. Je suis remonté dans la Mercedes et j'ai mis la radio très fort en ouvrant les vitres. Le soleil était éclatant dans le ciel, et ils ont passé *Moonlight in Vermont* d'Ella Fitzgerald. J'avais des larmes plein les yeux, mais personne n'aurait pu dire si c'était à cause du froid ou de mon cœur. En arrivant à la baraque, je me suis dit qu'il était temps de cesser de croire au hasard.

Lorsque je suis entré dans la maison, j'ai eu la même impression que Petit Ours dans *Boucle d'or*, lorsqu'il revient avec Maman Ours et Papa Ours après leur promenade. Ils ne sauraient dire pourquoi mais ils sentent que quelqu'un est passé en leur absence. J'avais exactement ce sentiment ne sachant à quoi attribuer une intuition aussi certaine, jusqu'à ce que je découvre que la peau du cerf avait été enlevée. Eddy avait laissé un mot pour m'expliquer qu'il regrettait de ne pas m'avoir trouvé. Il devait récupérer la peau et il espérait que je viendrais bientôt déjeuner ou boire un café chez eux. La disparition de mon cerf m'a fait un effet étrange, mais j'étais incapable, sur l'instant, d'en penser quoi que ce soit. Cette peau qui n'était plus là, c'était quoi ?

Guita dit que le monde est une fabuleuse usine à produire des signes dont une infime partie revient à chacun ; que nous-mêmes, à chaque instant, sommes des signes pour autrui dont la logique ou la nécessité nous échappent. Nous sommes chacun, les uns pour les autres, les fragments d'un livre gigantesque et infini qu'il incombe à l'espèce humaine de lire en entier pour comprendre le sens de sa destinée. Chaque être humain a sa part de texte, selon son propre niveau de conscience, mais il n'y a pas de salut possible pour Guita, si l'on ne fait pas cet effort de lecture et d'interprétation.

Je suis sûr qu'elle aurait dit tout un tas de choses passionnantes à propos de la disparition du cerf, loufoques et passionnantes, mais moi je n'étais pas très entraîné. J'avais déjà accompli des pas de géant comparé à l'homme que j'étais lorsque Guita m'avait rencontré, tellement solitaire et méfiant. J'avais accepté, grâce à elle, de remettre en cause bon nombre de mes certitudes et de mes convictions malgré la folie que contenaient alors, à mes yeux, la plupart de ses affirmations.

— Tu auras ton appartement à Times Square !

— Comment peux-tu en être aussi sûre ?

— Je n'en suis pas sûre, comment pourrais-je l'être, même la mort n'est pas une chose certaine, mais j'en ai rêvé Nort. !

— Ah, non, Guita, ne recommence pas !

Il n'empêche, l'appartement, contre toute attente, je l'avais eu.

Le suicide de Fred m'avait modifié plus radicalement encore en ce que sa mort avait bouleversé la plupart de mes habitudes et perturbé mon équilibre psychique. Or, aucun homme ne pouvait changer s'il n'était pas réellement menacé dans son fonctionnement, ce qui d'ailleurs laissait espérer de sacrées transformations pour le monde. Il y avait une belle phrase que Guita m'avait lue et relue et dont je me souvenais avec joie maintenant. « Ce sont des choses sur lesquelles l'homme ne peut se tenir que si sur elles, il a trébuché. » Pour autant, je ne savais pas quoi faire de la disparition de ma peau de cerf. A la manière dont Guita s'abandonnait sans résistance aux événements de la vie, je me suis assis à l'endroit où la peau avait été tendue devant mes yeux pendant des semaines et j'ai lu son message en espérant y trouver une réponse.

> *Nort.,*
> *Je viens de voir quelque chose de magnifique que je n'avais pas encore compris. Le* Livre 7, *c'est le livre du Je. En hébreu, chaque lettre correspond à un chiffre comme je te l'ai déjà expliqué. C'est une façon de faire parler la langue plus en profondeur. Le « livre » se dit* séfèr, *dont la valeur numérique*

est égale à 340, soit à 7 (3 + 0 + 4). « Je » se dit ani, *dont la* guematria *est aussi égale à 7 ! Le* Livre 7, *c'est le livre du livre, le livre du Je.*
Il me tarde de rentrer maintenant.
Je ne sais pas si chacun finit toujours par affronter un jour ou l'autre l'horreur qu'il porte en soi et fuit, mais je sais que si l'on a cette « chance », cela modifie l'être en profondeur et que plus rien, ensuite, n'est tout à fait pareil. Surtout l'amour, dont on comprend, après cela, qu'il est rigueur et exigence.
Le lien qui nous unit, Nort., est d'une profondeur presque organique. Il a mûri, il a grandi, il a gagné en sobriété et en sagesse, en intelligence. Je le sens. Je sais que toi aussi. Nous avons de la chance, même si je sais que nous avons mérité ce lien. Je me souviens de ce bonheur très ancien que j'ai connu autrefois et qui était : aimer, ce qui était le contraire de la possession, soit comment rendre l'autre plus libre, toujours plus libre.
Je t'aime.
Guita.

P.-S. : J'ai vu un film russe magnifique sur l'amour et la fidélité, tous ces gros dossiers. A un moment, la femme dit cette phrase dont j'ai admiré l'exigeante ambition : « Sois fidèle si cela te grandit, fais l'amour avec d'autres femmes si cela te grandit, dis-le-moi si cela te grandit, tais-le si cela te grandit. En amour, avec moi comme avec les autres, fais seulement tout ce qui te grandit, tout ce qui te rend plus vrai, plus grand, plus beau, plus vivant. »

P.-S. : Pas de hasard, je suis passée l'autre jour dans une petite ville qui s'appelle Le Vermont, incroyable non ? Dans les Vosges, département 88 (8 + 8 = 16, 1 + 6 = 7, je sais Nort., ça ne se fait pas de t'encombrer avec mes histoires de chiffres ! Mais c'était trop beau.)

En rentrant dans la maison, j'ai aperçu Léandre blottie dans un coin de sa cage hors de son nid. Lorsque j'ai voulu la prendre, je l'ai sentie tremblante dans mes mains et j'ai vu que ses yeux étaient collés, signe alarmant chez le hamster. Guita m'avait prévenu qu'il fallait lui préparer une infusion de foin et la faire boire coûte que coûte dans ces cas-là. J'ai pris quelques brins que j'ai mis à bouillir dans une casserole d'eau et j'ai tenté de lui en administrer maladroitement à l'aide d'une cuiller mais cela n'a rien changé. Alors je l'ai gardée contre moi, emmitouflée dans une de mes chaussettes. Elle était toute petite. Je l'ai caressée en lui parlant mais au bout d'une demi-heure, elle était morte. C'est comme ça la mort. Il suffit d'une seconde.

La nuit qui a suivi sa mort et la disparition de la peau du cerf, je me suis réveillé vers quatre heures avec la sensation d'éprouver la connaissance des mystères. Je m'étais endormi après avoir réussi à remonter dans mon esprit la moitié de ma journée à l'envers et maintenant j'étais reposé dans le noir. J'étais au cœur de ces heures un peu particulières où l'on ne réfléchit jamais tout à fait comme en plein jour. J'avais la sensation de revenir de très loin, de comprendre enfin que « l'autre » serait toujours différent, que la seule noce possible était entre soi et soi. Puis j'ai fait un drôle de rêve dont seule une phrase au réveil m'est restée : « Avec son nom, l'enfant reçoit sa part d'ombre et de lumière. » Je ne savais pas très bien quoi faire de tout ça mais cela me semblait agréablement mystérieux.

Dans mille ans, à quoi rêveraient-ils tous ?

Le lendemain, je me souvenais de la phrase du rêve, mais j'avais perdu cette sensation de m'être rapproché de la connaissance. C'est pourtant ce matin-là, je crois, que j'ai commencé à parler avec les arbres, notamment celui en face de la fenêtre de ma chambre, à qui j'ai exposé le programme de ma journée, lui livrant toutes sortes de réflexions sur l'évolution de mon existence. Même si j'ai eu, pendant une heure ou deux, la sensation que je devenais dingue, j'ai choisi de m'autoriser cette liberté.

Les quelques jours qui ont suivi, je suis allé

une fois à Northfields pour écrire un mot à Lilly et acheter de la mayonnaise. J'ai aussi prévenu Guita de la mort de Léandre que j'avais enterrée dans la forêt. C'est inouï la vie qui s'en va. J'ai dormi. Puis je me suis mis à rouler sans but précis. Je m'arrêtais dans des lieux magnifiques et je restais là, seul, dans le silence démesuré de la nature où j'essayais de trouver ma place d'homme. J'avais envie de faire l'amour.

Je ne sais plus très bien quand la lettre est arrivée. Peut-être le jeudi suivant. Je n'avais jamais croisé le facteur. C'était une femme, très gaie, avec des joues roses. Elle est passée dans le milieu de la matinée alors que j'étais devant la maison. Je lui ai proposé un café et elle a accepté. Nous avons parlé un moment du temps et de la vie dans le Vermont tandis que je regardais la lettre posée sur la table. Je ne connaissais pas cette écriture qui ne m'évoquait rien ni personne. Lorsque je me suis retrouvé seul, je me suis assis dans le rocking-chair de la véranda, et face au soleil, j'ai ouvert l'enveloppe.

Cher Nortatem,
C'est une longue lettre que je dois vous écrire. D'abord pour vous remercier de ce que vous m'avez permis d'éprouver de nouveau. Dès que vous êtes entré à la maison l'autre samedi, j'ai eu envie de

sourire. Depuis des années il ne m'était pas venu une telle moisson de sourires aux lèvres. Il vous est peut-être déjà arrivé d'avoir le sentiment d'une étrange familiarité avec un être. C'est, selon la kabbale, parce qu'il arrive que certaines grandes âmes se réincarnent en plusieurs corps différents pour accomplir la tâche qui leur revient. Peut-être, Nortatem, sommes-nous les morceaux dépareillés d'une même âme. C'est aussi pour cette raison que je vous écris. Et peut-être est-ce seulement pour cette raison que nous nous sommes rencontrés, qui à elle seule suffit. J'ai interrogé mon rabbin bien-aimé à propos de votre prénom. Il se dégage de cet être une atmosphère dense et tranquille propre à ceux qui ont acquis au fil des ans une connaissance discrète et profonde – discrète parce que profonde – des mystères de l'univers. Aussi me suis-je dit qu'il aurait peut-être une idée sur la question. Il a réfléchi un long moment, s'est assoupi une petite heure puis il m'en a longuement parlé à son réveil. Nortatem est l'anagrame de Metatron. Vous trouverez dans la mystique juive la symbolique de votre destin. Metatron est le scribe, prince de la face. C'est Dieu en actes, celui qui écrit dans le grand livre du monde. Préposé aux archives, il apporte la mallette aux écrits à l'intérieur de laquelle se trouve le livre des mémoires. C'est lui qui fait sortir le secret, lui qui change son vêtement de peau en vêtement de lumière.

Mon rabbin a ajouté en me disant cela : « Il faut avoir l'humilité d'être à sa place et la place de l'homme est haute. »

Vous irez là où vous devez aller. Ce n'est pas que je le sais, je ne sais rien, mais je le sens. Vous êtes un très bel homme Nort. Non, ne rougissez pas. Souvenez-vous de cela tous les jours. Accepter de n'être qu'un homme, en un sens c'est se faire dieu. C'est n'être plus rien que soi-même. C'est de l'ordre du merveilleux. C'est étrange comme lorsque je vous écris tout est simple et clair en moi. Je crois que la vie est un don et que nous sommes là pour servir ce don. C'est une complicité de matière que je ressens vis-à-vis de vous. Nous aurions pu avancer ensemble de cette complicité, mais il ne naît rien du même. Et vous êtes comme moi. C'est ainsi.

Si Fred a été un homme aussi extraordinaire à vos yeux, c'est aussi par le regard que vous avez porté sur lui toutes ces années. Je suis heureuse de toutes vos faiblesses, de tous vos doutes, et de votre endurance inexorable à chercher. Vous témoignez de façon remarquable de ce que c'est qu'être homme, vous témoignez de cette beauté douloureuse et difficile d'être les pieds dans la terre et le cœur dans les étoiles. C'est cela à mes yeux la tâche de l'homme, d'unir les deux, c'est une tâche impossible et solennelle, c'est une tâche possible aussi et humble. Vous êtes humain, vous êtes vivant, vous êtes toutes les contradictions réunies en un seul, je veux dire toutes ces contradictions vécues ensemble sans craindre de les embrasser toutes, cela à mes yeux, c'est l'incarnation du divin. Metatron. Toutes nos faiblesses sont exactement nos forces. Et vous avez la force, sinon cela ne serait point.

Puissiez-vous toujours rester vivant comme vous l'êtes.
Je vous embrasse de tout mon cœur, de ce Vermont où vous êtes le bienvenu pour toujours.
Laura.

Je me suis souvenu alors de cette parole soufie que Guita m'avait citée il y a très longtemps : « Tu étais comme un homme qui déambulerait avec une flèche dans le crâne que tous pourraient voir excepté lui, et qui serait le seul à attribuer sa douleur à la tête au mal qu'il se donne à réfléchir. » Quelqu'un venait tout simplement de m'enlever la flèche.

Depuis des jours, un calme neuf avait grandi en moi. Et je l'avais reconnu sans jamais l'avoir pourtant connu. J'avais compris ce que voulait dire le verbe « voir ». Voir, c'était ce calme-là. J'avais accédé à une autre forme de vie, enfin je pénétrais le monde et le monde me pénétrait.

En lisant la lettre de Laura, je mesurais simplement à quel point chaque souffrance était la manifestation d'une vérité qui cherche à se faire désespérément connaître. Peut-être étais-je en train de pleurer mais je n'en pensais plus rien. Si je pleurais, je pleurais sans doute de joie. Mais j'étais plus loin que les larmes, là où tout commence.

J'ai fait mes bagages sans réfléchir parce que cela m'a semblé évident que l'heure était venue pour moi de partir. J'ai rangé toute la maison et j'ai éprouvé une grande paix à remettre chaque chose à sa place. De temps en temps je regardais le ciel à travers la fenêtre et je plissais les yeux comme un chien. J'ai dit au revoir à l'arbre et je l'ai remercié de m'avoir écouté.

Je savais qu'il me restait une dernière chose à faire avant de partir : lire le dernier chapitre de *En nous la vie des morts.*

Chapitre sept, 34 ans

Il avait maintenant achevé sa lecture et tout était prêt. Il savait qu'il ne déposerait pas les clefs chez le propriétaire. Il avait envie de revoir Laura, mais il ne souhaitait pas dire au revoir ni à son père, ni à l'Indienne, ni à personne, et il ne se sentait plus le devoir de se justifier auprès d'eux. Il prit deux bouteilles de vin qu'il plaça en évidence sur la table près de la cuisine. Nortatem devinait qu'Eddy passerait bientôt à la baraque et cela lui parut raisonnable de laisser la maison ouverte.

En se levant du fauteuil près de la cheminée, il avait compté que cela faisait quarante-neuf jours exactement qu'il s'était installé dans la baraque, sept fois sept jours, un chiffre qu'elle n'aurait pas manqué de lui commenter si elle avait été là.

— C'est le temps entre la mort et la nouvelle naissance...

Elle. Guita. Depuis qu'il était né à lui-même, il lui semblait avoir accès à une vérité absolument autre des êtres comme des événements. Il n'éprouvait plus aucune impatience. Il songeait combien autrefois il se serait précipité en ville pour lui faire part de ce changement radical, et il prenait la mesure des modifications qui avaient eu lieu en lui. Il ne lui écrirait pas. Ou tout du moins pas tout de suite. Il ne voulait pas encore penser à elle. Pour l'instant, il souhaitait rester concentré sur sa mère et le sens de son nom, ce nom qu'elle lui avait donné en rêve sans même en connaître la signification, avec cette certitude que cela devait être celui-ci plutôt que celui-là, avec cette confiance irrationnelle dans la puissance des lettres qui avait traversé l'opacité des étoiles. Lui, Nortatem, il venait de si loin, d'un amour encore plus vaste et plus profond que celui dans lequel sa mère l'avait engendré. Il venait de l'infini des lettres et des signes, il venait de cette matrice du verbe à partir de laquelle s'écrivait l'univers tout entier, oui, il était un fragment d'homme dans le grand livre du monde.

Il avait appris la perte, celle de sa mère, de son père et de Fred mais aussi celle du sens, il avait vécu cette difficulté d'être en vie et d'embrasser le monde dans son entier. Il avait été jusqu'à arracher sa propre peau afin qu'il ne reste rien de lui, et maintenant qu'il avait supporté de vivre désespéré, il était plein d'une véritable espérance. Il avait conscience de débuter sur le chemin, mais il accueillait le travail à venir sans découragement ni hâte. Il avait été déchiré tout au long de sa vie et cependant il éprouvait soudain l'amour inouï que tant d'êtres lui avaient accordé depuis le début de son existence. Sa mère, son père, Jim, Fred, Georgia, Guita et jusqu'à Laura pour laquelle il ressentait presque l'élan d'une supplication. Et parce qu'il ne savait pas comment la remercier de cet événement – l'événement du sens de son nom – il se tenait simplement agenouillé devant la qualité de son don, cette façon qu'elle avait eue de sacrifier ses propres sentiments pour l'ouvrir à un autre avenir. Il éprouverait toujours une forme d'amour éperdu à son égard.

Avec sa lettre, Laura avait achevé d'éclairer ses doutes, ses tâtonnements, tout ce qui avait fait sa vie autrefois. Il revoyait l'ensemble de ces dernières semaines lorsque tout s'était mis à vaciller de l'intérieur et il comprenait que Metatron avait attendu en lui que la faim accomplisse son œuvre et oui, la faim avait lentement œuvré. Non seulement Metatron lui avait tenu la main, l'avait conduit, mais plus encore, lui avait donné cela : la faim. Cette faim qui l'avait tourné vers le silence et la quête pour le nourrir de vérité. Or, cette part de lui-même c'est dans l'ombre qu'elle avait vécu, et comprenant que cette nouvelle vision du monde venait du plus froid et du plus noir en lui, il avait de la tendresse pour cette ombre. Il repensait au mot que Guita lui avait écrit en arrivant à Paris

> *A une certaine heure de la vie, il faut oser sauter dans le vide avec pour seul parachute le désir de s'élever. C'est difficile, mais c'est la seule façon de connaître que l'on peut voler.*

à la phrase qu'il avait entendue en rentrant dans le restaurant indien la veille de son départ pour le Vermont

— C'est fini, les choses changent, c'est fini

et à l'annonce pour la baraque le lendemain. Il repensait au cerf et au jour d'orage où il avait eu peur de mourir dans les bois, à celui où il s'était embourbé. Il voyait les seins de l'Indienne et le chien d'Eddy, Sam, la tombe de Fred et l'homme qui lui avait vendu les manteaux de daim, le sourire désordonné de Laura et les vaches marchant sur l'eau dans le soleil. Il pensait à Lilly, à Guita, à Georgia aussi, et en même temps que toutes ces images dansaient devant lui à la manière d'un film prodigieux, il voyait Joselito et l'homme au manteau de daim, Leny et Olaf, Tadeck et Vera, Diego, Thora, Yazuki et Travis, Gokul, Laura de Condotti, le *Livre 7*, et tous illuminaient également sa vie. Les uns comme les autres étaient les pièces d'un jeu inouï dont il ne comprenait pas les règles infinies mais dont il acceptait enfin d'en jouer *toute* la partie. Tout devenait lumineux et il lui semblait avoir accès à un monde qui n'avait jamais cessé d'exister sous ses yeux. Alors il songea au mot que sa mère lui avait laissé avant de mourir, à la manière d'un testament.

> *Mon fils,*
> *Il existe un amour au-delà de l'amour tel qu'il est enseigné, et qui embras(s)e l'univers entier. Et toi aussi tu es l'univers. Je voulais te remercier de ce que tu m'as donné car tu as illuminé ma vie dans la joie. Je te souhaite de connaître cette joie et la paix d'aimer où l'on devient profondément qui l'on est, non plus un sentiment mais l'état même de l'être.*
> *Je t'embrasse de tout mon cœur.*
> *Tu sauras, un jour, à quel point je t'ai aimé, à quel point je t'aimerai encore même quand je ne serai plus là.*
> *Irène, ta maman.*

C'était exactement cela. Quelque chose jaillissait de lui qu'il n'avait jamais connu. Il sentait la douceur d'une aile de raie géante se mouvoir lentement à l'intérieur de sa poitrine et l'emmener vers d'extraordinaires aurores boréales. En lui, Metatron avait ouvert la source. Par sa rigueur et par son exigence, par sa patience aussi, il avait déplacé la pierre et maintenant cela coulait. Il sentait toute la qualité de son existence et la chance qu'avait représenté son chemin envers lequel il éprouvait une sorte de respect. Il n'y avait plus de possession, il n'y avait plus de perte. Il *était* désormais l'amour même de la vie, un état qu'il n'avait jamais connu ni même soupçonné : plein et neutre. Ayant enfin l'humilité de s'y abandonner, il en *recevait* les qualités absolues et nues.

Il y a très longtemps, dans un rêve, Guita lui avait dit :

— Tu portes en toi un grand et vrai sourire qui, un jour, illuminera ton visage parce que tu es la joie...

Et maintenant il sentait ce sourire et cette joie naître en lui, pleine et charnelle.

— Peut-être sommes-nous seulement des fictions auxquelles nous nous efforçons de croire...

Nortatem avait prononcé la phrase tout haut et le son de sa propre voix dans le silence lui plut. Il se rappelait soudain cette légende inca que son père lui avait racontée petit, lorsque, pour se débarrasser d'une épidémie, l'écriture avait été abolie et des hommes-mémoires désignés pour se souvenir. Peut-être, songeait-il, l'inverse est-il devenu vrai, peut-être chaque livre recouvre-t-il aujourd'hui un peu de notre mémoire à tous parce qu'il renvoie à cette combinaison infinie de chiffres et de signes par laquelle l'histoire du monde s'écrit et dont la littérature témoigne. Fred avait raison, un livre pouvait changer un homme. C'était même là sa principale raison d'être. Regarder l'existence d'un autre point de vue et se raconter une nouvelle histoire pour modifier son propre destin, pour muter. Muter, oui, c'est cela qui venait de se produire. Nortatem avait muté.

Il était au bord des larmes dans la vieille Mercedes qui le ramenait vers New York. Il aurait pleuré de joie devant la beauté du printemps en train de naître, des pousses que l'on pouvait déjà observer sur les arbres. Il ressentait quelque chose de très lointain, d'enfoui. Il avait la certitude qu'il avait connu un état de joie inouïe dans cette même atmosphère de froid doublée de la promesse du soleil, un soleil de printemps qui lui revenait comme un trésor oublié. Sur la route, la lumière semblait un organisme vivant. Il eut alors la sensation qu'il reposait entre les mains immenses d'une mère pleine d'amour, et il était aussi cette mère. Alors il songea qu'il lui faudrait incarner cet amour, le féconder en lui et rayonner de cet amour. Et ainsi, ce qui lui donnerait le plus de bonheur serait exactement ce qui exigerait de sa part la plus grande vigilance : cette cathédrale à bâtir le rendrait douloureux et vulnérable, il le savait, et au moment de rejoindre New York, de succomber à l'épiphanie de son être, il percevait déjà la lassitude et l'épuisement auxquels il ne manquerait pas d'être confronté.

La nuit s'ouvrait maintenant et il pensait à Laura, il pensait à Fred, au monde allant inlassablement et se faisant grâce à elle, grâce à lui, grâce à chacun d'entre eux. Ce qu'il avait appris venait des épreuves qu'il avait traversées, et s'il éprouvait de la tristesse concernant la mort de Fred, il ne souffrait plus. Il avait atteint la profondeur où toute souffrance cesse. Il eut alors envie de retourner une fois encore à Long Island et bifurqua un peu avant New York pour rejoindre la mer. Il avait accepté qu'il n'accéderait jamais à l'entière compréhension du suicide de son ami et il désirait retourner sur les lieux qu'ils avaient aimés.

Lorsqu'il arriva, la nuit était tombée et il

commençait à faire froid. Il enfila son manteau de daim et alluma une cigarette. Puis il marcha vers la mer. Il alla pisser sur les rochers et, les pieds au bord de l'eau, il ressentit le besoin de lever la tête et alors il vit ce cercle parfait de lumière, la lune, il la vit pleine et orange par-dessus un bateau de pêche et il remercia le dieu qu'il était, il remercia ce noyau de matière subtile qui irradiait sa substance unique et, paisible, il s'en retourna vers la lumière des maisons en songeant que la vie était bonne.

Il retrouva New York avec beaucoup de joie. Le Vermont lui manquait, mais il avait choisi de dire oui et il disait oui aussi aux immeubles et au chaos insensé de cette ville électrique, car il comprenait qu'il était aussi ce chaos et cette ville.

Le lendemain de son arrivée, il écrivit à Guita.

> *Je vais bien Guita. Quelque chose a cédé. Maintenant que je me suis trouvé, je ne veux plus arrêter de me chercher. J'ai appris que Nortatem est l'anagramme de Metatron, le scribe. Défenseur des hommes et du monde devant le tribunal céleste, il est le témoin originel de l'humanité. Oser cette condition impossible propre à l'homme, ah oui, Guita, quelle belle tâche !*
>
> *Je pense à toi, à ces deux années que nous venons*

de passer... Je pense à ce lien qui est le nôtre. A cette chose qui est née jour après jour. J'aimerais beaucoup revoir ce sourire que tu n'as que la nuit. Je me souviens la première fois que je l'ai aimé sur ton canapé vert.
Ce que j'éprouve aujourd'hui, je ne l'ai jamais connu de cette façon, cette liberté d'être absolument soi. Et puis il y a aussi le désir.
J'ai compris Guita, que nous sommes une joie possible.
Je t'attends.
Nortatem.

Il avait tout juste envoyé son message et se tenait assis face à la pièce lorsque son regard s'arrêta sur la tranche d'un livre parmi ceux qu'il avait hérités de son père et qu'il ne regardait jamais : le *Livre 7.* Il le saisit avec une sorte de fébrilité et l'ouvrit à la première page où il vit inscrit le nom de sa mère, Irène. Il se mit à parcourir les lignes, attrapant des bribes de phrases à toute vitesse.

Il comprit alors que la vie était encore plus merveilleuse que tout ce qu'il avait imaginé et il fut terrassé par cet excès de sens. Oui, la vie était ce jeu extraordinaire où nos fictions intimes s'incarnaient tour à tour pour mieux nous faire prendre conscience de l'infini de nos combinaisons et de la richesse des équations innombrables de l'être. Il avait été, l'un après l'autre, chaque personnage de *En nous la vie des morts*, dans des vies passées ou à venir, en rêve ou non, qu'importe, ce qui était sûr c'est qu'il était ces souffrances et ces soifs, parce qu'il portait toute l'histoire de l'homme que chaque être humain incarne dans la sienne propre. Il portait la grammaire et la mathématique du monde, parce qu'il était chaque chiffre et chaque lettre, et la possibilité de toutes leurs équations et leurs conjugaisons dans sa chair, au service du même mystère. Il s'y abandonnait aujourd'hui avec une joie presque brutale, sachant qu'il ne posséderait jamais rien d'autre que lui-même.

Toi aussi un jour, tu quitteras tout parce que tu iras vers toi-même. Il était resté assis depuis un moment presque abasourdi par cette sensation neuve d'atteindre les profondeurs, de toucher à l'impalpable de la vie, lorsqu'il songea à cette phrase du chapitre 1. L'heure était venue. Il avait rectifié l'ordre de son nom, pour en faire surgir la lumière et maintenant il allait vers lui-même. Il eut envie d'entendre la voix de Guita et il composa son numéro en France. C'est elle qui décrocha.

— Nort., je viens de trouver ton message, je rentre demain, à vingt-deux heures. Aéroport JFK.

— J'y serai, Guita.
Et il entendit le sourire dans sa voix.

Il était presque vingt et une heures. Il avait à peu près une heure pour rejoindre l'aéroport en métro et c'était plus qu'il ne lui fallait. Il regardait la foule en marchant sur le quai et tout lui paraissait d'une densité extraordinaire. Le monde allait se consumant et il souriait du feu en lui et en chacun, de cet immense incendie qu'était le monde et qui illuminait toutes les nuits déformées par l'ombre, la déraison, ou la peine.

Il regardait chaque individu avec les yeux d'un « enfant aux cheveux blancs », comme s'il eût entre les mains les clefs d'un alphabet qui l'informait par de nouveaux signes et de nouvelles lettres. Il observait le monde en témoin sans juger ni maudire.

Des choses qu'il n'aurait pas remarquées autrefois, retenaient désormais son attention. Dans l'après-midi, en arrivant chez Guita, il avait noté les deux ombres au-dessus des oreillers contre le mur, là où les crânes épuisés s'étaient mille fois appuyés avant de sombrer dans le sommeil et ces imperceptibles traces de vie lui avaient donné envie de pleurer. Chaque objet dans la salle de bains lui semblait emprunt d'une immense joie vivante, d'un enthousiasme que ne reniaient ni le dentifrice ni cette vieille brosse à cheveux abandonnée par Guita. Au moment de partir, il avait souri en passant devant le grand tableau représentant la curée du cerf dans le salon.

A l'aéroport, il avait longuement observé deux femmes, songeant que l'air de propreté et de blancheur mousseuse qu'était le leur, n'appartenait qu'aux riches. Dans le métro, un homme avait donné cinq dollars à un mendiant et la brutalité avec laquelle il avait réclamé la monnaie, ne lui avait pas échappé. Il ne jugeait plus ce qu'il voyait, il l'enregistrait comme un événement à part entière, sa perception du monde s'étant élargie à proportion exacte de sa capacité à disparaître en lui-même.

L'avion avait déjà été annoncé, pourtant en allant devant la porte de débarquement, il vit qu'il n'y avait encore personne. Il sentait son cœur battre à une vitesse insensée, mais il avait renoncé à se calmer. Il savait qu'il vivait un moment important de son existence et il était heureux d'en avoir conscience. Il tournait la tête à droite et à gauche, espérant toujours qu'elle surgirait dans l'angle de son regard détourné. Chaque femme qui arrivait faisait naître en lui l'espoir et – dans le même instant, après un bref coup d'œil – la déception que cela ne fût pas encore elle qui venait vers lui.

Puis il la vit de l'autre côté de la vitre et il fut ébloui par la puissance lumineuse qu'elle dégageait. Il comprit alors que Guita n'avait jamais cessé de rayonner, mais encombré de lui-même, il n'avait pas su voir la lumière qui émanait d'elle. Et elle, de constater qu'il la *voyait* enfin pour la première fois, rayonnait plus encore.

Elle restait là, immobile, le cheveu un peu plus court qu'à son départ, tenant entre ses mains un manteau de daim qu'il ne lui connaissait pas, le visage dilaté par un sourire qu'elle ne pouvait plus retenir et sa seule présence envahit Nortatem d'une joie indescriptible, comme la joie neutre de posséder un corps, des jambes ou des mains.

Il s'approcha pour la prendre dans ses bras et la toucher ainsi c'était plus que se fondre en elle. Ce n'était pas seulement son corps qu'il sentait, ni l'émotion de la tenir enfin près de lui qu'il éprouvait, non, c'était le sentiment à l'état pur qui irradiait en lui.

Lorsqu'ils arrivèrent dans l'appartement de Guita, il eut un moment de timidité, mais sa gêne ne dura qu'un instant et il se mit à lui détailler le menu du dîner :

— Salade d'avocat au crabe avec coulis de citron, canard au miel et ses pommes sautés, fromage de France – je suis sûre que tu en as rapporté mais j'ai quand même réussi à trouver de l'époisses, c'est bien ça le fromage dont tu m'as parlé ? – et enfin pour finir, mousse au chocolat avec ses mignardises en provenance de ta boulangerie préférée.

— Quelle joie ! Je m'allonge deux minutes. Il y a tant de choses dont je voudrais te parler.

Il retourna dans la cuisine pour achever de préparer le repas et il ouvrit une bouteille de vin.

Il regardait la peau mauve des échalotes et cela faisait sens, le miel doré de lavande venu de France et cela faisait sens, les petites collines vertes des deux avocats épluchés et les miettes de crabe sur la planche en bois et cela faisait sens. Il sentait les os du canard craquer et la gorgée de vin blanc frais descendre dans sa gorge.

Il remplit un verre de sancerre blanc et lui apporta au salon. Il vit alors qu'elle avait glissé de tout son long sur le canapé au-dessous de l'immense tableau représentant le cerf et s'était endormie d'un seul coup. Nortatem s'approcha pour la couvrir de son nouveau manteau et il remarqua qu'elle tenait un livre à la main, l'index coincé entre deux pages. Il le prit délicatement et l'ouvrit pour lire ce qu'en face du fragment secret, dans le *Livre* 7, Guita avait écrit.

J'ai refermé le livre et j'ai été prendre dans ma valise le grand cahier tout blanc que j'avais acheté à Northfields. Je me suis dit que l'inconscience était notre pire ennemi, qu'il me faudrait toujours rester d'une vigilance implacable et j'ai commencé à écrire :

Chapitre huit, 35 ans

A cinquante mètres au-dessous du niveau de la mer, on ne souffre plus. L'oxygène pur annihile toute douleur. Le cœur bat à huit pulsations minute. Je sais maintenant qu'il y a là une vie d'une matière insoutenable.

Remerciements

à Guiom, Otto et Suzanne parce qu'ils m'apprennent à aimer

à Jean Assens, pour son regard sur la vie
au sorcier de la rue Las Cases, et à Agnès pour l'avoir mis sur mon chemin
à Nelly, qui m'a accompagnée sur la route
à Valérie M., pour sa soif
à Aurélien, grâce à qui j'ai effleuré ce que je devais comprendre
à Olivier, pour m'avoir fait confiance et appris à « ne jamais injurier l'avenir »
à Christophe, pour son amour de la littérature
aux deux fées du Nord, et à leurs lutins
à Paule-Hélène de Jérusalem, pour sa connaissance subtile de l'hébreu
et à Grégoire, pour notre style...

à tous les autres, qui m'accompagnent de leur lumière ou qui mettent des difficultés sur ma route, car les premiers comme les seconds, ils m'aident à grandir.

Composition et mise en page

Cet ouvrage a été imprimé par

FIRMIN DIDOT

GROUPE CPI

Mesnil-sur-l'Estrée

pour le compte des Éditions Grasset
en juin 2006